徳間文庫

警視庁公安J

シャドウ・ドクター

鈴峯紅也

目次

第一章　命日

【やあ、Jボーイ。久し振りの海外は、満喫できたかい？

サンティアゴ・デ・コンポステーラへの巡礼路か。神を想う旅とは、また古風にして機能的ではないけれど、たしかあの石畳はサイクルロードとしては気持ちがいい。Jボーイ、君が反論する通りだ。だからね、私も今度、時間があるときにやってみようと思っている。最近、特に健康には気を使っているものでね。

ん？どんな健康かって？そうだね。つまりは無酸素領域でのパワーアップ、かな。

ははっ。神を想いながらのサイクリングでは、なかなか得られないレベルの健康ではあるけれど。

さて、それにしてもJボーイ。旅客機や客船、いやいや、そんな大げさでなくともいい。空と海、大地から離れて赴《おもむ》く旅は、どうだったかな？

君はもうわかっていると思うけれど、大地とは多くの人にとって国とイコールでもあり、人種というものの境界でもある。限界と言ってもいい。

地縁から切れる。うん。言葉としてはこれが正解かな。

切れて初めて、人は本当の自由を得る。パーソナルな殻に閉じ籠《こ》もっていた自分の、なんと矮小《わいしょう》なことかと、恥ずかしいほどに思い知るのだね。

解き放たれた心理は、空間に無限だ。思考は一瀉《いっしゃ》で千里を走る。中国の有名な猿なら、雲に乗って十万八千里をひとっ飛びだ。——ああ、ここは笑うところだよ。Jボーイ。冗談なんだから。

俯瞰《ふかん》というのかな。あるいは鳥瞰か。地縁から切れるということは、離れて見られるということだ。

上からなら広さの、あるいは狭さの全容がわかる。

離れれば高さの、あるいは低さの基準が見える。

Jボーイ。久し振りに離れて、君の目に日本はどう映ったことだろう?

小さな島国に繋《つな》がる地縁は、私には未知なるものだ。未知なるものは恐怖心も煽《あお》ってくれるが、好奇心を搔《か》き立ててもくれる。そそられるね。体感してみたいものだ。

私は、どんなに精巧でもバーチャルには興味はない。リアルこそが私を最も興奮させてくれる。特にウォー・ゲームは本来、2Dや3Dとは最も遠いところにあるものだと思うが、君はどう思うかな。

——。

大地に根を張るのが、人の平凡にして普遍な生き方なら、切れたとき人は何になるのだろう。あるいは切ろうとして藻掻《もが》く自分と相容《あいい》れない特異点を、昔の人は神と呼んだのかもしれないね。

さて、Jボーイ、もう一度聞こうか。

久し振りの海外は、満喫できたかい？　色々な意味で。

君がサンティアゴ・デ・コンポステーラへの巡礼路から、すぐに帰ってしまったのは返す返すも悲しいことだった。話したいこと、伝えたいことはそれこそ、季節の巡りを忘れて、フォーシーズンあっても足りないほど膨大にあったのに。

君が日本という島国に隠れて、もう二十四年だ。〈日出づる国〉から、私に太陽が現れるのはいつのことだろう。

いや、だからと言って別に、Jボーイ、さほど落胆しているわけではないよ。今のはすぐに帰ってしまった君への、単なる愚痴だと思ってくれていい。

私はまだ、君を希求してはいない。なぜなら、私がまだ神になり切れていないからだ。

そうそう、あの巡礼路で最後に蒼穹《そうきゅう》を睨《にら》み、君は、

〈この世界にあなたは、何を望むのか。何を悲しみ、何を笑うのか〉

そう尋ねていたよね。

ええ、ああ、あれくらいの音量があれば、軍事マーケットに現在流通する最高級品なら簡

単に拾うよ。

私はバーチャルは好きではないが、バーチャルを生み出すテクノロジーには最大の敬意を払っている。驚くほどの資金もね。

いや、深くは聞かないでくれたまえ。それはまた別の話だ。

Jボーイ。巡礼路で、神は答えてくれたかい？　何？　風の音しか聞こえなかったって。

ふふっ。そうだろう。当然だよね。この世を創った神は怠け者だ。数百年、数千年に一度の気紛れで何かをするくらいだ。

そこへ行くと、次の神は勤勉だよ。今も世界中を飛び回って、次のアクションを考えているんだから。

え、何を考えているかって？

そうだね。差し当たり脳内の多くを占めるのは、次のバカンスはどこで何をしよう、というミッションについてかな】

一

八月二十日、純也《じゅんや》はいつも通りの朝を国立《くにたち》の自宅で迎えていた。

純也が住むのは、母方の祖父、ファジル・カマルが建てた瀟洒《しょうしゃ》な住宅だった。そこに現在、純也は母方の祖母・芦名春子《あしなはるこ》と二人で住んでいた。

お盆の入りを一週間前に迎えたこの年は、夏季休暇が全国的に例年より少し後ろに偏る傾向があるようだった。

それでどうやらこの日が、今年の帰国及びUターンラッシュのピークになるらしい。

「まあ、天気がほどほどなのはいいことだけれど」

二階にある自室の窓を明け、純也は朝の陽に目を細めた。

少し雲が出たおかげで、連日猛暑の続く夏にしては、この日は気温の上昇が抑えられていた。

「あら、お早う。純ちゃん、降りてらっしゃい。今日の朝ご飯は外ね。テラスが気持ちいいわよ」

二階の純也に気付いたようで、トレーニングウェア姿の春子が庭から手招きした。

春子の気持ちいいと言う感覚は、風と相関関係にあった。

窓から顔を出せばたしかに柔らかく、真夏にしてはいくぶん涼やかな風が感じられた。

それでこの日は、久し振りにテラスに出ての朝食となった。

世間の慌ただしさをよそに、純也が住む家は国立の、喧騒から離れた静けさの中にあった。駅から歩いてもさほどではない距離だが、都下で最初に文教地区に指定された街は、駅前を一歩離れれば閑静な住宅街となる。

純也がシャワーを浴びる間に、春子は朝食の支度だ。

晴子はこの年でもう八十九歳になるが、銀髪も艶《つや》やかに背筋も伸び矍鑠《かくしゃく》として持病も服薬もなく、細々とした家のことは人任せにせず自分でこなす。動きは昔に比べればだいぶゆっくりになったが、端から見ても動作そのものに危うさは一切感じられなかった。

白米、豆腐と油揚げの味噌汁、きんぴら牛蒡《ごぼう》、シャケの塩焼き、胡瓜《きゅうり》の浅漬け、刻み葱《ねぎ》を乗せた納豆とそして、パックの韓国海苔《のり》もいつの間にか食卓に定着した。

味噌汁の具が替わるか、きんぴら牛蒡がひじきの五目煮になるくらいで、朝食の内容は大きくは変わらない。最近の春子はフリーズ・ドライや冷食を多用した。

なんといっても、味も量も変わらないのがいいようだった。

純也が着替えを済ませてテラスに出ると、朝食の支度もちょうど終わるところだった。

朝食は定番が和《なご》む。それだけで、今日が繰り返す日々の営みの、ただの一日だということを教えてくれる。

同様にして、春子がそこにいるということも、純也にとっては変わらない日常のひとコマだったろう。

たとえトレーニングウェアの下が、コンプレッションインナーだったとしても、だ。

朝に身体《からだ》を動かす目的で始めた春子の太極拳も、一年を超えた今ではなかなかどうして、実に堂に入った立派なものだった。

「え？　どうしたの？　私の顔に何かついてる？　それとも、また海苔が飛んだ？」

春子は運んできたワゴンから味噌汁の椀をテーブルに移しながら、銀髪を揺らして視線を庭に向けた。

それにしても、海苔が宙を舞っているわけもない。

まあ、以前はよく飛んでいたが。

そうならないよう、進化した朝食が韓国海苔のパックだった。

「いいや。別になんにも。健康が一番。元気が一番だなって思ってね。ただ、婆ちゃんを見てると錯覚しそうでさ。みんないつまでも、変わらないってね」

「そう？」

春子はゆったりと笑った。

やはり、銀幕の大スターだった純也の母、芦名ヒュリア香織《かおり》が今でも重なる嫋《たお》やかな笑顔だ。若い頃は相当の美人だったらしい。

なんといっても、トルコ第二位のコウチ財閥につながる青年、ファジル・カマルの心をひと目で鷲掴《わしづか》みにして離さなかったくらいだ。

それでいて、春子はファジルと二人で激動の戦後日本を生き、日盛《にっせい》貿易㈱を東証一部上場企業にまで育て上げた女傑でもある。いまでも個人筆頭株主として、取締役会では誰も頭が上がらない。

心技体というか、強い心と見た目と健康が相まうと、実年齢はブラックホールの遥か彼方《かなた》だ。

「でもそれって、錯覚なのよねえ」

「うん。錯覚だね」

前月末、純也の伯父にしてKOBIX会長であった、小日向良一が死んだ。八十歳だった。

特に事件性がある死ではない。前年、オリエンタル・ゲリラ事件の際、良一は来客の挨拶で、

――ああ。KOBIXの小日向です。医者に美食を制限されておりましてな。挨拶のみでご無礼いたしますが。

などと言っていた。

そんな歳《とし》になったのかと、小日向一族の鬼っ子としては考えるところもあって記憶に残っていた。

この年の暮れの晩餐会に、良一・静子夫妻の姿はなかった。小日向一族の主だった者達が集まる晩餐会で、盆と暮れに年二回が恒例の会だった。旧小日向重化学工業創始者、小日向大蔵《だいぞう》亡きあとの席には、ずっと良一が座っていた。

酒が好きでこの晩餐会が好きで、よく酔っては会場となるKOBIXミュージアムの総

支配人、前田に肩を借りて会長車に押し込まれていたものだ。

純也も常に、この晩餐会には参加していた。

もっとも小日向の一員というより、芦名春子のエスコート役としてというのは自他共に認めるところだろう。

良一はこの春、狭心症の痛みによって入院し、その後の加療でいったん持ち直したかに見えたが、最後は虚血性心不全に陥ってあっけなく死んだ。

純也には、特に感慨はなかった。

二十四年、時に突っ掛かってきた敵が一人減ったというか、思えば敵というほどのこともない。後年、会長に退いてからは特に、年二回の晩餐会で少々の嫌味を聞くくらいだった。

――ふん。お前が株を俺に任せていれば、変な縛りもなく俺は、KOBIXを今の倍以上に成長させられたのだ。

純也には父方の祖母小日向佳枝《よしえ》死去の際、遺言で託されたKOBIXの株があった。

良一と純也の父・和臣《かずおみ》のどちらが個人筆頭株主になるか鬩《せめ》ぎ合いに、純也の持ち株は破壊力を持っていた。

結果として、良一は筆頭株主争いに敗れ、純也は警視庁公安部公安総務課庶務係内に部下と自分の城、J分室を得た。

そのときのことが、良一はよほど悔しかったのだろう。酔えば必ず、良一の愚痴と嫌味はそこに収斂《しゅうれん》した。

良一とは徹頭徹尾その程度の間柄だったが、さすがに二十四年という歳月は長い。愚痴も嫌味も、降り積もれば、それはそれで良くも悪くも思い出に昇華する。

〈死ねばみな仏とは、よく言ったものだ〉

感慨はないが、喪に服す意味もあり、盆開催の晩餐会が中止になったのは有難くも、仏の力だ。

そんなことを考えながら朝食を食べ進める。

春子は、次はどう考えても私よねぇ、と言いながらチラチラと純也の方を見た。

「そうねえ。良一さんの葬儀には出たけど、あれよね。人が多いのはもう、それだけで疲れちゃって。ねえ、だから純ちゃん、そろそろ」

〈祖母の勘〉で、純也が時に危険な橋を渡ることには薄々感づいているようだ。それでどうにか、自分が存命中に日盛貿易に送り込んでしまおうとしている節が春子にはありありとしていた。

もちろん、聞きはするが聞くわけもない。この辺が日本語の面白いところだ。

純也が父・和臣から〈飼い殺し〉を厳命されても警視庁に所属しているのは、一つには仲間がいるからであり、ひとえに、そこに戦いが望めるからだ。

純也は戦場で育った。幼くしてすでに歴戦の傭兵だった。密林のゲリラでもあった。

純也は自身がPTSDであると認識もしており、PTGの混在であるという自覚もあった。

PTG、ポスト・トラウマティック・グロウス（心的外傷後成長）は、PTSDの程度が高くなればなるほど高次になるという。

純也には戦いが必要だった。

PTSDの崩壊は自我の崩壊であり、PTGが止まれば一気に減速が始まると、無自覚ながら弁《わきま》えてもいた。

春子には申し訳もないが、いまさらどこにでもいる普通の孫には戻れない。

いや、帰国した最初から、日本国のどこにも存在しない、特異点のような孫でしかなかった。

だから純也は、出来る限りの中で春子の孫であり続け、毎月食費として春子の口座に、国立の駅前にワンルームが借りられるくらいの金額を勝手に振り込む。

そして傷つき血を流しながらも、春子の眠った夜の静寂の中では、戦う者であり続けるのだ。

二

朝食を終えた純也は、携帯で時刻を確認した。

間もなく、七時半になろうとする頃だった。

「うん。そろそろかな」

純也は食後のコーヒーを飲み干し、テラスのデッキチェアから立った。

庭から空調の利いたリビングに入ると、いかにいい風が吹いているとはいっても、今が真夏であることを知る。

外気温はすでに、二十八度は超えているようだった。

「やっぱり暑いか。命には代えられない。黒はやめよう」

一人で納得し、支度を済ませるために純也は二階の自室に戻った。

この日、純也は出掛ける予定になっていた。

現地での約束は十時だが、道路の混雑予想を信じるとすれば、早めに動くに越したことはないだろう。

身支度を整え、ふたたび純也は一階に降りた。

身に着けたのは、グレンチェックのスーツだった。

百八十センチになる引き締まった身体は何を着ても様になると、よくJ分室の主任、鳥《と》居《い》洋輔《ようすけ》警部は嘆き節を斜め上に呟《つぶや》く。

——天は二物をってのはよく聞くが、あれだぁな。神様ってのは諦めやすいんかね。三物も四物も揃っちまった日にゃあ、こうなったら面倒臭えから、くれられる物、全部くれちまえってなもんなんかね。

ちなみに鳥居は、身長は百六十三センチと小柄だがかえって安定的で、筋肉質にして頑丈な骨格を持ち、一本気を表す太い眉毛《まゆげ》と、胡麻塩《ごましお》頭に似合う四角い顔を持っている。

ほら、メイさんも五物も揃って江戸っ子だから、どこに出しても恥ずかしくない立派な親方の貫禄だね、と言ったらさすがに、腕を組んでそっぽを向かれた。

J分室では鳥居のことをメイさんと呼ぶ。これは鳥居に付けられた渾名《あだな》だ。

捜査に関わる警察官、特に危険と常に隣り合わせの公安警察官は、たいがいニックネームを持つ。

鳥居は人気漫画家の鳥居明から明をもらってメイだ。

もう一人いる猿丸俊彦警部補は、顔つきがイタリア人っぽいということで鳥居がセリエAからセリとつけたらしい。

かつて所属していたもう一人、犬塚健二《いぬづかけんじ》は『南総里見八犬伝』の登場人物、犬塚信乃《しの》からとってシノと、これも鳥居が名付け親だった。

メイ、セリ、シノは、かつての公安外事特別捜査隊に三人が所属していた頃からの渾名だ。

純也も知らない頃から一緒の三人だった。つまり、純也の知らない喜び、哀しみも共有した三人だ。

今日の純也の予定は、その〈三人〉に会うためのものだった。

「ああ、婆ちゃん。頼んだ物、買っといてくれた?」

純也はキッチンの方に声を掛けた。水音がしていた。

「用意してあるわよ。昨日の帰りにガレージの中で見なかった? M4の後ろにバケツで置いてあるわよ」

M4とは、チタンシルバのBMW M4のことで、春子所有の愛車だ。

ただこの愛車は、限りなく〈愛玩車〉に近い。

常に綺麗にしているが、使用は年に一度あるかないかで、少なくともこの半年はエンジンを掛けただけでガレージから動かしてはいない。

「バケツね。わかった。ありがとう」

純也は玄関から出て、ガレージに向かった。

エントランスからガレージまでは、芝生に誘導路として石畳が敷いてあった。

祖父・ファジル・カマルの死後に相続した春子がリノベーションで邸宅は小さくしたら

しいが、その分、玄関からガレージまでの距離は延びたという。

たしかに、家一軒分くらいは歩かなければならない。

雨の日は小走りが原則だ。

裏の扉からガレージに入り、電動シャッタのスイッチを入れる。

いきなりの陽光が飛び込むと、M4の後ろのバケツに立て掛けられた花々が、まるで眠りから覚めるように輝いて見えた。

色鮮やかな大輪の菊に、白百合とアイリスと竜胆《りんどう》のコンビネーション。

二日遅れ、二日ずらし。

この日の前日、八月十九日は純也の手が届かなかった命、犬塚健二警部補、シノさんの三回忌法要の日だった。

先に春子が錯覚だと言ったのは、小日向良一の死に対してではない。

純也も同意して答えたのは、四十八歳でこの世を去った犬塚の死を前提にしてのことだ。

いつまでも同じということは有り得ない。

けれど、有り得ないとわかっても納得できない死もある。

それが犬塚の死だった。

〈ブラックチェイン〉事件に際し、犬塚健二は陳善文《ちんぜんぶん》を名乗る黒孩子《ヘイハイツ》に殺された。

純也は想いとともに花束を抱え、自身の愛車、BMW M6のトランクに横たえた。デイープ・シー・ブルーの車体が、差し入る朝陽に輝いた。

エンジンを掛ける。

低いエグゾーストノートがガレージに響く。

レクイエムに聞こえるのは、間違いなく純也の心の問題だ。

弱くなっているとは思わないが、地縁に引きずられて重くなってはいるかもしれない。

情に固められて鈍くなってもいるかもしれない。

戦場が、少し遠い。

（ま、弱気は損気。そんな日本語があったっけ……なかったかな）

かすかにはにかんだような笑みを浮かべ、純也はM６を発進させた。

〈飼い殺し〉を運命づけられた純也は、警視庁内であからさまな無視の対象にもなっている半面、常に監視対象としての日に晒《さら》されてもいる。同じ公安の作業員だけでなく、刑事部からは捜一、小日向和臣総理大臣の意を受けた内調もときに動静を探りに来る。

自宅前の一方通行にM６を乗り出せば、この日も前方に〈わ〉ナンバーの黒いセダンが確認できた。

純也個人に対する監視車両だが、どちらかと言えば監視という名目の威圧車両、と言った方が正しいか。

常に見ているぞ、とそんな、他愛もないことの意思表示だろう。

本当に、日本人は表現が不器用な人種だ。

監視車両は、芦名家を一方通行方向に行き過ぎて、五十メートルほど先のカーブの手前に停まっていた。

ある意味、定位置と言えた。

その昔、警察庁警備局勤務だったときに、それとなく公安部のデータを当たったことがあった。外からは厳重でも、中からのセキュリティは欧米や中国に比べてまだグズグズだった頃だ。

〈国立市＊＊＊に停車中の車両があった場合、その車両がわナンバーの黒いセダンであったときに限り、職質・駐禁その他、一切の接触の禁止〉

管轄の立川署にはないが、方面本部にはそんな、日付の記載のない電子申請が深い階層にあった。

階層は伝統的に〈口伝《くでん》〉、つまり口頭による申し送りでのみ存在する厳命のエリアだった。

そんな階層に日付もない強引な厳命を潜り込ませるのは、間違いなく公安だ。

昔は純也に対する監視の任を負っていたのは警視庁の公安部、それも外事が多かった。

国家重要警戒人物、ダニエル・ガロアとの関係が疑問視されていたからだ。

鳥居・犬塚・猿丸という、公安外事特別捜査隊の三人が当初、その任に当たった。

が、捜査隊が外事第三課一係に再編されてからは、純也の監視は公安内を盥回《たらい》しになった。どの課の誰が作業に当たっても、純也に太刀打ち出来ないからだ。

最近ではすべてを包括し、純也に対するのはもっぱらオズだった。

オズは、その昔はチヨダというコードネームで呼ばれた、警察庁警備局警備企画課に属する作業班だ。全国の警察署に極秘裏に配され、合法・非合法を超越して密命で動く。

統括は警備企画課に二人いる理事官の一人だが、秘匿組織の理事官ということで、裏理事官と呼ばれた。

チヨダはやがて後継組織としてゼロに再編され、現在はオズに改修された。

オズというコードネームそのものは、現在のトップである氏家利道《うじいえとしみち》警視正の命名による。ゼロを超える作業班という意味で〈ＯＶＥＲ ＺＥＲＯ〉、それでＯＺだ。

氏家は、実は海を渡って日本国内に売られてきた、罪なき黒孩子の一人だった。これは二年前の、〈ブラックチェイン〉事件のときに判明したことだ。

正式な日本の戸籍を有し日本人として育った、実際には戸籍だけがない純血の中国人。そんな男が日本の警察の中枢である警察庁の、しかも裏の作業班であるゼロのトップに座っている。

これはこれで爆弾だったが、事件以降、純也は氏家の、氏家は純也の過去を、すなわち爆弾を、バーターで互いに保有することになった。

特に氏家は、だから純也を出自の秘密だけでは追い込めない。パワーバランスというやつだ。

そのバランスを盾に取った形で、七〇年安保の怨讐が絡んだ〈オリエンタル・ゲリラ〉事件では純也が氏家を巻き込んだ。

氏家が犯人側の自爆に巻き込まれて重傷を負うことになったが、事件は最終局面手前で潰《つぶ》すことが出来た。

氏家とはこの一件のこともあり、互いに有益な関係を構築できそうだったが、誘いに対する氏家の反応は真逆なものだった。

その結果が、自宅前の監視車両でもある。

〈オリエンタル・ゲリラ〉事件以降、純也が在宅時には、ほぼ百パーセントの確率で所定の位置にオズの車両がいた。

煩わしいことだが、〈慣れ合わない〉、ということとの意思表示だと理解する。

「それはそれで、緊張感があっていい。僕にはね」

M6で監視車両の横を通過する。

この日は土曜日で、本来なら休日となる純也の動きが不規則と思ったものか、車内には普段より一人多い、三人の男の姿が見えた。

氏家の本気の表れか。

通り過ぎがてら、ヘッドレスト越しに手を振る。これは純也の恒例だ。オズの監視作業員は適時代わるが、みな苦虫を嚙み潰したような顔になる。それを調整したバックミラーに見る。

これも、純也の恒例だった。

三

この日の目的地は、埼玉の川越だった。地名としては鯨井《くじらい》というところになる。

純也はまず、M6で真《ま》っ直《す》ぐ北上して川越を目指した。

下りの車線にはどこも大した渋滞はなく、割りあいにスムーズといってよかった。道路工事で片側通行になっている場所が一カ所あったくらいだ。

JRの川越駅を越えてすぐ、純也は県道39号に左折した。

そのまま入間川を越えれば、目指すべき場所はすぐだった。

川の右手、河川敷に某大学のラグビーグラウンドを望む森の中に、五十年ほど前に開園したという、古くからの公園墓地が見えた。

〈雁見《かりみ》グリーンパーク〉

その昔は、雁見新緑霊園と言ったという。

犬塚健二の墓所は、その一角にあった。

犬塚の妻・愛子《あいこ》は、犬塚が初任で第十方面高島平署に勤務したときに知り合った女性だった。愛子の両親は高島平署管内の、東武東上線下赤塚《しもあかつか》で魚屋を営んでいた。

――カミサン家《ち》は、川越の方の公園墓地に墓を持ってましてね。東武東上線一本で行けるところです。買ったのは爺さんの代って言ってましたけど、その墓地、このところ何年かごとに拡大分譲されるようなんです。それで、君もどうだいって義父に妙な勧誘をされちまいましてね。特に断る理由もなかったんで購入しました。啓太《けいた》が生まれてすぐの頃でしたかね。今住んでる立会川《たちあいがわ》からはまあ、ちょっとピクニックって気分じゃ行けない距離ではありますが。

犬塚はたしかJ分室を立ち上げたばかりの頃、雑談にそんなことを言っていた。

納骨の日、

――馬鹿野郎。買えっちゃあ言ったが、俺らより先に入れなんてよ、一回も言ってねえじゃねえか。愛子も、啓太も置いてよ。おい、馬鹿野郎。

犬塚の義父は辺り憚《はばか》らずそんな愚痴を言って泣き、娘にハンカチを借りていた。

純也は鳥居と猿丸を連れて末席を借り、花束を抱えてただ立ち尽くした。

線香の煙が立ち上る川越の、秋空がやけに高かったことが印象的だった。

命日を越えるたび、そんなことを思い出す。

純也は公園墓地の誘導路に入り、39号線バイパスから一番近い、第三駐車場にＭ６を入れた。

国立からは一時間半ほどだった。

Ｕターンのピークと土曜日ということを考えあわせ、だいぶ早めに出たが、思いのほか運転にストレスはなかった。

その分、予定した時間より三十分は早く着いた。

ただ、お盆も過ぎた真夏の朝九時過ぎの公園墓地は、駐車場に停められた車がなぜか意外に多かった。

Ｍ６から降り、純也は辺りを見回した。

目につく場所ほぼすべてに立て看板やら、風にはためく幟《のぼり》があった。

国立より、川越の方が風は少し強いようだった。

「ああ。なるほど」

純也は一人納得した。

どうやら第十期造成地の分譲説明会が、この土・日で開催されているようだった。

トランクから花束を取り、純也は駐車場の小道から園内に進んだ。

見るともなく確認すれば、第三駐車場に入ってくる黒いセダンがあった。

オズは遅れることなく、Ｍ６についてきたようだ。

もっとも、今日の目的を隠す気が純也になかったから、の話ではある。その気になればＭ６で、三、四台のバイクの追尾も撒《ま》いて見せる。それくらいは、純也にとっては簡単なスキルだった。

探るように第三駐車場を周回したセダンが一度停まった。二人が降り、一度も寄ることなく気配は左右に離れた。

教科書通り、と言うやつだった。

黒いセダンはそのまま、何事もなかったように雑木林の向こうの、第二駐車場方向に消えた。そこで待機だろう。

〈ま、好きにすればいい。死者の眠りを妨げないでくれるなら〉

園内に入ると、エリアが色分けされた案内板があった。第一から第三までの駐車場前と、駅から徒歩のアクセスを迎える正門にそれぞれ向きの違う案内板が設置されている。

純也は特に見ることはなかった。もう三度目になる墓参だった。

第三駐車場は、園内を真っ直ぐ正門まで貫く、アスファルト敷きの遊歩道に直接つながっていた。

いくつも並んだ立て看板に拠《よ》れば、遊歩道左手の駅に近い方が拡張され、第十期の分譲がされるようだった。

この日はそこから一番近い第一駐車場に仮設のテントをいくつも張り出し、大々的な分譲説明会が行われているらしい。

たしかに包まれるような静けさが当たり前の墓地にはしては、似つかわしくない生者の熱気や賑《にぎ》わいがそちらにはあった。

生と死のコントラストに、造成や分譲というフレーズが宗教色を排除して、純也には興味深かった。

まず遊歩道から眺めるだけでも、各所に盆供養で上げられた花々がまだ生き生きと咲き誇り、目を楽しませてくれた。

風に揺れ、あるいは震えるのがまたいい。

盆と彼岸は、特に墓所が色とりどりに着飾る時期だ。

遊歩道の半ばで道を右に折れると、何組かの墓参者がそれぞれの墓前に佇《たたず》んでいた。

軽い会釈《えしゃく》で通り過ぎたが、純也の風貌には誰もが驚きを隠さなかった。

奇異の目さえあったのは、島国で単一民族国家として長い日本の特徴だ。

中東の匂いのする風貌は、純也こそ日本の墓地からは浮き上がった存在のようだった。

そういう目には慣れてはいたが、足早になった。

人々の墓参を乱しているのは、間違いなく自分だという自覚があった。

さらに通路を曲がると、石畳の間に玉砂利を敷き詰めただけの細道になった。

その辺りが犬塚の墓所がある、第六期分譲のブロックだった。

犬塚の墓所は、その真ん中辺りをもう一度左に折れた辺りにあった。さらに奥は、愛子の実家が墓を持つ古色蒼然とした第一期、第二期の分譲区画となる。

背を雑木林に守られる形の区画で、抜けるとオズのセダンが消えた第二駐車場になっていた。

遠くに雑木林の梢を眺めながら玉砂利を踏むと、立ち上る線香の煙の中に数人の墓参者が立っていた。

駐車場に車はなかったから、全員が電車ということになる。

「やあ。みんな、早いね」

「いえ。みんな来たばっかっすよ」

猿丸が片手を上げ、大橋恵子《おおはしけいこ》が軽く頭を下げた。

土曜日ということも三回忌ということもあり、この日は大橋もいた。

この二人に現在夏休み中の鳥居を加え、それがJ分室員の総勢だった。

猿丸は今年四十七歳になる警部補だ。二重瞼で目が大きく、鼻筋も通って唇が薄く、トレードマークの無精髭《ぶしょうひげ》も風貌によく似合っていた。

猿丸は、夏の太陽の下でもワイルドな色気が隠れもしない男だった。酒焼けしたテノールの声も、とある事件によって小指を失った左手も、色気の増幅装置としてよく機能していた。女好きだが、情が深く、どちらかと言えば人間好き。だから猿丸は、特に水商売の女性にはよくもてた。

対して隣に立つ三十歳の大橋恵子は、警視庁職員Ⅰ類試験を過去最高点で通過した美貌の才媛だ。

歯に衣《きぬ》着せぬ物言いと若い正義感で少し扱いづらく、受付に追いやられていたものを純也が強引にJ分室に引き込んだ。

恵子はブラックチェイン事件の折り、この世の闇に触れて一度壊れ掛けた女性だった。ただ、純也の近くにいる限り生きていける、いや、生かす。

この暗黙の了解が、恵子がJ分室員となった理由だった。

猿丸は麻のジャケットに膝丈のハーフパンツで、恵子はシックなダークブルーのワンピースだった。

ともに墓参には軽めだが、そもそも炎天下に熱の籠もる格好こそ止めようとは通達済みだった。

そんな無理をしても犬塚は喜ばないだろうし、杓子定規・四角四面を気にする男でもない。

花束を抱えて猿丸と恵子の向こうに進めば、犬塚の墓前で妻の愛子と、一人息子の啓太が純也に向かって頭を下げた。

純也が愛子を見るのは納骨の日以来、ほぼ二年振りだったが、さすがにもうすっかりと明るさと落ち着きを取り戻していた。

――ほら。笑ってんでしょ。よく笑う明るいヤツなんですよ。それが地でしてね。そこに惚れまして。ようやく、取り戻せました。

啓太の難病が心臓移植によって完治したとき、犬塚は有り難うの代わりにそんな言葉を口にした。

なによりだった。用立てた八千万にも勝るものだった。

そのとき生き長らえた啓太は、今年で大学三年生になっていた。

父の死に際し、通夜の席で啓太は、父とよく似た言い回しで心中を口にした。

――父は、色々話してくれました。誰よりも尊敬出来る上司と、誰よりも信頼出来る同僚についての話です。昨日、母とも話しました。そして、許して貰いました。

啓太の言葉を、通夜に列席の誰もが聞いていた。

――俺、大学を卒業したら、警察官になろうと思います。そのときは迎えて貰えますか、分室長。

そして、泣いた。

――喜んで。なら私は、君が入庁するまで、せめて、君の志に恥じない男でいよう。

そのとき握った啓太の掌《てのひら》の熱さを、純也は後々までも忘れなかった。

この握手も、列席の全員が見ていた。

——本当にその気なら、通うといい。自分で命を守るアイテムだ。太いコネクションを持つ人を知っている。

陸上自衛隊横浜駐屯地、通称保土ヶ谷。

ミックス・マーシャル・アーツを純也は啓太に勧めた。

一時の気分の盛り上がりならそれでもいいと思っていたが、駐屯地の武道教練担当に聞く限り、大学とアルバイトの合間を縫ってよく励んでいるという。そして、筋も恐ろしくいいらしい。

墓前で見る啓太の身体つきは、鍛錬の厳しさと正しさを如実に表していた。

ひと回りは大きくなり、ふた回りは厚くなったか。

「頑張ってるってね。上々だ」

「有り難うございます。分室長」

啓太はこれ以上ない、犬塚の立派な跡継ぎだった。

「じゃ、少し早いけど。大橋さん、手桶に水を」

「はい」

純也は墓前に進み、物置石に花束を置いた。

直前の三回忌法要で、墓は綺麗に掃除が行き届いていた。花もふんだんに上がっていた。

恵子が運んできた手桶を拝み石の脇に添え、持参した花を手向《たむ》けた。

花には申し訳ないが、J分室員は墓を前にしては部外者だ。

言い張れば仲間だが、殺されたという悪事に関わった者達でもある。

墓所に注がれた親族一同の心配りを乱し、汚すことは絶対に許されないと純也は思っている。

命日に遅れた墓参はそのためでもあり、そんな遅れた命日さえ、犬塚母子が立会ってくれるからこそ墓参が許されるのだ。

特に、純也はただ仲間なのではない。明確に直接の上司だったのだ。

犬塚の生殺与奪権は間違いなく純也の手の内にあり、その手の内から零《こぼ》れた。

(シノさん。二年が過ぎたね)

純也が墓前に佇むと、物言わず猿丸と大橋が後ろに並んだ。

戻せぬ犬塚の命を改めて思い、仲間というものへの認識を新たにする。

去年は考えなかった。去年は九月に入ってからの一人の墓参だったからだ。

去年の八月十八日、犬塚の命日、純也はサンティアゴ・デ・コンポステーラの巡礼路の上にいた。

純也はそこで神に背き、そこで、神に問い掛けていた。

四

二〇一五年の、九月六日だった。

この日は朝方から霧のような雨が降る、肌寒いほどの一日だった。

朝、M6のアイドリング中に聞いた春子の言に拠れば、一週間振りの雨だという。

そして、ほっとする温度だとも言っていた。

「悪いね、シノさん。新盆、って言ったっけ。間に合わなかった」

純也は犬塚の墓前に佇み、頭《こうべ》を垂れた。

〈オリエンタル・ゲリラ〉事件に関わり、首魁《しゅかい》と目される藤代麻友子《ふじしろまゆこ》を海外に追っていた時期だった。

純也は、フランスからスペインに潜行した。初めは一週間程度の旅かと高を括《くく》っていたが、思うより長く掛かった。

麻友子と邂逅《かいこう》し、麻友子の最後は確認したが、帰国は犬塚の命日に間に合わなかった。

戻ったのは、あと数日で八月も終わろうとする頃だった。

それにしても墓参が九月に入ってからになってしまったのは、特に麻友子との接触による、〈血塗られた手〉の不浄を気にしたからではない。いや、たとえ穢《けが》れがあったとしても、そんなものはサンティアゴ・デ・コンポステーラの巡礼路に、神への問い掛けと共に捨ててきた。

そもそも、千年を超えて罪深い者達とやらが、列を成して辿《たど》り行く道だった。巡礼路の石畳に沁み込む無限の懺悔《ざんげ》に比べれば、純也の不浄など笑うほどにささやかだ。

〈この世界にあなたは、何を望むのか。何を悲しみ、何を笑うのか〉

ダニエルが言っていた通り、スペイン・ガリシアの乾いた風に呟いてみた。

同じことを何千万、何億の人々が問うたことか。

懺悔は浸み込み、溶け合い、やがて巡礼路の風に舞う。

石畳の凹みが、やけに奇妙に見えて滑稽だった。

日本から飛び立ち、地縁を離れて、つかの間、純也は解放された。

たしかに、二十三年振りのことだった。

カンボジアのジャングルから矢崎《やざき》に見出され、ＰＫＯ協力第一次派遣施設大隊と一緒にシハヌークヴィル港から、日本に帰って以来のことだ。

わざわざ連絡してきたダニエルは、

【地縁から切れて初めて、本当の自由を得る。殻に閉じ籠もっていた自分の矮小を、恥ずかしいほどに思い知る】

とも、

【大地から切れたとき、人は何になるのだろう。切ろうとして藻掻く自分と相容れない特異点を、昔の人は神と呼んだのかもしれない】

とも、そんなことを言った。

言いつつ、

【久し振りの海外は、満喫できたかい？】

などと二度も聞いてきた。

特に純也は答えなかった。

別に、ダニエルの思い違いを正す気もなかったからだ。

地縁はある。純也も感じてはいる。

ただし、感じてはいるが、そもそもからしてつながってはいない。

そのこともまた痛いほどに、二十三年間、感じ続けてもいた。

感覚は、浮遊感にも近いものだった。

飛び出そうと思えばいつでも飛び出せた。

けれど浮遊しながら大地の凹凸も、地縁のエネルギーもまた、しっかりと感じていた。

暖かく、心地のいいものだった。

イメージは非接触充電、そんなところか。

繋がってはいないから、すでに自由だった。殻など最初からなく、矮小など感じようもなかった。

　藻掻きもしない。

　切れているから。

　繋がっていないから、特異点ではあるかも知れない。

　ならば、神か。

　そんな自己中心的な感覚は、ダニエルではないからさらさらない。

　かえってダニエルに言いたい。

　ワイヤレス給電の未来が広がるなら、地縁はワールドワイドに、そちらこそ無限だ。

　ならば神は、要らない。

　だからガリシアの風に聞いてみた。

〈この世界にあなたは、何を望むのか。何を悲しみ、何を笑うのか〉

　当然答える神などおらず、あったのはダニエルからの連絡だけで、純也はスペインの乾いた風を後にした。

　そうして帰国したのはなんとか八月の内だったが、墓参が九月になったのは、単に帰国後の後始末に追われたからだ。

　実際には、単に、という言葉で片づけていいものではなかった。嫌味なほど膨大な書類を書かされた。

オリエンタル・ゲリラ事件の終焉《しゅうえん》に向け、藤代麻友子との関係を父・小日向和臣と防衛大臣・鎌形幸彦《かまがたゆきひこ》の間で秤《はかり》に掛けた。

瞬間の判断で、御し易《やす》そうな鎌形に多くを背負ってもらった。

結果、純也は二十三年振りに海外渡航を許可された。

その代わり、専用機を運用してもらった防衛省に小論文という体裁の、極秘の〈始末書〉を書かされた。

タイトルテーマは、

〈スペイン・バスクゲリラの巡礼路及び国境周辺における活動報告に見る、兵装レベルと調達ルートの相関〉

と、よくわからないことによって、何者をも煙に巻くことを強調したものだった。

九月に入り、純也はようやく犬塚の墓を訪れた。

犬塚の墓所は、霧雨に泣くように濡れていた。

「シノさん。久し振りに、外に出たよ」

墓前で呟いた。

カンボジアから帰り、渡航を制限されて形ばかりは居着き、少年は大人になった。

学業を修め、公安外事の犬塚達に会い、影響を受けて警視庁に奉職し、共に働き、そして、犬塚は逝った。

巡り合わせは、実に数奇だ。

純也はおもむろに線香を取り出し、焚《た》き付けの新聞紙を丸めて火を点《つ》けた。雨のせいで、なかなか点かなかった。

「矛盾かもしれないけど、住めば都で、都は広い。いや、深い、かな。それから出てみるとわかる。世界は狭い。いや、浅い、だ。浅いから広さを感じない。世界は、なんてことないところだった」

ようやくついた火をまんべんなく回し、純也は線香を香炉皿に置いた。

墓石をかすめて立ち上る煙は霧雨よりも濃く、香り高かった。

「浅いからさ、シノさん。標《しるべ》も寄る辺《べ》もどこにでも見える。なんにでも手が届く。もしかしたら、ワンクリックで心さえもファイバー・ケーブルに乗せられるかもしれない。そんな世界にはもう、何を言っても答えない神なんか要らない。――って、墓前で手を合わせながら、こんな話は不謹慎かな」

チェシャ猫めいて、純也は笑った。

笑ったところで慌ただしくも、この年の墓参はここまでだった。ポケットで携帯が振動したからだ。

おもむろに立った。

液晶に浮かぶ姓名は、公安部長のものだった。

「はい」

――どこにいる。

鉄鈴を振るような声が聞こえた。

幾ばくかの受け答えをし、純也はその場を離れた。

また来る、という言葉は墓前に添えなかった。

来る来ないは漠然とした意思でしかない。

来られるか来られないかは、さらに曖昧《あいまい》な数奇の先にしか存在し得ない。

色とりどりの花束と立ち上る線香の煙。

来たか来なかったか、結果だけが実にリアルだ。

「そんなとこで、よろしくね。シノさん」

肩越しに手を振り、純也はＭ６以外一台の車も見られなかった、霊園の第三駐車場に足を向けた。

五

そんな一年前の、一人の墓参を思い返しながら純也は犬塚の墓前に佇んだ。

猿丸も恵子も、物言わず背後に付き添ってくれた。

蟬《せみ》の鳴き声が数を集め、空間という空間を埋めるほどだった。

暫時そのままでいると、この墓所へ第六期分譲ブロックから入ってくる曲がり口に、矢崎啓介《けいすけ》と鳥居洋輔の姿が見えた。

「うわっ。げっ」

猿丸がいきなり仰《の》け反《ぞ》り、右手で顔を覆った。

「師団長かよ」

何事にもざっくばらんな猿丸は、厳格を絵に描いたような矢崎を苦手とする。

ちなみに師団長とは現在の矢崎を表すものではなく、かつての役職にして、ニックネームのようなものだ。

陸上自衛隊中部方面隊第十師団師団長だった矢崎は、定年で退官してまず、内閣官房副長官補兼国家安全保障局次長という肩書を押し付けられた。押し付けたのは純也の父、小日向和臣内閣総理大臣だった。

新しい肩書はあまりに長々しく仰々しいということで、呼び名は師団長のままで定着した。

役職はその後、防衛大臣政策参与に代わった。

これも小日向総理大臣から、鎌形防衛大臣の首で鳴る鈴の監視役を捻《ね》じ込まれた格好だが、矢崎は受けた。職場が懐かしき防衛省内になったからだ。

思えば矢崎との付き合いは父・和臣共々、それこそ三十年を超える。

和臣が妻・香織と純也を連れてカタールへ赴いた際の、矢崎は駐在武官だった。

六十歳を超えた今でも弛《ゆる》みのない身体は、百七十三センチの中肉中背をひと回り大きく見せる。高い鼻に角張った顎《あご》。鋭い目にハッキリした眉。そして、白髪が少しだけ混じり始めたオールバック。

備わった威厳はまさに、今でも定員七千名に号令を掛ける、師団長に相応《ふさわ》しいものに感じられた。

「へっ。メイさんもよりによって、師団長と一緒たぁな」

この猿丸の呟きはたぶん、矢崎の登場に対してではない。おそらく、どこからか矢崎と一緒に来ることになった鳥居への同情、そんなところか。

あからさまな猿丸の言葉に、ああと思い出し、純也は手を打った。

そういえば今日、矢崎も来ることはJ分室員には伝えていなかった。伝えなかったほうが結果は面白そうだとは思ったが、意図して伝えなかったわけではない。

純也自身、すっかり忘れていた。

――今年は三回忌だったね。犬塚君の。

矢崎から先にそんなことを切り出されたのは、そもそもGWの頃だった。

二日遅れで十時からの予定です、と伝えた記憶があるが、それきりになった。

覚えている方が無理という気もするが、こうして墓所で姿を見れば、それが矢崎という男だということに思い至って腑に落ちる。

矢崎啓介とは若い頃も今も、間違いなくそういう男だった。

この日も、酷暑ではないとはいえ、黒のダブルのスーツをしっかりと着込んでいる。

それで汗の粒一つも見せないのはさすがの鍛えと言えるが、端から見ればただ暑苦しい。

これも、矢崎という男の特徴ではあった。

蟬の鳴き声が、さらに命を謳歌するようだった。

時刻を確認すれば、九時五十分を過ぎていた。

待ち合わせは十時だ。

時間的には、二人の登場は定刻通りだった。

矢崎の背後に見え隠れする鳥居は、白無地のポロシャツにライトグレーのスラックス、頭にはパナマ帽という格好だった。

矢崎と比べれば遥かにラフだが、それでいい。調子を崩しては何もならないし、そもそも鳥居は夏季休暇中だ。

前を歩く矢崎は、黒のスーツに映える花束を抱えていた。

最寄り駅である霞ヶ関のロータリには、おそらくこの公園墓地の墓参を当て込んだ、割りと大きな花屋があった。

抱える花束はこの日、矢崎が間違いなく電車できたことの証左だ。

それで、荒川区の自宅から今日は電車で来ると言っていた鳥居と、池袋辺りで出会ったのだろう。

電車だとここまでは、東武東上線の霞ヶ関駅で降り、徒歩になる。

駅前から入間川の土手道を北上すれば、この〈雁見グリーンパーク〉までは十分程度だった。

こちらに向かい、目的地が定まって矢崎の足が速まったようだ。鳥居が少し遅れぎみになった。

もともと矢崎は歩き方が速い。陸自の鍛えであり、歩行は行進めいて常にリズミカルだった。

「早いね。純也君」

鳥居とは間を開け、先に矢崎が到達した。

鳥居は最近、少し体力が落ちて来たようだった。

考えればもう、鳥居も五十七歳になる。慢性的人材不足のJ分室だから現場にも潜入にも割り当てた。

今後は、年々努めて負担は軽くしていかなければならない。

前年、前月、前日通りの無理は利かないし、利かせられないのだ。

本人の性格もあり、自己申告などあるわけもない。

これは上司である純也が、しっかり見極めなければならないことだった。

それもあって第一弾ではないが、年齢のことも愛美《まなみ》のことも含め、鳥居には休暇らしい休暇を取らせるということでこの時期に決めた。

お盆の時期の夏休みというのは、どうも日本人のバイオリズムに合っているようだ。昨今は分散型になったといっても、統計を取れば間違いなく八月十三日から十五日が休みの芯に来るだろう。

どこに行っても混雑するだろうが、混雑に対する耐性と適性は日本人の特性であり美徳だ。レジャーに出掛けてもいいし、旧友とたまの親交を温めてもいいだろう。

鳥居にはもうその資格があり、そうして欲しいとJ分室は一同で思っていた。

と――。

「もう。待ってられないわ」

幼さのまだ残る、元気な声がした。

と、鳥居の背中から分離するように飛び出した影が走ってきた。

「あ、こら。走んじゃねえよ」

「だってお父さん。遅いんだものぉ」

鳥居の一人娘、今年で小学校五年生になる愛美だった。白いレースのプルオーバーと、焦げ茶のジャンパースカートがよく似合っていた。走るとツーサイドアップの艶やかな黒髪が揺れた。

目鼻立ちは、妻の和子《かずこ》によく似ているようだった。

――あんにゃろ。顎先のホクロの位置まで似やがって。

とはその昔、折りにふれ鳥居がよく口にした自慢話だ。

それにしても墓参りはレジャーではないと思うが、ちょうど夏休みだからと、これも三年目の、もう恒例になるようだ。

――一昨年、連れて来たじゃねえですか。そしたら分室長のこと気に入っちまって。去年会えなかったのなんてなぁ、そりゃあもう、この世の終わりってな顔しやがって。どうにも、分室長に会えるってだけで、ディズニーランドにあるやつ以上のアトラクションらしいんで。

墓参りでいいのかい、と問えば、鳥居はそんな答えを返してきた。

まあ、趣味嗜好は十人十色。他人がどうこうと口を挟むべきものではない。

「分室長さん。こんにちはぁ」

走ってきて、愛美がちょこんと頭を下げた。

声が少し変わってきたか。

そういえば、赤飯を炊いたと鳥居が言っていた気がする。

間違いなく背も伸びた。百五十センチはあるだろう。

たしか母の和子の身長は鳥居と同じくらいで、同年代の女性より大きかったはずだ。身長もそちらに似れば、順調に成長すれば父の鳥居を超えるか。

二年前に会ったとき、愛美は恥じらいもあってか鳥居の後ろに隠れていた。

それが堂々と前に出て、今ではお父さんを置き去りだ。

（もう十一歳、小学校五年生か）

さらに次の二年後には、本当に身長も置き去りかもしれない。

そのときはもう中学生。勉強に、部活に、恋に、忙しい頃だ。

「やあ。こんにちは」

純也が笑顔で挨拶を返せば、愛美は精一杯に愛らしい顔で首を傾げた。

「去年は残念でした。お会い出来なくて」

なかなか、小五にしてはおしゃまな言い方だった。

「猿丸のオジさんも、こんにちは」

「ああ。へえへえ。オジさんですよ」

その後、愛美は恵子に顔を向け、素通りして愛子と啓太に挨拶をした。

「怖ッ」

猿丸が純也を見て肩を竦《すく》め、恵子は静かに微笑《ほほえ》んだ。

如才のなさに垣間見える結構辛らつな態度の表出は、愛美のまだ幼さか、あるいは幼いながらに、もう女性だからか。

純也ははにかんだ笑いで、後ろから愛美の頭を撫《な》でた。

「宿題はどうだい？　順調かい」

ツーサイドアップが勢い良く揺れ、愛美が振り返った。

「うん。順調よ。分室長さんは？　問題ない？」

この遣り取りは、一昨年に続いて二回目だった。

——問題ないよ。

と、この年の純也は答えなかった。

ちょうど携帯が振動し始めたからだ。

液晶を見て、かすかに純也は目を鋭いものにした。

「うぅん。ちょっと、問題ありかなあ」

「あら」

駄目ですねぇ、と愛美は口元に手を当てて笑った。

なかなか、幼いながらに色気を感じさせる仕草だった。

いくつになっても女、とは聞くが、ではその下限はいくつからだろう。

純也は蒼天に目を向けた。

「シノさん。ここに来ると必ずややこしい人からの電話が鳴る。どうにも鬼門かな。それとも暇を持て余さないよう、シノさんの後押しかい」

去年に引き続き、犬塚の墓前に立つと鳴る携帯に浮かぶ姓名は、公安部長のものだった。

「はい」

――どこにいる。

出れば間髪入れず、鉄鈴を振るような声が聞こえた。

六

――すぐに来い。

問答無用に、公安部長はそう言った。

逆らってもいいことはないので、従うことにした。

ただでさえＪ分室は警視庁の組織図にはない幽霊分室で、論功行賞の対象にもならない。昇進もなければ降格もなく、基本的には警視庁管轄の全職員にとって無視の対象だ。

いいか悪いかは別にして、キーマンとの付き合いは重要なポイントと言えた。従順と反発をバランスよく織り交ぜ、Ｊ分室の存在を時に出し入れする。

二十四年も日本にいれば、さすがにその辺の処世術は身につくというものだった。

早めに墓参を済ませ、混み合う前に園内の和亭で会食というのが決まったスケジュールだった。

「悪いね。みんな」

去年も、純也は合流できなかったがこのスケジュールは変わらなかったと聞いた。

それで、この年も十時集合は暗黙の了解だった。霊園側に宗派の和尚《おしょう》をリクエストし、墓前で経を上げてもらうのも恒例で、予約時間が十時半だった。

が、公安部長からの呼び出しによって、純也は一人警視庁本部庁舎に向かうことになった。

「ええ。なんですそれぇ。信じられなぁい」

愛美が頬《ほお》を膨らまして身体をよじった。

その後ろでパナマ帽を取り、汗を拭きながら鳥居が頭を下げる。

微笑ましい光景、日常。

純也はいつもの、はにかんだような笑みを見せた。

日常や、人がましさ。

そんなものに背を向けるのはいつものことだった。

無言で片手を上げ、ジャケットの裾を翻した。

戻る道は来たときとは逆に、曲がるごとにだんだん広くなる。

(おや?)

気が付けばいつの間にか、付かず離れずあったはずのオズの気配がなくなっていた。

純也の動きに従って左右に広く、さりげない連携で動いていた二人だった。最近の中では、なかなか鍛えられていると純也は感じていた。

それでも、終始注がれる視線は気配として疑いようもなく、墓参者らとの違いは純也には歴然としていた。

相手が未熟というのではない。これは尾行や監視といった仕事と、戦場を生き抜くために本能に刻んだ者との、レイヤの差だ。

その二人の気配が、あからさまに五感を総動員して探ってもまったくなかった。

何かがあって、いるにはいるが園内のさらに遠くに離れたか、あるいは、ほかに不測のことがあって、この霊園そのものから離脱したか。

(ま。オズの都合はどうでもいいけど)

と――。

遊歩道に出ようとして、純也はふと足を止めた。

墓と墓の間の狭い石畳の道は、広い遊歩道までまだ十メートルを残していた。

純也の位置から遊歩道と平行に、墓石の並びの二列奥側に、かろうじて人のものとわかる気配が湧いた。

純也が向かう第三駐車場方面だったが、ちょうどその辺りは区画の切り替えでフェンスと水路があった。

遊歩道に出た方が結果的には第三駐車場に近く、また、歩きやすくもあった。

気配は微弱にして、不思議なものだった。

純也に注がれて純也だけに注がれない、そんな視線が醸し出す気配だ。うすぼんやりと辺り全体を包括する分、場合によっては気配とも視線とも受け取れない類《たぐい》のものに感じられた。

当然、純也だから感得出来たものであり、気配は墓参に込めた一般人の心気でも、オズのような監視の目から漂い流れるものでもない。

けれど純也にとってそれは、初めての感覚ではなかった。

どこだったか。

そう、ランチャーロケットさえ飛ぶカンボジアの密林で、アサルトライフルを手に潜むゲリラ達が応酬した気の配分だ。もちろん、純也もその中の一人だった。

戦場の気配だ。

懐かしくもあるが、その中に死生の境が見える。

純也の場合、原初の記憶のたいがいは、煙硝と銃弾と血飛沫《ちしぶき》とセットだ。

（ふぅん）

簡単に、あえて隠し立てのない気配を流してみた。

反応はいきなりだった。

硬質な、それでいて熱気の塊《かたまり》のような気配が返ってきた。

戦いの気、闘気とも闘志とも呼ぶべきものだった。

ただし、雑多な殺気ではない。そんなものは戦場では当たり前に常にあるもの、ベースだ。

上乗せしてゆく気の質、それが行動を決める。

墓石の向こうに膨れ上がる気は、純也を戦いに誘う、直截なものだった。

（へえ）

純也にして、産毛が総毛立つ感じがあった。

気の質は申し分なく、いや、思う以上に歴戦を思わせた。

歴戦イコール、あまたの戦場を生き延びたということだ。

油断はできないし、する気もない。

〈雁見グリーンパーク〉はいきなり、純也にとって戦場になった。

知らず、純也の口元にはチェシャ猫めいた笑みが浮かんでいた。

――分室長。えらく楽しそうですね。

鳥居がこの場にいたなら、間違いなくそう言っただろう。
純也が動けば動いた分だけ、墓石の向こうの誰かも動いた。
墓石や卒塔婆の隙間《すきま》に目を凝らしてみたが、三列の墓所の重なりはなかなか密だった。
加えて、盆供養の花々がこうなると邪魔だった。
遊歩道まで五メートル。
相変わらず純也が止まれば止まり、動けば動く気配が怪しい。
三メートル。
姿なき敵は、まるで影法師だった。
一メートルを残し、純也は斜め前方に飛び出した。
相手の飛び出しも、ほぼ同時だった。
白い半袖シャツに、黒いカーゴパンツの男だった。
身長は百六十前後だろう。細身だが浅黒い肌には筋肉の筋が捩《よじ》れて見えた。
顔貌については、不敵な笑みを浮かべるかさついた口元。
確認できたのはそれだけだ。
男は、鍔《つば》の広い麦わら帽子を目深《まぶか》にかぶっていた。
一足飛びに寄り至り、遊歩道のど真ん中で純也は男と激突した。
!

激突は正しくは交錯であり、刹那《せつな》の攻防だった。

男は右手で麦わら帽子を押さえながら、左手を巻き込むようにコンパクトに振ってきた。

風切りの唸《うな》りが異様に軽かった。

(ナイフっ)

看破した身体は思考を超えて動く。

純也は慣性モーメントが極小になる右斜め前方に身体を投げた。

運動の方向に逆らわなければトルクは増大するものだ。

わかっていても相手のナイフは予想以上に速かった。

躊躇《ちゅうちょ》や躊躇《ためら》いのなさもまた、トルクに寄与するか。

身体を投げたところから背筋でもうひと捻りした。

それでようやくナイフの軌道の外に出た。

間に合った。

左の肩口ギリギリを舐《な》めるように過ぎてゆくナイフは、刃が大きく反るように歪曲していた。

撥ねる陽光の煌《きら》めきからして、身幅は厚いようだ。刃渡りは十五センチ程度か。

スイス陸軍採用のアーミーナイフ、ビクトリノックスのスキナーが思い浮かんだ。

片手を遊歩道のアスファルトに突き、伸び切った男の腕に足を飛ばした。

肘《ひじ》をかすめる感触はあったが、それだけだった。

純也の足を乗り越えるような側転で男は斜め前方、それまで純也のいた側に降り立ち、遊歩道を挟んで反対のブロックに飛び込んだ。

武器がナイフだけでない可能性も鑑《かんが》み、純也も墓石の間に転がり込んだ。

それで相手とは位置が逆転し、純也は第三駐車場に近い側に場を得ることになった。

背を低く立ち上がって構えると、闘気が一瞬にして霧散した。

代わって柔らかな、撫でるような気配があった。

鮮やかなものだった。

気の出し入れやとりまとめも、一流の兵士たる条件だ。

【面白い。実に面白い男に出会ったものだ】

訛《なま》りの強いフランス語が、風に乗ってかすかに聞こえた。

特には他人に聞かせるためのものではなかったかもしれない。

戦いに感じたエクスタシーの、どうしようもない発露。

戦場における狂気の産物。

わからないでもない。

それは純也の中にもおそらく、今は眠っているものだ。

【甘い甘い、甘美なデザートに取っておくことにしようか。うん。そうしよう。今はここ

まで】

それで気配は、すべてが消えた。一瞬にして男が断ったのだ。

見事なものだった。

純也はスーツの埃を叩《はた》き、男を追わなかった。

男の奥側は第十期の造成地になり、駅方面だった。

大勢が訪れ、賑やかに分譲説明会が催されている第一駐車場がすぐ傍《そば》だ。

男を追えば最悪、一般人を戦闘に巻き込む恐れがあった。

まだ確認できていない銃火器の使用まであれば、それは純也の迂闊《うかつ》さが引き起こす惨事と言うことになる。

【今はここまで、ね】

純也の滑らかなフランス語を聞いたとすれば、果たして男はどんな反応をしただろう。

驚愕、納得、あるいは戦闘の継続、拡大。

「誰だか知らないけど、シノさんの墓所を騒がせた。この始末は、いずれつけさせてもらおうか」

熱波を裂《さ》く冷ややかな声を残し、純也は賑やかさに背を向けた。

第三駐車場が、近かった。

第二章　要請

一

Ｍ６に乗り込んだ純也は、そのまま県道39号に出た。

往路と違い、信号を二つ過ぎても背後にオズのセダンは確認できなかった。

本当に離脱したものか、まだ第二駐車場から動いていないのか。

（さてさて）

朝までは、いつもの朝だった。

いや、川越までの道中もだ。オズの尾行などはもう、純也にとっては単純な日常に含まれている。

それが、〈雁見グリーンパーク〉からは変化した。

直前まで肌で感じていたオズ課員の消失。

フランス語を話す何者か、しかも戦場の匂いのする何者かの出現。

公安部長からの呼び出し。

何も関係はないかもしれない。

とりあえず、オズが近くにいないことは間違いなかった。そうでなければ、純也とあの男の一触を見過ごすわけはない。本当に何か不測のことが他所《よそ》に起こって離脱したものか。

フランス語を話したあの男も、戦いはいかにも挑発的であり、とても計画された行動には思えなかった。

その証拠に風に聞く囁《ささや》きにも、男は純也に対して間違いなく、出会った、という言葉を使った。

公安部長の呼び出しは、まあ、気紛れの可能性もなくはない。

そう考えれば偶然の重なり、つまり無関係もありうる。

ただし――。

関係があれば面白い。

いや、偶然も重なれば、連鎖という繋がりが生まれる。

(まあ、強引に繋げるっていう悪手もあるけどね)

そんな思考を進めつつ、純也はM６を走らせた。

川越から桜田門の警視庁までは、さほど遠くない。道延べにして五十キロ足らずだ。

川越インターチェンジからは、高速を使った。Uターンラッシュのことは頭を過ぎったが、時間的にまだ大丈夫と踏んだ。

公安部長の〈すぐに〉、は口癖のようなものだが、それなりに気を遣ってやらないと暴発しかねず、ときに怒りの地雷を各方面に埋めもする。

高速は思った通り、快適というには少々速度は足りなかったが、順調に流れて一度も止まることはなかった。

首都高速道路の霞が関で降りた純也はカイシャ、警視庁本部庁舎の地下駐車場に愛車を滑り込ませた。

カイシャは警視庁の隠語だ。J分室には関係のない話だが、実際各部にも課にも予算があってノルマもあり、月給があり残業があり、昇進・昇給もあれば降格・減俸もある。

それで、しょせん警視庁も会社だ、何が違うと声高《こわだか》に言う者もいれば、中には本庁を本社、所轄を支社と自嘲する職員もいた。

繰り返すが、警視庁の組織図になく、能力による昇進・昇給からも切り離されたJ分室には、まったく関係のない話だ。

純也がM6を駐車した警視庁本部庁舎の地下駐車場は、地味な色の公用車や護送車ばかりが目立つ、薄暗いスペースだった。

お盆を挟んだこの一週間は、そんな車両群でさえあまり動かないようだ。地味な車の無数の並びは、ただでさえ薄暗い地下駐車場をさらに陰気な空間に演出した。

Ｍ６から降りた純也は、まず時間を確認した。

「まあまあ、かな」

十一時二十分を回ったところだった。

川越から一時間十分以内なら、小言は冷ややかに撥ね付けても文句はないところだろう。

エレベータの方から二人が出てきた。どちらも三十代の刑事のようだった。

純也の姿を認めて一瞬眉を顰《ひそ》めるが、それだけで行き過ぎた。

すぐに一台の覆面車両のエンジンが掛かり、そのまま出て行った。

変わらない、いつもの捜査員達の対応だった。

気にはしないが、慣れもしない。無視なら無視を一貫して欲しいが、通達はあっても心身は咄嗟《とっさ》には対応出来ないのだろう。

一瞬の表情には好奇や嫌悪、とにかく、それぞれが持つ境界線の外に向ける感情が浮かんでは消えた。

純也の中東の匂いがする風貌は、その風貌だけでまず警視庁内でも異質なのだろう。島国根性と断じてしまうと語弊はあるかもしれないが、他者のそんな反応はいつものことだった。

いつまで経《た》っても、いつものこと。笑いも出ない。

これも、いつものことだった。

純也はエレベータに向かうことはせず、A階段で一階に上がった。

玄関ホールに出て受付に声をかけ、それから上に上がるのが、純也にとっては登庁の通過儀礼のようなものだった。

玄関ホールは普段なら警視庁職員や他省庁関係者、ネタ探しのフリーライターやブン屋、さらには見学ツアーの一般人までいて雑然としたものだが、この日は閑散としていた。

おそらく人の往来は、普段の半分以下といったところだろう。

当然、どこもかしこも夏季休暇中ということもあり、土曜日ということもある。

ピーポくんのバッジを付けた見学ツアーも土・日は休みだ。

久し振りに自分の靴音が聞こえるホールを横切り、純也は壁際の受付に近づいた。

警視庁本庁の受付はささやかだ。衝立《ついたて》部分の高い受付台に埋もれるようにして、二名の受付嬢を配するだけだった。

近づけば今日は、受付台の左右に配された、ストケシアの花々が鮮やかだった。

「やあ、おはよう。ルリギクかい？　綺麗な花だね」

ストケシアは瑠璃色《るりいろ》が基本で、ルリギクとも呼ぶ。他に、今も左右に咲き誇るピンクやホワイトもある。

「おはようございます」

立ち上がって腰を折り、頭を下げたのは受付に座ってもう四年目になる菅生奈々《すごうなな》だった。今ではJ分室所属になった、大橋恵子の後輩ということになる。

そもそも、この受付台に毎日とりどりの花を、しかも自腹で飾り始めたのは恵子だった。奈々は恵子の後をよく引き継ぎ、受付を花で満たしてくれた。

その心根は買うべきで、大っぴらにはしないが現在の受付の花は、純也のポケットマネーで咲き誇っている。

「って、あれ？　分室長。今日はその、犬塚さんのじゃ」

奈々は下げた頭をそのまま傾けた。ソバージュヘアの裾が揺れた。

「そうだけどね」

純也は右手の人差し指で上を指した。

「呼ばれちゃったんでね」

「あら？　また何か、怒られることでもしでかしたんですか？」

「身に覚えはまったく」

純也は肩をすくめた。

「ないかあるか、はっきり言わないところが怪しいですねえ」

奈々が慣れた口調で言った。

隣に座る年輩の女性が、会話を聞いて目を白黒させていた。

普段なら受付のもう一席には二年目に入った白根由岐が座る。

不在と言うことは、交代で夏季休暇に入っているのだろう。

「いや、ないない。だいたい、あの公安部長が呼びつけてまで怒るなんてないね」

「え、そうなんですか？」

「決まってるじゃないか、菅生さん。怒るってことは、情が働くってことだよ。エネルギーも使う。あの人がわざわざ僕に、そんな浪費をすると思うかい？」

「ええと――」

少し考え、奈々は愛らしく笑った。

「ないですね。あの部長、かっさかさにドライだって評判ですから」

受付も四年目になると、この辺の機微にも詳しくなるようだ。

「そういうこと」

片手を上げ、純也は受付を離れようとした。

あの、と奈々の声が追ってきた。

「ん？　何？」

「この前、先輩が少しだけここに寄ってくれたんです」

奈々がソバージュの髪を耳に掛けた。

「嬉しくて」

奈々が先輩と呼ぶのは、大橋恵子しかいない。

奈々は恵子が受付から離れたのは、軽い脳梗塞を発症したからだと思っている。思っているというか、純也がそう思い込ませた。

本当はブラックチェイン事件の折り、恵子は奈々の代わりにこの夜の闇、陳善文に拉致されたのだ。

陳善文は犬塚を殺し、恵子を壊した。

ただし、このことは奈々には秘事だった。

奈々は、陳とのデートという名の罠の夜、恵子にお目付役を頼んだ。そのせいで脳梗塞を引き起こしたのかもと気に病んでいた。

実際、J分室勤務になってから、恵子は受付に近寄らなくなった。そのこともいたく気にしていた。

「本当に、嬉しくて」

奈々は恵子の教えを良く守り、明るく優しい、カイシャの本部受付に相応しい女性だった。

ストケシアの花が、よく似合った。

「そう。よかったね」

奈々には間違いなく良かっただろう。

恵子にも、悪くはないはずだ。

恵子も恵子の中で、きっと藻掻いている。

壊れたピースを、少しずつ戻そうとしているのだ。

それが生きると言うことであり、自浄というものだ。

「菅生さん。これからも、うちの大橋さんをよろしく」

「もちろんです」

「有り難う」

少しだけ笑い、少しだけ頷《うなず》き、純也は受付に背を向けた。

二

純也はエレベータで十四階に上がった。

このフロアの桜田通り側には純也達が属するJ分室もあるが、この日純也が向かうのは、皇居側にある公安部長室だった。

公安部長という役職の人物に呼び出されることも久しい。

だいたい、直属の上司である杉本《すぎもと》公安総務課長の顔ですら、部長級以上の着任式くらいでしか見ることはなかった。

警視庁本部庁舎の十四階は、日本の公安警察の本丸と言っても過言ではない。

〈飼い殺せ〉

純也に対するJファイルの申し送りは、この十四階のフロアにこそ、最も色濃く浸透していた。

公安部長室に入るには、まず秘書官として任じられた警部補が詰める別室を通る必要があった。関所のようなものだ。

純也は、常に開け放たれた別室の扉をノックした。

何度か訪れたことがあるからわかっていた。

まず純也を迎えたのは、顔を上げた警部補の無表情だった。

これまでの、純也もよく知る金田《かねだ》警部補ではない。

人事異動があり、現在の秘書官は伊藤誠次《いとうせいじ》という名の警部補だ。前職は公安外事第三課、通称外三《ソトサン》の所属だったという。

ちなみに金田は公安外事第一課、通称外一《ソトイチ》に異動したらしい。

伊藤は今年で、三十四歳になる男だった。

ただし、本人に聞いたわけではない。聞いても声なき無表情が答えだろうことは明白だった。

本来からすれば警視庁内、特にこの十四階においては、それが小日向純也という要警戒人物に対する、正しい接し方なのだ。

だから年齢だけでなく、伊藤の来歴のすべては、恵子に頼んで職員データを当たってもらった。

今年、三十四歳といえば純也と同じ歳だが、そういった意味で気安いかといえば伊藤の対応は、最初から真逆にして一切の排除、無関心だった。

警部補が警視に取る態度ではないが、〈飼い殺し〉の申し送りは礼節の上を行くのだろう。さらに、この辺は上司の方針も大いに影響するかもしれない。

少なくとも前職の金田は訪れるたび、純也にきちんとした礼を取った。

（いや、駄目だな。こういう回想をするのは駄目だ）

排除も無視も、カタールで行方不明となり、紆余《うよ》曲折あってカンボジアから戻って以来の、純也の人生にとってはスパイスのようなものだった。

望むところ、であったはずだ。

その圧力に引っ掛かりを感じるということは、いつの間にかストレスになっているのかもしれない。

多分に近年、警視庁内の扱いにも日本人そのものにも、必要以上に〈慣れ〉が生じたか。

時間と触れ合いの回数がつなぐ〈縁〉という円《まろ》やかな感情は、間違いなく戦場より格段にあった。

血縁以外にも、ＫＯＢＩＸミュージアムの前田総支配人、矢崎啓介、Ｊ分室の面々、斉《さい》藤《とう》誠《まこと》警部補を始めとする警察学校の同期、押畑大輔《おしはただいすけ》警視を始めとするキャリアの同期、サードウインドの別所幸平《べっしょこうへい》を始めとする学友達。

その他諸々、諸々ｅｔｃ。

慣れると、澱むのかもしれない。

無明に彷徨《さまよ》い、深淵に足掻くような生だと思っていた。

そんな無明にも人がましさは灯《とも》り、燃え滓《かす》は深淵に溜まるのか。

溜まりは澱みを生み、死生の勘を鈍らせると、これは逃げか。

何事においてももっと強ければ、非情であれば、犬塚は死ななかったかもしれない。

恵子は、壊れなかったかもしれない。

（いや、これこそ定まらない心の逃げかな）

甘んじるのだ。

許容からはまた、別の花も咲く。

（ああ。いいな）

そんなことを思ってかすかに笑えば、さすがに面前で伊藤警部補の無表情がひび割れた。

怪訝《けげん》な顔をした。

「何か？」

「ああ。なんでもない」

それだけ言って手で促せば、伊藤は机上のインターホンのスイッチを押した。

「小日向分室長、お見えです」

通せ、と先ほど携帯で聞いたのと同じ、鉄鈴を振るような声が聞こえた。

ただし、鉄鈴は鉄鈴でも、長島《ながしま》の凛《りん》と鳴るものではない。

無機質に振られてすぐに消える、出来合いの氷で作ったような冷たさの鈴だ。

「失礼します」

公安部長室に入ると迎えたのは、皆川道夫《みながわみちお》現公安部長の白い、肉付きの良い顔だった。

俗にいうスダレ頭はどうしようもないとして、下っ腹の突き出た体型は前部長の長島敏郎《としろう》と比ぶべくもなく、屈強とも頑健とも程遠い。

「遅いっ」

スダレ親父は椅子にふんぞり返り、コストパフォーマンスに優れたそれだけを言って純也を睨んだ。

こんな上司だから、別室の警部補も純也に横柄な態度を取って悪びれるところがない。

尊大は伝播すると知る。

――どこにいる。

同じ言葉でも、前年九月に振られた長島の鉄鈴は、十月の人事異動を知らせるものだった。

　特に急ぐこともなく戻った本庁庁舎の同じ公安部長室で、長島は純也に淡々と、自身の昇任と異動を告げた。

「秋の人事でサッチョウに戻る。次は長官官房のな、首席監察官だ」

「へえ」

　純也は素直な感嘆を漏らした。

　五十四歳という年齢からして、この人事はまず同年次の中ではトップで間違いなかった。

「おめでとうございます、ですか」

「その気のない賛辞は要らない」

「ではご愁傷さま、と」

「なんだ?」

「下々にしてみればすでに雲上人の部長が、さらに突っ込んでゆく雲の中を想像しまして」

「ふん。いずれお前も上るかもしれんところだがな。形ばかりには」

「形ばかりなら私はカゴの中ですから、たいがいのことには安全では」

「どうだろうな。雨風は防げても、雷は怖いぞ」

「そのときは、よろしくお願いします」

「溜まった借りにまだ上乗せか。図々しいとは思わないかな」

「生き方です」

「ああ。その辺を弁えているならちょうどいい。呼んだのはな、お前の生き方に関わることだ」

皆川道夫、と長島は口にした。

「知っているな」

「当然。雲の下の人として」

「辛辣《しんらつ》だ。こいつに関してそう言う物の言い方は今この場限りにしろ」

「了解です」

当然、皆川の名前は純也も知っていた。

長島と同期のキャリアだ。

ということはつまり、長島に遅れているということを意味する。

雲の下とは、そういうことだ。

「チヨダ。お前のことだ。こっちもわかっているんだろうな」

「はい」

オズのゼロの前の組織。

皆川はチヨダ最後の裏理事官だった。

つまり、現オズの裏理事官、氏家の先輩ということになる。

「ドライというか、昔から身勝手な奴だ。あの男に掛かっては、チヨダも自分の手足のようなものだったろう。内閣総理大臣秘書官への栄進は、大いにチヨダの効力だとな、そんな恨みを口にする人もいる」

今度の人事もどうだろう、と言って長島は椅子に深く沈んだ。

「大変だろうが、図々しさを生き方とほざくお前となら面白そうだ。鼻っ柱を折られるのもいいだろう。じっくりと、高みの見物をさせてもらうとしようか」

「あれ」

純也ははにかんだような笑みを浮かべ、デスクの上に身を乗り出した。

「部長。本当にそんなこと、思ってます？」

「まあ、一度も私の前に立てたことのない男に、お前が負けるとは思わないが」

「ああ。それがお分かりなら結構です」

「ただしな。ファイルの申し送りはしたぞ」

Jファイル。

物自体は黒革の、なんの変哲もないファイルだった。内容は小日向純也という男の経歴と家族・親族構成で、華麗ではあるがそれだけだ。

ただ表表紙に、二〇〇四年当時警察庁長官だった吉田堅剛《よしだけんごう》の自筆とも、次長であった国《くに》枝五郎《えだごろう》現警察庁長官のものとも噂される、〈J〉のひと文字が浮かぶ。

このファイルの問題は内容より、引き継ぎの口頭による申し送りにあった。

――当該人物を、飼い殺せ。

これは同年に内閣府特命担当大臣防災担当、つまり、国家公安委員長を拝命した角田幸《かくたこう》三《ぞう》が、前任だった小日向和臣委員長の意を汲み、以来、代々の公安部長に引き継がせた文言だった。

このJファイルが公安部長に引き継がれる限り、純也の上がり目は警視庁内には有り得ない、という構図だ。

「おや。さすがにそこは、匪石《ひせき》と渾名される部長でも」

石のように転がりはしない心、不動、転じて鋼《はがね》という意味になる。

匪石は長島の渾名、異名にして、見事に体を表す言葉だった。

「仕方あるまい。代々とはつまり、歴々と同意だ。これからその歴々の雲に突っ込む身としては、最初から雷は勘弁だ」

「なるほど」

「小日向、覚悟しておけ。まず最初は、間違いなくブリザードのような対応になるぞ」

「ご忠告、痛み入ります。けれどまあ、問題はないでしょう。そんなものはやり過ごせばいいだけの話です。あんがい通り過ぎた後は青空で、部長のときより視界が開けるかもしれません」

「だといいがな」

かすかに長島は肩を揺すった。

笑ったとわかるのは、これでも三年強の付き合いだからだろう。

「そう。それにしてもな、俺も、自分で次の異動は長官官房だとは思っていた。首席監察官とは驚いたが、好都合でもあると思ってな。交換条件ではないが、サッチョウに戻る代わりに、真下に一人貰った」

小田垣《おだがき》観月《みづき》、と長島は口にした。

さすがに一瞬、純也は素直に驚いた。

もしこの一瞬が戦場のど真ん中だったら、純也は長島に殺されていたかもしれない。

そのくらいの驚きだった。

「えっと」

純也の大学の二年後輩にして、警察庁キャリアの後輩。

東大学内の〈Jファン倶楽部〉を、二年生にして束ねた女性。

そして、超記憶能力と引き換えに、一部の感情表現を失ったアイス・クイーン。

「で、結局部長は、なんで私を呼んだんです？　まさか昇進の自慢、ではないですよね」

「ああ。ちょうど、本人が甲府の県警本部から来ていたものでな」

金田が詰める別室に、馴染《なじ》みがあって且つ、あまり馴染みたくない声が聞こえた。

すぐに姿を現したのは、パンツスーツ姿の一人の女性だった。

マッシュボブの髪、百六十七センチの長身、長めの手足、目が大きく愛らしい顔立ち。

小田垣観月だ。

「先輩。お久し振りです」

純也の前に立ち、真っ直ぐに見上げて観月はそう言った。

表情は硬いが、緊張しているわけではない。

そう感じるのは受け手の勝手、ということになる。

眉一つ動かさない表情は、動かさないのではなく、動かない、が正しい。

わからない。読めない。

掌から零れるような不安定さで、純也にはそれが少し苦手だった。

「やあ、久し振り。少し見ないうちに、また綺麗になったね」

観月は真顔で、大きな目だけを二、三度左右に動かした。

「先輩。それって、褒めてます?」

純也は肩を竦めた。ボーイッシュな見た目に秘めたこの辺の鈍感力も、大いに苦手だ。

「小日向。小田垣は来月から警視庁勤務だ。ヒトイチの監察官室に所属する」

そんな紹介を長島はした。

気のせいか、珍しく面白がっているようにも見えた。

「来月から警視庁警務部人事一課、監察官室に管理官として着任します。よろしくお願いします」

表情も抑揚もないビスクドールが、おそらく元気良く、親し気に、頭を下げたに違いなかった。

三

――どこにいる。

受話器に聞こえた一声は長島と同じだったが、皆川からの電話は問答無用にして無慈悲な言葉が続いた。

――すぐに来い。

その結果、純也は一時間と少しで警視庁十四階の公安部長室の、紫檀のデスクの前に立つことになった。

「で、お呼びの向きはいったい？」

遅いと怒鳴った皆川の睨みをあっさりと流し、純也は聞いた。

「今さっき呼んだ。もうすぐ顔を出す」

純也は首を傾げた。

皆川の言葉は一方的で、意味がすぐには取れなかった。

「ええと。誰がです？」

まさかこの年も小田垣観月が、あるいは観月に準ずるような誰かが、などというアトラクションが用意されているとは思えないが。

「五階の親玉だ」

「ああ」

純也はわずかに顎を引いた。

五階の親玉と言われるだけで、部署と人物は特定出来た。五階は組対のフロアで、親玉と言えば部長だ。

出来たが、

「――五階ですか？」

首を傾げた。

「五階が、なんでまた」

純也の問いに、皆川は軽く鼻を鳴らした。

「惚《とぼ》けるな。私は、貸してくれと言われた。お前を名指しで何度もな。おい、小日向。五階とはどういう関係だ」

感情がすぐに表に出る気質はなるほど、紫檀のデスクの主にしては軽々しい。

長島の同期にして、その後塵を拝し続ける理由の一端は、この辺にもあるだろう。

「はて。私には思い当たる節は皆目。無関係、と言わせていただくしかありませんが」

デスクに両肘をついて暫時、皆川は純也を下から睨み上げた。

「まったく」

机を叩き、椅子を軋《きし》ませる。

ぞんざいにして横柄だった。

「今日は久し振りのゴルフだったのだ。皆で寄って集《たか》って、よくも私の休日を潰してくれるものだ」

純也は、この愚痴に引っ掛かった。

皆川が真夏にわざわざゴルフをしようとしたことが一点、そのわざわざをキャンセルしたことが二点。

疑問は前提として、ゴルフは付き合い程度という、前もって調べた皆川のプロフィールに立脚している。

「ええと。部長、つかぬことをお伺いしますが」

五階の親玉はまだ来る気配もなかった。

暇の徒然ではあるが、無言で見つめ合うよりは千倍もマシだ。

「なんだ」

「本日のゴルフはどなたと」

「ゴルフ？　ああ、ゴルフか」

衆議院議員、住宅メーカーの重役、省庁キャリア。皆川は名前から役職までを得意気に列挙した。

「なるほど」

それならわかる。一点目はこれで納得だった。

そのくらいの顔触れなら皆川は猛暑の中でも、決して上手《うま》くも好きでもないはずのゴルフに出掛けるだろう。

ただし、となると二点目の疑問が余計に際立った。

そんなゴルフをキャンセルしてまで、格下の警視長である組対部長に付き合う皆川ではない。

間違いなく、他にゴルフをキャンセルせざるを得ない何かがあったのだ。

それが、皆で寄って集って、というニュアンスに繋がるのだろう。

「ちなみに部長。今日はこれまでどちらに」

「あっちだ」

皆川は顎をしゃくった。

「ビキョクにな」

警察庁警備局、通称ビキョク。

「へえ。局長ですか」

考えるまでもない。

皆川は異常なまでに階級に拘《こだわ》り、立身出世に情熱を傾ける男だ。

人脈とのゴルフをキャンセルし、自ら赴くビキョクなら、警備局局長以外には有り得ない。

「それは――」

言い掛け、皆川は咳払いで誤魔化した。

「お前には関係ないことだ」

「おや。ビキョクでしたら、私も無関係ではありませんが」

「無関係ではないだ？　ふん。〈Jファイル〉。わかっているのか？」

鼻で笑い、皆川は窓の外に顔を向けた。

「お前にとってのサッチョウは過去の栄光に過ぎん。すでに完了している。警視庁へは片道切符だろうが」

「おっと」

純也は苦笑いで肩を竦めた。

ここまで直截に純也の立場を口にする男も珍しい。

褒めはしないが、ある意味では認めてもいい。認める限り皆川程度の小者なら、扱いようは幾万通りもある。

そんなことを考えれば、どうやら時間のようだった。

紫檀のデスク上で、インターホンが音を発した。

――部長。大河原《おおがわら》組対部長が。

純也の名を告げるのとは打って変わった伊藤の声がしたが、途中で銅鑼《どら》のような生声に重なり、掻き消された。

「ああ。堅苦しくすることたぁねえや。そのままでいいぜ。奴が来たってんで部長に呼ばれた。それですっ飛んで来たんだ。このまま入らぁ」

ノック代わりに声で扉を押す、そんな迫力だった。

声に比例するように大柄で恰幅がよく、四角くえらの張った顔の中も造作物のすべてがでかい男。

それが現在、警視庁でも一、二を争う〈曲者〉、組対部長の大河原正平《しょうへい》警視長だった。

扉が閉まる直前に、

「お構いなくでいいぜぇ。用件が済んだら、すぐに退散すらぁ」

大河原は別室の伊藤に声を掛けた。

大柄で恰幅がよく顔もデカいが、気配りは割り合い細やかだ。

ソファに座り、大河原は少し跳ねた。

「へっ。いいクッションだ。俺んとこのたぁ、えれぇ違いだぜ」

皆川は苦虫を嚙み潰したような顔をしたが、大河原に気にした様子はなかった。

何度か跳ねてから片足を座面に上げ、大河原は背凭《せもた》れ越しに、立ったままの純也に顔を振り向けた。

「呼びつけて悪かったな。分室長」

大河原は笑って言った。

四角くえらの張ったデカイ顔は普段は鬼瓦のようだが、表情を緩めるとやけに人懐っこくも見えた。

内心で賛嘆する。

釣り込まれそうだった。

これも曲者の手管《てくだ》の一つか。

「まあ、あれだ。実際に借りてぇのはお前ぇってえか、お前ぇの部下だがな。俺は筋は通す男だからよ」

大河原は目を部長席に動かした。

皆川は顔を背けたが、特に否定の言を口にすることはなかった。

「私ではなく、部下？　さて、どういう話でしょう」

「っと、その前によ」

やおら、大河原はソファから立ち上がった。仏頂面《ぶっちょうづら》の皆川に顔を向けた。

「公安部長。ここで話すと、面倒臭ぇことと関わりになりますがね。どうします？」

「ふん。言いたくない、の間違いではないですか、大河原さん。先程も言いましたが、ただでは貸せませんが」

「いや。間違いなく面倒臭ぇっすよ。公安部長様は面倒事がお嫌いでしょうに。今もサッチョウのビキョクで、間違いなく面倒臭ぇ話を下の者に押し付けてきたばかりだと思いますが。違いますかね」

「なっ。そ、それをいったいどこで」

なぁに、と言って大河原は胸を張った。

貫禄だった。

「そのくらいのスジはありまして。いつでも、どこにでもね。それで今日なら間違いねぇかと、放置されてた小日向分室長の件、お伺いしたんですがね。それとも、ゴルフ場にでも押し掛けた方がよかったっすか？　ああ、どこぞの、よくお使いになるホテルでも」

しばしの睨み合いがあった。

階級は皆川のほうが上だが、歳は大河原が上だ。こういう関係は見ていて面白い。

ただ、捏《こ》ねて丸めて、最終的には格で大河原が上なのは間違いない。

「これは貸しだと、それだけは肝に銘じておいて欲しいものですな」

皆川は、手の甲を向けて払う仕草をした。

有り難うございます、と大河原は頭を下げた。

行くかい、と大河原が純也を促した。

「いつまでもここにいると、公安部長に余計なものをおっ被《かぶ》せちまいそうだからよ」

「了解しました。――では、私もこれで」

部長席に対して頭を下げたが、皆川は見向きもしなかった。

純也は大河原に従って退出した。

そのまま一階ロビーに降りて外に出る。

雲の取り払われた青空からは、強い陽光が降り注いでいた。

「昼だな。なんか食いながらにするか。話ぁ、そんときでいいな」

「お好きにどうぞ」

「おっ。素直だな」

「素直も何も、今のところ一切の情報がありませんので。それに、たしかに昼は昼ですから」

「違ぇねえ。――鰻《うなぎ》にすっか。俺ぁ、鰻が好きでよ」

「ああ。鰻ですか。いいですね」

たしかに土用は土用だが、丑の日ではなく土用波の頃だ。

現在の暦では、土用波の最盛期は海水浴シーズンのピークに当たり、大潮とも重なる時期になる。

千波《せんば》に一波の大波には、警戒が必要だという。

油断はするなということだ。

(鰻はいいけど、波はなあ)

先を歩く大河原の広い背中に、日比谷公園の木漏れ陽が揺れた。

大波のように、見えなくもなかった。

四

わずかに時を少し遡《さかのぼ》った、中央合同庁舎二号館の二十階だった。

警察庁長官官房や会計課、そして、警備局が入っているフロアには、普段香ることのないフレグランスが漂っていた。

柔らかく甘い香りは、好もしいと思いながらも日本人には手の出せない、自己主張の強いものだった。

土曜の午前だがこの日、オズの理事官である氏家利道警視正は、朝から自身の執務室にいた。

オズを率いる以上、年中無休の多忙はもとより覚悟の上だが、だからといって登庁などしない。このデジタルの世の中、たいがいの作業はサテライト化が可能であり、どこにいても出来るからだ。

むしろ休日の登庁は、キャリアにとっては無能の証でしかないだろう。

常にそう公言して憚らない氏家が土曜にも拘わらず登庁したのは当然、無能だからでも、自己都合の何かによってでもない。

この日の登庁は前日に、他人によって決められていたのだ。

偉そうなことこの上なかったが、逆らうことの出来ない人物からの命令ではあった。

――氏家君。明日なんだが、朝から執務室に詰めていてくれたまえ。え、いや、君の都合などどうでもいい。私もね、偉そうな先輩から、大切なゴルフをキャンセルさせられたんだ。これは密命にして厳命だ。いいかね。必ずだよ。ああ。朝からなのはね、そんな時間に海外からお客が来日するからだ。君に紹介するかもしれないものでな。いいかね。くれぐれも、朝からだよ。

そう、言いたいことだけを問答無用に告げてきたのは、キャリアの先輩にして、裏理事官の先輩でもある、皆川道夫現警視庁公安部長だった。

皆川は入庁したての氏家に目をつけ、目を掛けてくれた男ではあった。自身が運用するスジ、情報協力者の何人かを下げ渡してもくれた。

氏家をいずれ、裏理事官として自身の系譜を継ぐ男と見込み、飼い慣らそうとしたのは見え見えだったが、氏家は甘んじた。

使えるモノ、動かせるモノはなんでも取り込み、吸収し、放出した。

その結果として、二〇一三年の春に警備企画課の理事官になった際、チヨダの後継組織の統括理事官を拝命した。

と言って、オズの理事官は氏家にとって、スタートでもゴールでもない。RPGにおける通過点、フラグのようなものだ。

皆川とのバーターな関係はまだまだ続く。怒らせていいことは、今のところ何一つなかった。

この朝、皆川は氏家の執務室に姿を現したかと思うと、部屋をせかせかとひと回りし、好き勝手に雑な言葉を吐き捨てるようにして出て行った。単純な氏家の挨拶にも無反応だった。

(あれはまるで、愚鈍な爆撃機だったな)

ズングリとして、腹の中にド級の爆弾を抱えた爆撃機。

考え得て妙だった。一人、笑えた。

実際、ひと回りした爆撃機は、ド級の爆弾を落としていった。

『何？　気持ち悪いわ？　それが日本人？』

氏家が座るソファの対面から、爆弾がうら若い女性の声で言った。

英語を解さなければわからないだろうが、声には多分に侮蔑の響きが強かった。

『別に。私の挙動のすべてを、国民性のひと言で括らないでもらいたいものだ。良くも悪くも、多様性の自由がアメリカにしかないと思うのは、悪しき排他性。それこそ不自由というものだ』

氏家は足を組み、湖水のようなブルーアイズを持った女性を睨んだ。

赤毛に近いダークブロンドを勿体ないと思わせるほどショートにカットした髪、小さな顔に高い鼻、赤く艶やかな唇、抜けるように白い肌、愛嬌程度のそばかす。

全体としてみれば端整だが、氏家の睨みをどこ吹く風と受け流す微笑みに、親しみは湧かなかった。

レース袖の白いブラウス、サブリナ丈のネイビーのパンツ、細いローヒール。

どれも出来る女の演出として、氏家にはボディ・アーマにも見えた。

だいたい、冴えて冷ややかなブルーアイズも、真後ろに立つウィル・ゴードンとかいう部下の直立不動も、最初から握手の雰囲気さえ排除した。

女性の名前は、ミシェル・フォスターと言った。アメリカ連邦捜査局、通称ＦＢＩの捜査官、Gメンだ。

ＦＢＩは具体的には、安全保障に関わる公安案件、連邦政府に関わる贈収賄、複数の州にまたがる広域案件など、連邦法に抵触する案件の捜査を担う部門で、合衆国司法省に属した。

長官・副長官以下、情報部、国家保安部、刑事・サイバー対策部、科学技術部、情報技術部、人事部の六つの部によって構成されている。

ＦＢＩの捜査官、Gメンは全員が連邦公務員であり、弁護士か、それに相当する能力を有することが条件とされている。このためＦＢＩの採用試験は州の弁護士試験より難関だと言われる。

つまり、捜査官全員がエリートであり、優秀だった。

照会に拠ればフォスターは、その一部局であるＮＳＢの所属らしい。

二〇〇五年に統合編成された、国家保安部、いわゆる公安警察部門に属するということだ。

ゴードンはその職責上の部下らしいが、小山のような体格はボディガードのイメージの方が強い。

Gメンは職務としては氏家らとご同輩、と言えなくもないが、ガードは固く、プライドは高い。

　そもそも、ICPO（国際刑事警察機構）を通じてFBIから捜査協力要請があったのは、警察庁警備局長に対してだった。

　それが内部部局の筆頭である警備企画課長の福島《ふくしま》の所に降りたところで、捜査協力要請としてはタイムアウトになったようだ。

　焦《じ》れたFBI側からは捜査協力ではなく、この段階でGメン派遣のアイデアになったらしい。

――んなもんに来られても面倒臭そうだから、同等に面倒臭い、警視庁のあの男んとこへ振っちまおう。

　福島がそんなことを言ったのは氏家も聞いていた。

　聞いただけで特段の興味もなかった。

　ブーメランのように氏家の所に返ってくるなどとは思いもしなかったからだ。

　Gメンが国家保安部所属なら、福島が振る先は当然警視庁内では公安部になり、皆川ということになり、あっという間に氏家に降り掛かってきた。

　それが前日の夕方だった。

　今朝になって、いつも通りに登庁した。

　すると前置きもなく、一時間もしないうちに皆川という爆撃機はやってきた。

　ノックもなく最初は言葉もなく、こめかみには青筋さえ浮かんでいた。

皆川は朝イチでサッチョウの警備局長室に呼び出され、到着したばかりのフォスターを紹介され、その足で氏家の執務室に踏み込んできたらしい。

「見てわかるように、見た目には花だがな。わざわざ海を渡らなくとも、大使館にもFBIの駐在員はいるだろうにと聞いたら、大使館などは一宿一飯で軒を借りるだけ、これは私達の、本国要請の案件だとにべもない。一瞬、こちらでとも思ったが、やはり置いて行く。毒の花も棘《とげ》の花も、うちのカイシャには要らん。こちらでなんとかしろ。そもそも、こっちの局長の案件だ」

と捲《まく》し立てるように言い放ち、後も見ずに皆川は出て行った。

軽い溜息をつき、手でGメンの二人にソファを勧めた。

無言でフォスターは座り、ゴードンは手を後ろに組んでボディガードのようにその背後に回った。

先に口を開くつもりはなかった。二人の態度も雰囲気も、友好的なものには思えなかったからだ。

『ようやく、ここまで辿り着いたけど。掛かり過ぎね』

自己紹介もなく、会話はフォスターの硬い英語で始まった。

『私のせいではないが、迷惑をかけたのなら謝罪した方がいいかな』

氏家も英語で応じた。人並みの会話には問題ない程度には出来る。

ＩＣＰＯの照会から始まり、この日の局長室から氏家の執務室まで。

たしかにシステムとしては、日本特有の〈盥回《たらい》し〉で間違いない。

『あら。ずいぶん、綺麗な英語だこと』

フォスターは意外そうな顔をした。

背後に立つゴードンも、わずかにだが気配が揺れたようだった。

（ふん。ずいぶん馬鹿にされたものだ）

たしかに局長も皆川も英語に堪能ではないが、一事が万事、いや、二人で日本の万事を語ろうとは、勉強不足以前に舐め過ぎだ。

『でも、そうね。最初の要請からもう、半年以上だものね。長いと思ったら、英語のお勉強でもしてたのかしら。そんな暇があったら、さっさとレスポンスをよこしなさいっていうの』

フォスターはガラスのテーブルを強く叩いた。

（まあ、俺でも向こうの対応がそうなら、こうなるか）

フォスターの硬く、日本の警察の一切を拒絶したような態度は不信の表れにして、この場で和らぐようなものには思えなかった。

五

氏家とフォスターの会話は端々にディベートを挟み、全体としての進みは悪かった。

ただし、聞くだに明らかになってくる端緒と二人の目的は、氏家をして唸らざるを得ない構図を持っていた。

フォスターがすべてを語っているとは、当然氏家は思っていない。非協力的な拒絶は常に一貫していた。

『死の危険もあるけど、囮《おとり》を使うわ。あなたはただ、黙って人を出してくれればいいの』

『勝手な言い草だな。そういうわけにはいかない』

ディベート以外に、そんな会話も繰り返された。

『あら。ずいぶん偉そうね。さすがに、日本の警察もキャリアには見るべき者が多いって聞いてきたけど。でも、捜査の現場では足手まといなんでしょ』

助けを必要としない以上、すでにフォスターには、氏家の執務室にいる必要すら見出せてはいないのかもしれない。

俗にいう、時間が勿体ないだけ、というやつだ。

ただ、それでも騙《だま》し騙しにして全容の枠組みくらいは、朧気《おぼろげ》にも見えるまで食い下がった。

氏家にすれば、おいそれと帰すわけにはいかないのだ。

自分に振られた以上、特に皆川から振られた以上、何かあったときに切り捨てられるのは氏家だった。

そうはさせないためには、シャッフル出来るだけのカードは持たなければならない。

ジョーカーも、あるならあるに越したことはない。

三十分は掛けてフォスターに聞いた陽炎《かげろう》のような全貌は、あまり日本では例を見ない類の形を成した。

猟奇的と言ってもよかった。

日本ならマスコミがこぞって取り上げ、大きな話題になるだろう。

アメリカでも一時、全米のニュースに取り上げられたほどであったらしい。

なるほど、州警察を超えてＦＢＩのＧメンが動くわけで、メンツに掛けてもと海を渡るだけのことはあった。

それでも、ニュースはすぐに消えたという。

似たような事件はそれこそ日替わりで起こり、ソースとして百人、千人が関わる規模の事件が列をなして待っているのが、アメリカという国だった。

『ただ遠くで見ていなさい。証票と、捜査権だけ貸してくれればいいのよ。銃もあれば最高。でもまあ、借りなくても困らないけど』

訥々《とつとつ》とでも話させれば、舌は滑らかに回るようになる。

高飛車な物言いには閉口するが、無言よりはいい。

それにしても、遠くで見ていろと偉そうに言われれば、反射的に抵抗はしたくなるというものだ。

『見ていろ？　馬鹿な。あまり、日本の警察を舐めない方がいい』

『舐めてなんかいないわよ。心配してるだけ』

『どういう意味だ』

『言葉通り。私は優しいのよ。だから忠告。レッスン・ワン、ね』

言いながら立ち上がった。

見下ろすブルーアイズには、青い炎が見えた。

『いい？　忠告を受け入れないと死ぬわよ。そういうことに躊躇しない相手だから』

『なぜわかる』

『ふふっ。乗せられついでに教えてあげようかしら。詳細はなしだけど。レッスン・ツー』

フォスターは柔らかなダークブロンドに手櫛を入れた。

甘いフレグランスが際立った。

『防犯カメラに一度だけね。画像は安物で見づらかったけど、ナイフの扱いは際立っていたわ。挨拶に上げた手を下ろす気軽さで人を殺せる。プロ中のプロね』

想像してみた。

何度映像を切り替えても、想像はどこかで見た映画でしかなかった。

『プロなのか？』

さあ、とフォスターは肩を竦めた。

『シャドウ・ドクター。私達はそう呼んでるわ』

『シャドウ・ドクター』

思わず復唱した。

『そう。レッスン・スリー。よく出来ました』

フォスターはまた、ブルーアイズを動かさず笑った。


Gメンが引き揚げた後、氏家はデスクのＰＣを起動させた。

（どんなに猟奇的でも、ただの犯人探しに付き合う気などそもそもないが）

ＦＢＩは最初から、警察庁刑事局の方に要請を出せば良かったのだ。あるいは皆川が警視庁内を横滑りで、刑事部に振っても良かっただろう。

なんにしても犯人捜査は刑事警察のテリトリーだ。

そんな単純作業に、公安警察が口も手も出す暇などはない。

「ま、命じられたことだけはしようか。クレームもご免だ」

それがデスクのPCを立ち上げた理由だった。

ネットからは切り離されたPCだ。それでもセキュリティ・トークンなどは掛けてあり、基本、キーのUSBがなければ起動しない。

話からするに、連中は不慣れな日本国内を動くに当たっての、水先案内人が欲しいだけだった。

オズの中から、誰をピックアップするか。

思考だけでは選定は出来なかった。空きなどあるわけがないはずだった。

PCはその確認のためだったが、やはり空きなどなかった。

全員が作業中だった。

(とすれば、小日向番か)

ダニエル・ガロア。

世界のあらゆる国と地域の紛争に関わりを持つと噂される〈サーティ・サタン〉の首魁。

小日向は、そんな男と関係していた。

つまり小日向純也という男は、ただ一身にしてオズが抱える一つの案件と同等か、それ以上に重要なのだ。

しかも小日向は、氏家が小日向のそんな秘密を握っているのと同様に、氏家にとっての急所とも言うべき情報を握っていた。

海を渡って日本国内に売られてきた、罪なき黒孩子の一人。

正式な日本の戸籍を有し日本人として育った、本国に戸籍だけがない純血の中国人。

それが氏家利道の正体だった。

オリエンタル・ゲリラの一件では図らずも呉越同舟となったが、氏家にとって小日向は本来、最重要要警戒人物にして、明らかに敵だった。

（仕方がない。一人増やしたが、割くか）

増やした一人。

それが唯一動かせる余剰だった。寺川《てらかわ》という成城署の警備課に所属する巡査長だ。

氏家は壁の時計に目をやった。十時半を回った頃だった。

まずメールを打った。

〈午前中〉

この辺は現場に対する互いの融通だ。

午前中ならいつでもいい。掛けられる状態で掛けて来い。

そんな意思表示だった。

このときは、すぐには掛かってこなかった。

十一時を大きく回っても連絡はなかった。

午前中、とは最大限に融通はしたが、訝《いぶか》しかった。

それでももう一人、野村《のむら》という巡査部長にも同様のメールを打った。

こちらも三十分経っても掛かってこなかった。

最後の一人で、やっと明確なレスポンスがあった。

剣持則之《けんもつのりゆき》という、普段は公安第三課に所属する男だった。つい最近、警部補に昇任したようだ。

――はい。

小日向番としては、氏家が絡む中では一番古い。班長格でもある。

「他の二人はどうした」

――は？　いえ、行確中のはずですが。

行確は行動確認の略でつまり、尾行・張り込みの作業を指す。

「各個、移動中か」

――いえ。

「お前はどこだ」

――車中待機ですが。出てみます。

剣持の理解は早かった。

通話は一旦切れ、十分後にまた掛かってきた。

声は少し硬かった。

――命に別状はありませんが、誰かにやられたようです。他人の墓前で、佇むようにして気を失ってました。まず、一人に代わります。私はもう一人を。

剣持は携帯を一人に渡したようだった。そんな音がした。

――す、すいません。

野村だった。

「報告しろ」

――やられました。いきなり腕で首を巻かれて、気が付いたのは今です。落とされました。接近の気配はまったく感じられませんでした。

「Jか」

――わかりません。ですが分室員は全員、間違いなく墓前に居りました。

「離脱」

――了解です。

次いで三分後、今度は寺川から連絡があった。内容はぼやけて、似たようなものだった。

――ただし、呼気に挟むような呟きが、謳《うた》うようでした。日本語ではありません。感覚では、フランス語かと。

そんなことを言っていた。

窓からの陽射しを睨む。

それからおもむろに携帯を取り出し、電話を掛けた。

すぐには掛かってこなかったが、ショート・メールに返信があった。

〈食事中。文句があれば大河原部長に〉

それが、小日向の返事だった。

六

先を歩く大河原が向かったのは日比谷公園近くの、晴海通りに面した場所にある老舗《しにせ》の鰻屋だった。

途中でわかった。純也もJ分室の面々とたまに使うからだ。

この鰻屋は何を食べても少々値は張るが、奥まった壁際にある小上がりが便利だった。

カウンターも見通しが良くていい。

密議は密室ですると、倍ではなく二乗で漏れ広がる危険性を孕《はら》む。

見せないは見えないに反転し、聞かせないは聞こえないに逆転する。

密談には適度なざわめきが必要だ。

実際、土曜日の店内は適度に混んでいたが、十二時前だったのが幸いしたか。

小上がりは空いていた。

「勝手知ったる、だろ」

「そうですね」

純也達がときとして利用していることを、大河原は最初から把握しているようだった。

食えないタヌキだが、そんなタヌキが鰻を食うのは、多少なりとも興味深かった。

小上がりに通され、大河原が特上御膳と生ビールを頼んだ。

どちらも二つ、とはもちろん、純也の分もだ。

地下駐車場のM6は取り敢えず諦める方向に決めておく。

「元はよ、福岡の金獅子会《きんじしかい》が発端だわな。知ってっかい？　金獅子」

顔を拭きながら、冷たいおしぼりの向こうで大河原はそう言った。

「ええ。当然知ってますよ。大きい組織ですから」

金獅子会は、関西の広域指定暴力団、竜神会《りゅうじんかい》の二次団体だった。

竜神会は大阪北船場に本拠を構え、直系構成員五千、総構成員数は一万を超える日本最大の暴力集団だ。

金獅子会はそんな竜神会の九州派閥にあって、まず筆頭の組織だった。

暴対法以降も九州が盛り下がらないのは、主にこの金獅子会のせいだともお陰だとも言われる。

同様にして、関東では沖田《おきた》組が一大勢力だが、立志伝中の沖田剛毅《ごうき》亡き跡を継いだ息子の丈一《じょういち》が愚物だった。

そしてこの丈一は、犬塚の最期を看取ってくれた五反田〈ペリエ〉のママ、美加絵《みかえ》の兄だ。

「で、その金獅子会が、どうしました？」

「そう。どうかしたんだな」

ビールが届き、取り敢えず掲げて呑んだ。

喉が渇いていなかったと言えば嘘になる。美味《うま》かった。

「今年の二月だ。六十になる組長の女房が死んでな。んでよ、こりゃあオフレコにしてるが、両目が抉《えぐ》り取られてた」

「へえ」

ビールのあてにしては、少々シブいか。

組長が大激怒し、組を上げて報復準備を整えたという話があった。

このとき金獅子会と裏で揉《も》めていた辺りを、福岡県警がリストアップしているという話が警視庁の組対にも届いた。

「水面下じゃよ、結構緊迫してたんだぜ。知ってるかい?」

純也は頷いた。

「なんとなくなら」

鳥居から概要は聞いて知っていた。

鳥居は庁内のいたるところに昔ながらのスジを持つ。

「おう。さすがだな」

「と持ち上げられても、目の件までは追いませんでしたが」

知っていれば興味は持った。

なぜなら、

「と、聞けば、お前さんなら繋がる、いや、繋げるわな。なんたって国家公務員Ⅰ種トップの頭脳だ」

と、大河原は言った。

褒めておきながら先回りして待ち構える。

この辺は食えないタヌキの、面目躍如たるところか。

「ありゃあ、四月だった」

「そうですね」

四国愛媛で、言われれば同じような事件があったのだ。

伊予松山の松平《まつだいら》に繋がる名家で、六十七歳になる当主が殺された。しかも、体内から腸が抜かれていたことで結構なニュースにもなった。

犯人は今も、手掛かりすらつかめていない状態だ。

「繋がりを確実にしてやろうか」

ちょうど、鰻重が運ばれてきた。

蓋を開け、漂う香ばしい香りの中で、

「福岡も愛媛もな、最初に喉を切り裂かれてよ。死因は出血多量による出血死だわ。動けなくなってから、料理されてる」

と、大河原は平然と言った。

「なるほど」

純也も鰻重の蓋を開けた。

大河原がほう、と感嘆した。

「ま、そうでなくちゃな」

「変な実験はやめてもらいましょうか。それこそ、せっかくの料理が不味《まず》くなります」

「違ぇねえ」

大河原は歯を剝《む》いて笑い、鰻重に箸をつけた。

純也の携帯が振動したのを切っ掛けに、しばらく鰻に集中した。

半分食べ進んだ辺りで肝吸いに口をつけ、大河原は話を再開した。

まず奇妙なのは、この愛媛のニュースが流れた途端、金獅子会が一切の報復態勢を解除したことらしい。

「急に静かになったってよ。福岡県警から言ってきた。奇妙だが、このくれえまでなら俺らの範疇なんだが。ただ、先々月の初めだ。京都にいる、まあ、俗にいうスジからよ。電話があった。えらい深刻な感じでな」

「スジですか。京都のどっち方面です？　府警、それとも」

「祇園《ぎおん》の狸、だな。もっとも、今は昔、ってやつだが」

祇園の狸とは、文字通り祇園狸《ぎおんだぬき》というヤクザのことだ。竜神会の顧問筋で、芦屋銀狐《あしやぎんぎつね》と同格をなす。

隠居の伊奈丸甚五《いなまるじんご》と芦屋銀狐の前会長来栖長兵衛《くるすちょうべえ》は、竜神会会長、五条源太郎《ごじょうげんたろう》ともともと兄弟盃の間柄だった。

どちらも福岡の金獅子会、関東の沖田組より規模は小さいが、本部に近い組織だ。

兵庫には至道会《しどうかい》、京都には土岐《とき》組という、竜神会にとっても侮れない敵対組織があり、その抑えでもある。

「ま、スジったって、祇園で遊ぶのに便利だからって、そんな程度の間柄のつもりだったがな」

助けてくれ、と伊奈丸は大河原に言ったらしい。

「何がどうしたかは、会ってからだ、助けてくれと言っていた。日時を決めて俺から行くつもりだったがよ。その前に連絡が来た。府警からな」

伊奈丸が死んだってよ、と言って大河原は鰻重を掻き込んだ。

このときばかりは少々、苦そうだった。

伊奈丸は喉を切り裂かれ、動けなくなってから肝臓を抜かれたらしい。

「へえ。福岡と愛媛と似てますね」

「で、気になってよ。それとなく網を張っといた」

大河原は箸先で天井を指した。

「捜査第一課のな、特殊事件捜査室長が面白ぇ奴でよ。それこそ、先斗町《ぽんとちょう》で伊奈丸とも一緒に遊んだ仲だ」

上を指す以上、警察庁刑事局の捜査第一課だが、そこの室長なら階級は警視長か警視正のどちらかになる。同警視長の大河原なら気安いだろう。

「引っ掛かってきたのが先週だぜ」

事件が起こったのは、GWの富山だった。

滑川《なめりかわ》市を流れる常願寺川河口にある浜黒崎キャンプ場に、水商売とわかる女の遺体が漂着したらしい。

「腐乱がだいぶ進んでいたようだが、検視報告に拠れば死因は前三件と一緒でよ、肝臓もなかったみてえだ。てぇか、サメに食い千切られてたみてぇでな。その辺がごっそりなかったらしい。首と腹切られて、血の匂いでサメが寄ってきたってのは考え過ぎかね」

とにかく、遺体の身元はすぐに判明したらしい。持ち物などはどうやら手付かずだったようだ。

ガイシャは野坂清美《のさかきよみ》という、地元在住の今年で二十二歳になる女性だった。

それにしても、捜索願などは出されていなかったという。

野坂の家は地元で三百年は続いたという豪農だったが、父である当代がリーマンショックですべてを吹っ飛ばし、一家離散にして当代はホームレスになっていた。

「ふぅん。また肝臓ですか」

考えつつ、純也は普通に鰻を口に運んだ。美味かった。

「そう。そんでな、この野坂の家はよ、当代から先代からずっと、辰門会《しんもんかい》と関わりがあんだとよ」

辰門会は新潟を拠点とする北陸の広域指定暴力団だ。

数年前に大嶺滋《おおみねしげる》会長の引退と後継を巡ってゴタゴタがあったが、一年ほど前に、跡目は大嶺の息子で本部長の英一《えいいち》ということで一本化された。

辰門会は元々は柏崎《かしわざき》を本拠としていたが、それを機に新潟にある大嶺屋敷に本部機能を併設したようだ。

暴対法以降、暴力団もガードは固い。

「辰門会ですか。——ん？」

純也は箸を一瞬止めた。

「それって部長。もしかして」

大嶺英一の跡目相続の式事がこの年に入って六月と噂され、警視庁もそんな態勢を敷いていた。

都内にもフロント企業や、新宿には直系の田之上《たのうえ》組もあったからだ。

それが直前の五月に入ってから、急に流れたと鳥居に聞いた。

漠然とだが、たしかに不思議に思っていたところだった。

「そう。気になってよ。サッチョウの室長回しで富山に探りを入れてみたんだ。そしたらよ、昔、野坂家の顧問弁護士だったってぇ弁護士が一人、様子を聞きに来たようだ。調べたらよ、まあ、嘘はなかったが、同時に辰門会の弁護士団の一人でもあった」

「ああ」

やっと話が数珠《じゅず》状態に繋がってきた。

「新潟がな、なんか臭えんだよ」

大河原は最後の鰻飯を掻き込み、ビールで流し込んだ。

「分室長。お前ぇんとこの主任、辰門会にスジ持ってたよな。新宿の田之上ともその昔ぁ、ずいぶん昵懇《じっこん》だったたっけ」

「よくご存じで」

「古ぃ話はな、年寄りってなぁ、よく覚えてんだ」

大河原が言う通り、田之上組と鳥居の付き合いはかなり古い。純也と出会った外事特別捜査隊以前、国際捜査課に所属していた頃まで遡る。

対ソ連、対共産主義諸外国の情報が取れる新潟の関係を狙った成果らしい。

ついでに鳥居は、歌舞伎町で拾った野良猫も田之上組にぶち込んだ。

野良猫、下田一隆《しもだかずたか》は前橋の辰門会直系、天神《てんじん》組の組長として辰門会の副理事長にまで伸《の》し上がった。

マークスマン事件に絡んで命を落としたが、跡目相続のゴタゴタはこの下田が命を以《もっ》て収めたと言ってよかった。

以来、田之上組や天神組だけでなく、辰門会内に鳥居のスジはさらに拡大していた。

下田が繋ぐ縁だと、鳥居はときおり呑めば言った。

「分室長。暇だろ」

大河原は爪楊枝を使いながら、口元を隠した掌の上から抜け目ない光の目を向けた。

「まあ、忙しいって人間は、ここで鰻とビールはないでしょうね」

だよな、と頷いてから大河原は湯飲みを取った。

「うちの秘蔵っ子に任せるってぇ手もあったが、今ちょうど関わってる新型ドラッグの方が忙しいらしくてよ。知ってっかい。東堂ってんだが」

「名前だけは。大河原部長肝煎りの、異例特例の青年だと」

「いずれ会わせるがよ。とにかく今回はお前《め》ぇんとこの主任絡みで、力を借りてぇんだ。まあ、正直に言っちまえば部下だけじゃなく、お前ぇもだ。要は、分室ごとセットがお得そうでよ」

「――はて？　そこまでいくと、意味がよくわかりませんが」

「おっ。わからねえかい？　なんかよ、こんなことで嬉しくなるってのも不思議だが」

大河原は湯飲みの茶を飲み干した。

「お前ぇさんの同期だよ」

「同期、ですか」

「そう。押畑ぁ今、柏崎署の署長だったんじゃねえのかい」

「ああ」

抜け目のなさは、ここに極まれり、だ。

「俺が頼んで俺が誘ったんだ。ここは持つぜぇ」

大河原は伝票を手に、小上がりから立ち上がった。

七

ではお言葉に甘えてと、純也は鰻屋から先に出た。

時刻は十二時半を回った辺りだった。

店内レジ付近には席待ちのグループが何組かいて、外に出ると、付近を往来する人の数が店に入る前よりはっきりと多かった。

土曜の午後に入った、ということだろう。

朝から出ていた雲も取り払われ、空から降る陽射しも人波の増加に負けず、圧倒的に増えていた。

「うわ。暑いな」

そんな不平を漏らして手庇《てびさし》を作れば、

――毎度ありぃ。

という声に送られて大河原が出てきた。

純也も軽く頭を下げたが、その程度で済ませた。

頼まれ事は間違いなく、一筋縄ではいかないものだった。

特上御膳だからと言って丁寧な礼を口にするのは時期尚早にして、おそらくそんなもので足りるわけもない。

「じゃ、任せた。援護射撃が欲しきゃ言ってくれや。出来る限りはするぜ」

「どのレベルでしょう」

「そうさな。一生懸命やるが、長島前部長と同じには思ってくれるな、って辺りだな」

「心細い限りですが」

「そうかい？　俺ぁ、大船に乗った気でいるんだが」

大河原は純也から離れ、片手を上げた。

足の向かう先は、ＪＲ有楽町駅の方向だった。

「娘とな、三越前で待ち合わせなんだ。土日の銀座ぁ、ホコ天だからな。こっからぁ、休日のお父さんだぜ。いいや、休日の娘のあれだ、財布だな」

じゃあよと言って、大河原は人混みに紛れた。

純也はその背を見送り、携帯を取り出してメールを確認すると、かすかにはにかんだようないつもの笑みを見せた。

大河原と反対方向に歩き、交差点を渡れば左手は広大な日比谷公園だった。

純也はサングラスを掛け、徐々に気配のレベルを落とした。

最前までは大河原が一緒だったから礼儀として掛けなかったが、そうするとやはり、通り掛かりの赤の他人の無遠慮な視線は突き刺さってきた。

芦名ヒュリア香織に似た中東風の顔立ちでは仕方がないとの覚悟はあるが、だからといって別に、純也自身は絶賛公開中でも見世物でもない。

サングラスと薄い気配は、公共の場で快適に過ごすための、純也なりのツールでありテクニックだった。

そのまま通りに沿って歩けば、やがて警視庁が見えるが、純也は途中で日比谷公園の中に足を踏み入れた。

少し先に自動販売機が並び、その向こうに庭球場が見える辺りだ。

昼下がりだろうか。イヤホンをつけたジョガーが、土曜の炎天下にも拘らず結構走っていた。

純也は真っ直ぐ、庭球場に向かって歩いた。

その付近のベンチは、J分室の会議にもよく使った場所だった。

視界を遮断するものが少ない割りに適当に木陰もあり、人通りは多すぎず、近くに自動販売機がある。

警視庁にいて警視庁の人間から盗聴・傍受・盗撮を仕掛けられる純也達には、日比谷公園の庭球場エリアは、格好の会議スポットといえた。つい最近までよく使った。

そこに、この日は先客がいた。

何もせずただ厳しい目を庭球場に向ける男だった。

レジャーともスポーツとも掛け離れた視線だ。

大柄のオールバックの固太り。

陽射しを弾くかのような、生地そのものが上質なスーツ。

オズの裏理事官、氏家利道警視正だった。

お互いに偶然が重なったわけではない。

〈昼食後、日比谷公園、庭球場前〉

大河原と別れる直前に見たメールは氏家からで、そんな内容だった。

「お待たせしました」

純也は氏家の隣のベンチに座り、辺りを見回した。

地面の色が、そこだけ少し違った。

「ああ。そう言えばここでしたね。あなたの拘《こだわ》りですか」

前年、オリエンタル・ゲリラの事件のときだ。ペルーゲリラの襲撃と自爆に巻き込まれて氏家は重傷を負った。

それが今氏家が座る、まったく同じ場所のベンチだった。

純也の問いに、氏家は答えなかった。

「川越の霊園で何があった」

代わりに出たのは、そんな言葉だった。

　純也は自動販売機に向かった。

　小銭を出し、缶コーヒーを二本買う。

　一本を氏家に差し出した。

「何って、なんです？」

「惚《とぼ》けるな」

　氏家は奪い取るように、缶コーヒーを鷲づかみにした。

「うちの人間が襲撃された。調べさせたが、霊園でお前の行確作業に当たっていたうちの二人だけがだ。一般人であるわけもない。フランス語を話したとも聞く」

「へえ。で、そのオズの二人はどうなったんです？　殺されたんですか」

「――いや。それは」

　氏家は周囲を見回し、当て落とされただけだと声を潜めた。

　コーヒーのプルタブを開ける。

「ああ。ならよかった」

　純也もコーヒーに口をつけた。

「馬鹿な。いいわけなどあるか」

「ああ。言葉のチョイスが拙《まず》かったですね。――不幸中の幸い、でしょうか。私も襲われましたから。フランス語を話す男の、本気のナイフで」

前を向いたままの、氏家の手だけが動いた。缶を握り締める手が白んでいた。

「……なんだと」

「どういうことだ」

「わかりません。すべてはこれからです」

氏家は唸るだけで黙った。

黙った後、大きく息を吸った。

コーヒーをひと口飲む。

「鰻屋では、大河原部長とはやはり、今回のことに関係した話だったのか」

「さて」

純也も前を向いたままコーヒーを飲んだ。

三人組のOLが前を行く。

お盆に出勤の愚痴も聞こえたが、来週の旅行に賭けるとも。

なんに賭けるのだろう。

「理事官。そちらこそ、うちの部長となんの密談でしょう？」

「なんだと？　誰に聞いた」

「ああ。やっぱり」

皆川公安部長は自らビキョクと言った。

加えて大河原組対部長は、面倒臭い話を押し付けてきたばかりでしょうと補完した。

となれば推察は、簡単な加減で出来る。

皆川が大事なゴルフをキャンセルしてまでお伺いを立てるのは、ビキョクなら局長以外には有り得ない以上、局長に呼ばれ、面倒臭い話を押し付けられたのだ。

それを近場、ビキョク内で誰かに押し付けるとするなら、皆川の場合なら氏家が一番手だろう。

なんといっても、元と現職の裏理事官繋がりがある。

「で、なんの話を？」

「それこそ、お前には関係ない」

氏家はにべもない。

「ああ、いいですね。お互いに話さない。これも単純なバーターですか」

純也は立ち上がった。

「まあ、ただ、忠告だけはさせてもらいましょうか」

「ああ？」

氏家の視線が下から持ち上がった。

「しばらく、私の身辺に人を配するのは止めた方がいい」

下からの視線がいくぶん尖《とが》った。

が、純也は意に介さない。

「死にますよ」

逆に言葉を冷やす。それで対抗する。

「少なくとも、私を襲ったのが何者だか判明するまでは。そうしないと、かなりの確率で人が死ぬ気がします」

「ふん。脅しか」

「脅し？　誰が誰に対してです？　私が理事官に対してですか」

純也は言葉と視線を下ろした。

「これはあなたの業績や功績の話じゃない。あなたの部下の、命の話です」

氏家が目を細め、光を強めた。

「それも仕事、と言ったら？」

「馬鹿な」

純也は吐き捨てた。

こういう物言いは珍しいが、無駄死には口にされるだけで胸の中に小波《さざなみ》が立つ。

生きたくても死ぬ。

逃げても死ぬ。

いきなり死ぬ。

戦場には、そんな死が溢れている。

無駄の意味は、そこでこそ知れ。

「理事官。じゃあ、一人殺《や》られたらもう一人送りますか？　二人殺られたら三人目ですか？　十人殺られたらもう止められませんよ。二十人、三十人。理事官とオズとサッチョウのメンツで、さて、何人まで殺すつもりでしょう」

下から上から、視線が絡んだ。

「一つ聞こう」

先に解《ほど》いたのは氏家だった。

「それほどの腕なのか」

「そうですね」

純也は珈琲を飲み干し、ゴミ箱に投げた。

「たかだかオズの所属員では、抵抗すら出来る相手ではありませんね」

放物線を描き、空き缶はゴミ箱の縁に当たって撥ねた。

「ありゃ。風かな」

足早に向かい、缶を拾って捨てる間に、

――好きにしろ。

そんな言葉を残し、氏家の姿は消えていた。

間ノ章　エピソード1

私の名は、ソンナム・ヘム・ハイン。一九四九年の春、カンボジアの首都、プノンペンに生まれた。

正確に言えばプノンペン郊外の農村だが、それはさておくとする。

カンボジアに生まれたクメール人として、私には三つの誇りがあった。

まず一つは、フランス植民地時代の数々を残し、『東洋のパリ』と謳われた街並みを持つ、この美しきプノンペンの郊外に生まれたこと。

次いでは、母なるメコン川に浴せること。

実はこの、母なる、という言葉は重複だ。カンボジア語でメーは母を指し、コンは水を意味する。

そして最後に、これが最も大いなることだが、偉大なるノロドム・シハヌークの治世に、プリア（国王）と共にこの世に生を受けたこと。

東南アジア各地に勃興した独立運動のほぼすべてが内外に武力を伴う中、プリア・シハヌークは戦わずしてカンボジアの独立を目指した。

プノンペンを離れて離宮に籠もり、活発な国際外交を展開し、一九五三年十一月九日、ついにフランスからの独立を勝ち得た。

新生「カンボジア王国」の誕生だった。

居ても立ってもいられなくなった私の父は、王宮へと凱旋するシハヌークを称《たた》えるため、プノンペンのメインストリートに走り出た。

父は私の手を引き、もう一方の腕で私の二歳下の弟、ソンナム・ヘム・スライを抱いていた。

「見なさい、ハイン、プリアを。我らの英雄だ。ねえ、スライ。起きているかい？　ああ、お前にはまだ、わからないかなあ」

シハヌークを遠望する父の声は、興奮に満ちていた。

黙々と野良を耕すだけだった父の紅潮した顔を私は初めて見た。

初めてでおそらく、これが私の原初の記憶となった。

生活は決して豊かではなかったが、なにものにも代え難い平和というものがあった。

隣国ベトナムやタイ、ラオスでは、独立後も内戦が起こり長期化した。

カンボジア国内にも先鋭化する左右両ナショナリズムは存在したが、シハヌークは重用と弾圧を卓越したバランス感覚で展開し、戦火を起こさせなかった。

独立後約一年半で、シハヌークは王位を父に譲り、自らは総選挙を通じ、首相兼外務大臣となった。

六〇年に父王が崩御した後は王の座を空位とし、国家元首に就任した。

この後、シハヌークの呼称はプリアから、愛称としての『サムデク』になって固定される。

隣国ベトナムなどは南北に分かれ、米ソの代理戦争然として激しさを増していたが、カンボジアは国内的に、この頃は一番穏やかに、揺蕩《たゆた》うような時間が流れる時代だったろうか。

サムデクが『クメール・ルージュ』、赤いクメールと呼称したカンボジア共産党の、正確には内部ポル・ポト派との衝突はしばしばあったが、大きな紛争は皆無だった。

私は旧フランス領インドシナ一の平和の中で、一所懸命に学問に励んだ。

決して裕福ではなかったが、

「これからは頭が必要な世の中になる。ハインもスライも、頑張れ。頑張っていい学校を出て、サムデクの良き手足となるんだ」

すっかりとサムデク・シハヌークのシンパになった父が、そう勧めてくれたからだ。

カンボジアでは、フランス植民地時代の教育制度が踏襲された。

学問の目的はエリートの育成であり、上級学校に進学するにはフランス本国並の試験をクリアしないとならなかったが、裏を返せば試験をクリアする限り、教育の機会は誰にも等しく与えられた。

私は自分で言うのもなんだが、文武に秀でた少年だった。

十五歳で私立のエリート高校に進学し、バカロレアを取得した。

「へへっ。兄貴、負けないぜ」

スライも私の後をなぞるように追ってきた。

そうして、一九七〇年。

私達の人生が転変を始めるのは、二十一歳のとき、プノンペンの工科大学に進んで、三年に進級したときだった。

「ハインさん。スライ。俺は行くよ。君達はどうする？」

私達にそんな声を掛けてきたのは、チャン・キムハというスライの同級生だった。

「兄貴。面白い男がいるんだ。凄《すげ》え出来るんだ。腕っぷしはまったくだけど。頭脳は剃刀《かみそり》だね」

そんな言葉でスライから紹介は受けたが、実際、恐ろしく切れる一年生だった。

同学年ではフン・センという秀才が評判だったが、ハイン達三年生の間には、たしかにチャン・キムハの名前も聞こえてはいた。

プノンペン北東部コンポンチャム州出身の男で、父親は海南島（中華人民共和国広東省）出身の華人だと言う。

フン・センをなぞるようだと思ったら、やはり同じ村の出身だった。

チャン・キムハは私達と同じ農家に生まれ、十三歳のときに中等教育を求め、フン・センと一緒にプノンペンに出てきたのだ。

最初はただスライの同級生だったが、だんだんと話すうちに私とも馬が合った。

いつしかチャン・キムハは、私達兄弟共通の友人となった。

いや、友人というより、リーダーであったかもしれない。

私にとっては二歳年下だったが、このチャン・キムハによって、私は自分が凡人であると痛感させられもした。

それほど、チャン・キムハという男は抜群に優秀で、それを嫌味に感じさせないほど、弁舌が爽やかだった。

そんなチャン・キムハが頬を紅潮させ、真面目な顔でどうすると私達を誘うのは、いわゆる戦いの場だった。現実の戦地だ。

この年三月、ベトナム戦争終結後のカンボジアの安全保障について、サムデク・シハヌークが外遊に出た。

パリ、モスクワ、北京と回る旅程だったが、このサムデク不在の隙をつき、首相兼国防大臣のロン・ノルと副首相のシリク・マタクが軍事クーデターを挙行したのだ。

電光石火のクーデターは、密《ひそ》かにアメリカが主導したという意見が専《もっぱ》らだった。

いずれにしろ、反米のシハヌーク国家元首の解任と、王政の廃止、共和制への移行が宣言され、親米派のロン・ノルが大統領に就任した。

この直後、アメリカ軍と南ベトナム軍は隣国に蔓延する北ベトナム勢力を一掃するため、ロン・ノルの許可を得てクメール領内に侵攻した。

これまで局所的であったアメリカ軍による空爆は人口密集地域にまで拡大され、使用された弾薬の総量は、第二次世界大戦で日本に投下された爆弾の、実に一・五倍にのぼったらしい。

数十万人の農民が犠牲になり、わずか一年半の間に、二百万人以上が国内難民と化したほど凄まじいものだった。

この惨劇に憂慮したのが、ポル・ポト派を含むクメール・ルージュと、北京に留まっていたサムデク・シハヌークだった。

シハヌークはすぐさま中華人共和国からの支援を受け、亡命政権を樹立した。その尖兵がクメール・ルージュだった。

シハヌークは、かつては弾圧したこともあるポル・ポト派と手を結ぶことを最初は渋ったらしいが、毛沢東《もうたくとう》や北朝鮮の金日成《きんにっせい》の説得により、ようやく首を縦に振ったという。

ポル・ポトがフランス留学時代から中国の革命に惹《ひ》かれ、極端な毛沢東信者だったことが決め手になったようだ。

「ハインさん。スライ。一緒に行こう。サムデクが呼んでいるんだ」

中国から武器弾薬の援助を受けたクメール・ルージュ軍に、若くして認められたチャン・キムハは下級指揮官として従軍するという。

「行くさ」

スライはすぐに、血走った目で胸を叩いた。

「行かない理由なんてない。なあ、兄貴」

「ああ。そうだな」

もちろん、私にも否応《いやおう》はなかった。

きっと最初からわかって、チャン・キムハは誘ってくれたのだ。

父母から兄妹から親戚から、私達兄弟はクーデターから一カ月も経たないうちに、アメリカの爆撃によってすべてを失っていた。

何もなく、空虚だった。

この世に生き残ったのは、兄弟二人だけだった。

私達にとっては国土解放戦線というより、これは復讐戦線だった。

「頑張れ。頑張っていい学校を出て、サムデクの良き手足となるんだ」

私達は父の言葉を胸に抱き、戦った。

いい学校は夢のまた夢になったが、私達は父の遺言通り、間違いなくサムデクの良き手足だった。

次第に、クメール・ルージュ軍はロン・ノルの軍勢を圧倒し始めた。

七三年、アメリカが湯水のごとく消費し続ける戦費、合衆国一般市民に蔓延するペシミズム、及び最前線兵士の士気低下を理由にインドシナ半島から全面的に撤退してからは、それこそ一気だった。

ロン・ノル政権が崩壊したプノンペンに、チャン・キムハはクメール・ルージュ軍の将校として凱旋した。

私達はチャン・キムハに最後まで付き従い、側近の参謀格にまでなっていた。

密かにインドネシア経由でハワイに亡命したロン・ノルを捕らえることはできなかったが、戦果は、これから訪れる平和を思えば、それだけで十分だった。

この十三日後には北ベトナムが南ベトナムのサイゴンを陥落させ、長きにわたるベトナム戦争も終結した。

七六年初頭には『カンボジア民主国憲法』が発布され、ポル・ポトは自らの立場を首相に定めた。

国家元首にはサムデク・シハヌークを据え、共産主義国家『民主カンプチア』の成立を宣言した。

ついに、サムデク・シハヌークがプノンペンに帰還した。

武器を手に戦った義民兵の、誰もが勝利を叫んだ。

これでまた、ゆったりとした揺蕩うような平和が訪れると信じた。

プノンペンの美しき街並みを、集まった人々の歓喜が響動した。

——見なさい、ハイン、プリアを。我らの英雄だ。ねえ、スライ。起きているかい？　ああ、お前にはまだ、わからないかなあ。

寡黙な農夫だった父までが熱に浮かされるような、あの独立の日の再現だった。

「兄さん、これで」

勝気なスライが涙を流した。

「ああ。そうだな。スライ」

私も泣きながら、弟と抱き合った。

しかし、カンボジアにとっての悪夢は、これで終わらなかった。

これからが本番だった。

ロン・ノルのクーデターなど悪夢の前段に過ぎなかったと、さして間を置くこともなく、全カンボジア人が実感することになる。

第三章　展開

一

二日後の月曜日だった。

入れ替わりに休暇を申請する企業なら、夏季休暇の第二幕か三幕の始まりだろうが、世間的には通常に戻った感が強かった。

この日、東京地方は朝から渦を巻くような雲に覆われていた。

台風がどうやら、海上に下がった太平洋高気圧を舐めるように北上し、この日遅くに関東に上陸する恐れがあるということだった。

大型連休明けから荒れ模様、とはどのテレビ局、ラジオ局でもコメントは変わらなかった。

純也はこの朝、定時少し前にM6を警視庁の地下駐車場に入れた。

そんな時間に着くつもりはない時刻に家を出た。一度も渋滞や工事に引っ掛からなければ、国立から桜田門まではこのくらいで着くという、見本のような朝だった。少なくとも道路は、夏季休暇第二幕か三幕かと、台風の影響を間違いなく受けているようだった。

さすがに八時台、しかも定時前のロビーは静かなものだった。

受付では菅生奈々と白根由岐が、花瓶にアイビーゼラニウムを活けていた。

「あ、分室長。なんです？　今朝はずいぶん早いんですね」

花の向こうで奈々が顔を上げた。

若く明るい、ゼラニウムに倍する、咲くような笑顔だった。

「ん？　え？　ああ、お早う。そうだね。いや、早く来ようと思ったわけじゃないんだけど」

会話のテンポが少しズレた。

感傷、だったか。

奈々の笑顔に、ふと大橋恵子が受付にいた頃が重なった。

同じようなことを言われた気がした。

純也が定時に登庁すれば、それだけで恵子の機嫌はよかったような気がする。

なぜそんなことを思い出したのか。

（ああ）

アイビーゼラニウムの花が、記憶の鍵か。

「でも、この時間が普通ですから」

奈々がそう言った。

恵子にもそんなことを言われた気がした。

「昔から、その普通がどうにも苦手でね」

恵子なら、

――まあ。それって、ただの臍曲《へそま》がりなんじゃありません？

そんなふうに返してきたはずだ。

奈々は、

「そうですね。分室長に普通って、なんか似合いませんもんね」

ようやく奈々と恵子が分離した。

「じゃ」

片手を上げて受付を離れ、純也は真っ直ぐエレベータホールに出た。

本部庁舎の十四階には公安部長室、参事官執務室、公安第一課、そして公安総務課がある。純也の管理するJ分室も、一応公安総務課庶務係のうちだからこのフロアにある。

上から見ると羽を広げた形の本部庁舎の、公安総務課やお歴々の執務室は皇居側ウイングにあり、公安第一課が桜田通りに面した法務省側ウイングを占め、そちらのどん詰まりがJ分室になる。

「おはよう」

純也はドアを開けながら言った。

いつもなら月曜のJ分室には、恵子が朝に仕入れてくるフレッシュな花の香りが満ちているが、この朝はない。恵子の声もない。

休暇明けの鳥居と入れ替わりに、この日からは恵子が一週間の夏季休暇だった。

「おっと。おはようございます」

休暇明けの鳥居がドーナツテーブルの向こうで軽く頭を下げた。

「おあぁっす」

コーヒーメーカーの近くでキャスター・チェアに大きくもたれ、猿丸は片手だけを申し訳程度にあげた。

いつも通り、二日酔いのようだ。

わかってはいたが、野太い声しか返らない朝はやはり空気が重い。

J分室は少数精鋭という、痩せ我慢の上に成り立っている部署だ。

純也のポケットマネーで嘱託の職員を増やそうと思えば、それこそ百人増やしたところで、純也の持つ有価証券の株式配当で事足りるだろう。

そうしないのは、二人増やしたらそれだけでJ分室という物理的なスペースが定員オーバーになるという、切実にして単純な壁があるからだ。

それに、二人のうちの一人は永久欠番で、もう一人はその隣に息子が、一年半後と決まっている。

「じゃ、始めますかい」

鳥居がゆっくり立ち上がり、コーヒーサーバーに向かった。

朝の一杯を淹《い》れるためではあるが、それだけでもない。

「オラ。邪魔だ」

椅子の背凭れから大きく食《は》み出した猿丸の頭に肘鉄を食らわせる。

「うえ。痛っ」

猿丸が椅子ごと斜めに動いた。

鳥居はコーヒーを淹れる前に、サーバーの裏に手を差し込んだ。

そこには、今年になってから仕込んだシステムのスイッチがあった。

電波シグナルジャマーの本体スイッチだ。

J分室は常に警視庁内において、盗聴・傍受・盗撮なんでもありの監視対象だった。毎朝、そんな機材を分室内外で〈掃除〉するのが日課だった頃もある。

そんな作業が面倒臭くなって、一度同じようなジャマーを掛けたこともあったが、そのときは他の部署からたいがいな苦情が来た。精度にまだまだ大幅な問題があったからだ。

それが現在では、例によって日本国内では手に入らないレベルの、軍用セキュリティ器材でなら壁一枚で制御が可能だった。

しかも、ジャマーを掛けたいスペースに特殊コーティングのケブラーコードを張り巡らせれば、十五の周波数帯と十の波長を遮断して一ミリも外に漏らさないという。

世の中は日進月歩で、便利になってゆくものだ。

J分室では天井と床、柱のすべてにモールを這わせ、コードを仕込んであった。

鳥居がスイッチを入れると、軽い電子音でメロディが流れた。

複雑なパス・コードとパス・キーがなければ設定の変更は不可能で、特にコードとセットの場合、本体の故障・コードの断線には過剰なまでに敏感で、スイッチが入らないようになっている。

電子音の〈小さな恋のメロディ〉は鳥居の趣味にして、正常に起動した証拠だった。

「じゃあ、メイさんの肩慣らしも兼ねて、適当に始めようか」

「へい」

歯切れのいい返事が〈はい〉とも〈へい〉とも聞こえるのは鳥居の特徴だ。

猿丸がモゾモゾと動き出し、

「肩慣らしじゃなくて、爺いの休みボケの、リハビリでしょうよ」

などと呟いてまた、鳥居に本格的な肘打ちを食らった。

「うわっ痛《た》ぁっ」

まあ、覚醒にはいい刺激だろう。

純也は簡単に、時系列に従って概要を説明した。

土曜に正体不明な男から襲撃を受けた件は、その日のうちにＬＩＮＥで簡単に知らせてあった。

休暇中の鳥居にはとも思ったが、休暇中だからこそ、下がったガードをいつでも上げられる支度は必要だと思われた。

そんな〈雁見グリーンパーク〉から警視庁内のあれこれ。

オズの件はパークでの襲撃に絡んだ分だけで、特に氏家との実のない鍔迫り合いのような日比谷公園でのことは割愛する。

「なるほど。行確のオズまでやられてたってぇことになると、一筋縄じゃ行かねえ気がしますね」

鳥居がコーヒーサーバーの前で腕を組んだ。

すでにドリップが始まったサーバーからは、なんとも広がりのあるいい香りがし始めた。

純也の自腹にして自慢の、ペルー・サンディアのティピカ豆を不活性密封した逸品だ。

鳥居が三人分のコーヒーを淹れる間に、猿丸も起き出していた。

無精髭がいつもより濃かった。

昨日はだいぶ、深く呑んだようだった。

猿丸は小指を失った事件により、ＰＴＳＤを発症している。普通に眠ると悪夢にうなされるのだ。

それで、酒を浴びるように呑む。猿丸考案の、それが対処法だった。

純也は話を続けた。

鰻屋での大河原からの依頼が、この朝の概要説明のメインだった。

「けっ。人の臓器っすっか。なんのコレクションっすかね。ヴィクター・フランケンシュタインじゃあるめえし」

話を聞き、猿丸も本格的に覚醒したようだった。

「セリ。馬鹿言ってんじゃねえ。フランケンシュタインってなあ、墓暴きじゃねえか。人殺しじゃねえよ」

鳥居が三人分のコーヒーをそれぞれの前に置いた。

「じゃあ、このコーヒーだ」

純也は湯気の立つコーヒーカップを掲げた。

「このコーヒー一杯で、Ｊ分室は始動する。フランス語を話す男、組対部長の依頼。僕としては、シノさんの墓所を騒がせた男の方が重要だけど、公務としては新潟かな。人が少ないからね。効率重視でいこう。見えているもの、わかっているところからだ。可能・不可能の境界は、いずれ自ずと姿を見せる」

　鳥居も猿丸も無言でうなずいた。

「決まりでいいね。ならそういうことで、まずは新潟の段取りだけど」

　純也はひと口、コーヒーを飲んだ。

「実働はセリさんってことで」

　鳥居も飲んだ。

　猿丸は、飲もうと口をつけたところで止まった。

「え。俺っすか」

　意外そうな顔をする。

　まあ、わからないでもないが、人が少ないと告げ、うなずいてもらったばかりだ。反応を言質のように取る。

「そう。もう、年齢的にもどうかってところがあるし、特にメイさんにはしなきゃならないこともあるし。だから、メイさんはこっちでハンドリングだね。まあ、向こうのスジからあっさり有力な情報が出れば、セリさんもとんぼ返りって目もあるけど。うぅん」

　純也は腕を組んだ。

　難しい顔をしてみせる。

この辺は、難題を難題と認識しつつ提示する、しがない上司の手口だ。

「まあねえ。どうかなあ」

「あの、分室長。つかぬことをお伺いしますが」

猿丸はコーヒーカップをテーブルに置いた。

「来週、俺、夏休みっすよね」

「ん？　そうだね。ああ」

純也は手を打った。

これも同様の、あざとい手口だ。

「ちょうどいい。今年の夏休みは新潟になるね。どうせだ。前後にくっつける形で、二週間あげよう。三週間でもいいけど」

「いや、分室長。長さじゃなくて。実は俺、女とモルジブに」

知っている。誰と行くかも知っている。

八木千代子《やぎちよこ》という、品川にある特定機能病院、S大学付属病院の整形外科医だ。猿丸のスジの一人にして、女友達の一人だと聞いた。

ちなみに、品川の女医さんと渋谷ヒカリエで待ち合わせをし、二人で水着を買いに行ったと聞いたのが、約三週間前だ。

「ああ。そうなんだ？　セリさん、それは残念だ。いい季節だったろうにね」

純也は、ドーナツテーブル手前の席に目をやった。

恵子がいれば、いつも献花の絶えない席だった。

永久欠番、犬塚の席だ。

「まあ、もう一人、欲しいとこだけど。しばらくは我慢だね」

純也は、最終兵器を口にした。

猿丸は口を開け、空気だけ吸って閉じた。

「悪ぃな。ロートルでよ」

鳥居が猿丸の脇に立ち、肩に手を置いた。

「いやまあ、いいんすけどね」

猿丸は斜め下から鳥居を見上げた。

「メイさん。そういや、他にしなきゃなんないことって、なんすか」

「ん？　そりゃまあ、あれだ。なんてぇか」

鳥居は言いづらそうにした。

純也が笑った。

「セリさん。授業参観だよ、愛美ちゃんの。今週末に学校のプールで、着衣泳指導の参観があるんだってさ」

「ああ」

猿丸はかすかに笑って、ふたたびコーヒーカップを取り上げた。

「そりゃあ、一大事だ。ねえ、お父さん」

鳥居が、苦虫を嚙み潰したような顔をした。

二

三日後の木曜日だった。二十五日だ。

純也は上越新幹線の車内にいた。

十三時四十分東京発のグリーン車に席を取り、タブレットに仕込んだ資料を眺めていた。

分室待機でハンドリングと決まった鳥居が、所々の手配りと同時に慣れない手つきで作成したものだ。

この案件の実働は猿丸だが、組対の大河原も期待した通り、初動の要は鳥居が持つ新潟へのスジと情報だった。

猿丸に〈夏季休暇返上〉で実働を振った以上、この三日間、鳥居はそれこそ不休で作業に没頭した。

そんな鳥居が作った資料には、潜行の手順から、ここ最近の辰門会の内部事情が克明に記載されていた。

誤字脱字だらけのごく簡単なワープロの処理だが、画像やグラフがちりばめられたカラフルな提案書より見やすいのが不思議だ。

「ふうん。なるほどね」

資料はまず、三年前の〈マークスマン〉事件の概要について再点検していた。

そもそもは一代で北陸をまとめ、辰門会を全国の裏社会に不動のものとした立志伝中の人物、大嶺滋が引退を口にしたことが始まりだった。

最有力はフロント企業をまとめていた本部長、息子の英一だ。

会長は海外留学などさせたくらいだから、当然、息子を推す。

だが、もともと武闘派の多い辰門会には、経済ヤクザの域を出ない英一をよしとしない者も多かった。

二次最大手の新和会《しんわかい》が直系連合を作り、叩き上げの理事長、川瀬勝規《かわせかつのり》を推した。

これで辰門会は、会長・本部長派と理事長派に真っ二つに分かれた。

人物だけ見れば理事長で間違いなかったが、会長の睨みはやはり格別だったようで、どちらも決め手に欠ける状態に陥った。

天秤の均衡を大きく動かし掛けたのが本部長、大嶺英一の失態だった。

J分室も関わる〈天敬会《てんけい》・カフェ〉事件の、大嶺は〈カフェ〉の客だった。

〈天敬会・カフェ〉は北の組織だ。北と対抗することで頭角を現し、新潟に覇を唱えた辰門会にとって、これはマズかった。

そんな証拠のデータが当時の、長島警視庁公安部長の知るところとなったこともさらにマズかった。

これが大きくはマークスマン事件の発端であり全貌のようなものだった。

そんな事態を良くも悪くも動かしたのが、鳥居のスジでもあった前橋・天神組の下田であり、その、死だった。

この件で鳥居は下田一隆という掛け替えのないスジを失い、代わりに下田の叔父貴だという、鶴岡・波花《なみはな》組の組長、水井英毅《みずいひでき》というスジを得、天神組と鳥居は組長とスジに、下田安也子《あやこ》という得難い女傑を得たという。

鳥居の資料はまずこの辺りをまとめ、現状に続いた。

辰門会は事件から二年、去年になってようやく跡目を大嶺英一で一本化し、広く内外に発表した。

といって理事長派の全員が納得したわけではないようで、ひび割れのように残っているらしい。

暗闘というほどではないが勢力争いは水面下でまだ続き、箍《たが》が外れれば内部分裂どころではなく、新和会の川瀬が完全に辰門会と袂《たもと》を分かって独立する日まで、まだ火種としては燻《くすぶ》っているようだ。

この辺は鳥居の新たなスジ、下田安也子からの情報だという。

今回新潟での作業となった原因子である殺人、特に富山県滑川市の野坂清美の件については、下田に聞いても水井に聞いてもあまりはかばかしい答えは返らなかった。

下田などは夫を継いでまだ日が浅いということも、シマが前橋ということもあり、本当に何も知らないようだったらしい。

この辺の鳥居の眼力を疑うつもりは毛頭ない。

（さて、何と何を繋げていこうか）

純也はそんなことを考えながら、ヘッドレストに頭を置いた。

現状有力な情報が何もない以上、強引にも繋げるための核を作るべく、猿丸の新潟潜行はすぐに決定した。

鳥居の忙しさには、そんな猿丸のための万全且つ安全な下地作りも含まれた。

もちろん、今回の純也の同行はそんな鳥居の作業に、分室長として大いに手を出した結果でもある。

「あのぉ。いいっすかね。お忙しいところで申し訳ないっすけど」

右隣、車窓側で猿丸が声を潜めながら聞いてきた。

「ん？　なんだい」

純也が座るのは二列シートの通路側だった。

グリーン車は編成自体がすべて二列シートの並びになる。

「あの、ですね。あっちの席にいらっしゃるお方ですけど」

猿丸の指先が純也の前を真っ直ぐ横切り、通路の反対側を密やかに指した。

「で、結局、なんで乗ってんすか？」

二人席に一人、老眼鏡を掛け、新聞を読んでいる男がいた。

「猿丸くん。狭い車内だ。聞こえているよ」

男は師団長、防衛大臣政策参与の、矢崎啓介だった。

「と、君の囁きすらよく聞こえるというのに、君は、さっきの私の説明を聞いていなかったのかね？」

矢崎は老眼鏡を外した。

眼鏡が似合っているというか、あれば幾分抑えられる眼光が、外すといきなり猛禽類のような険しさだ。

さすがに陸自師団七千名のトップに相応しい目だったが、猿丸はどうにも苦手らしい。

当初は四角四面な性格が合う合わないという程度だった気がするが、矢崎を介した自衛隊内への潜入やら駐屯地への出張やら、少し接触させ過ぎたか。

今では矢崎啓介という男のすべてが苦手というか、いるだけで緊張するようだ。

「猿丸君。新潟には、私の職務の関連基地があると言ったはずだが」

新潟基地には舞鶴地方隊隷下の舞鶴警備隊新潟基地分遣隊が置かれている。

地方隊は防衛大臣直轄部隊である以上、防衛大臣政策参与の矢崎とはたしかに関わりがある。あるというか、地方隊にしてみれば関わりがあり過ぎて、はるかに遠い雲の上の存在だ。

しかも矢崎は元、陸上自衛隊中部方面隊第十師団師団長、陸将だ。

「いや。そういうことじゃなくて」

「すぐ近くに、陸自の新発田《しばた》駐屯地もある。駐屯地指令の一等陸佐は昔の部下でな。夏季休暇を兼ねて表敬訪問も、とそんな話もしたと思うが」

「いや。それでもなくて」

「なんだね」

矢崎は眉を顰めた。

ますます表情は険しい。

「聞きたいことがあるなら、率直に聞き給《たま》え」

「いや。師団長にはいいっす」

軽く手を振り、攻めるような視線が純也に向かってきた。

「新潟行きのこと、分室長が師団長に教えたってことですよね」

「そうね。言ったというか、この席順を見ればわかると思うけど、師団長の分のチケットも僕が取った」

　ああ、なるほど、と言って猿丸は肩をすくめた。

「了解です。俺を新潟で、ただ遊ばせるつもりはないと」

「え。遊ぶつもりだったの？」

「夏休み、二週間でも三週間でもって言いませんでしたっけ」

「覚えていない」

「ああ。さいですか」

　溜息をつき、猿丸はまた顔を通路の向こうに向けた。

　師団長と呼べば、ふたたび新聞に向かおうとしていた矢崎の顔が鬱陶《うっとう》し気に少し上がった。

「なんだね」

「他にも地方隊はあるでしょうに。なんでこの時期に新潟っすか」

　なんだそんなことか、とつまらなそうに矢崎は言った。

「決まっている」

「それはまた？」

「夏は、海に決まっているだろうが」

「……おお。たまにもの凄く真っ当な意見っすね」

猿丸に一瞥《いちべつ》を投げ、矢崎はまた老眼鏡を掛けた。

車両の中にメロディが響いた。

間もなく、上越新幹線は長岡に到着するようだった。

三

純也と猿丸は、長岡で上越新幹線を降りた。

十五時二十五分だった。

新発田駐屯地に向かうという矢崎とは、ひとまずここまでだ。

矢崎はそのまま新潟まで行き、在来線の白新線に乗り換えることになる。

「いやぁ。本当に息が詰まるかと思いましたぜ」

ホームに降り立った猿丸は、そんなことを言いながら大きく肩を回した。

すぐに、矢崎を乗せた新幹線がホームから滑り出した。

新幹線が遠離《とおざか》るという、それだけでも猿丸は息がつけるようだった。見るからに背筋が伸びた。

「じゃ、セリさん。行くよ」

「了解っす」

純也と猿丸のこの日の目的地は、とりあえず柏崎だった。

大河原が目敏《めざと》く見つけたように、新潟県警柏崎警察署にはちょうど今、純也と同期の押畑大輔が署長として赴任していた。

押畑の前職は千葉県警印西《いんざい》警察署の副署長で、〈天敬会・カフェ〉事件の折りにも押畑にはずいぶん世話になった。

印西署の管内に〈天敬会〉の本部があったのだ。

押畑はある程度の〈Jファイル〉を知り、ある程度は純也の闇も知り、それでいてキャリアの経歴に傷がつくことも厭《いと》わず、純也をただの同期として扱ってくれる得難い男だった。

たしかに、警察大学校初任幹部過程教養受講のころから、権威出世などお構いなしに、口を開けば常に、趣味の登山のことばかりを熱く語っていた。高校から京都大学まで一貫してワンダフォーゲル部で、どちらも主将を務めたようだ。

押畑の父親は財務省の官僚で、嫁も国交省のキャリアだった。

押畑本人の希望は当初は国交省だったが、Ｉ種一次試験が低空飛行で、あっさり諦めたという。

あるとき縁があって国交省キャリアの女性と付き合い、結婚してからは、

――国交省には入れなかったが、国交省を嫁にもらった。

は、押畑の自慢になった。

結婚して四年になるが、子供はまだ出来ないらしい。擦れ違いの時間が多過ぎると聞けば、納得するしかない。作らないようにしているわけではないという。

国交省キャリアの妻と、警察庁キャリアで単身赴任中の夫では、牽牛《けんぎゅう》と織女《しょくじょ》以上に再会はままならないだろう。

――ま、子供は出来なかったら出来なかったで、気楽と思う面がないでもない。俺はいずれ、山に帰りたい。柵《しがらみ》が何もなければ今すぐにでもだ。嫁さんには悪いがな。そのとき、あいつがなんていうかは、さすがに恐くて聞けないんだが。

今回、この日のアポイントを取り付けた電話の中で、押畑はそんなことを言っていた。

昔から酔えば山はいいぞと繰り返し、

――俺は、キャリアはキャリアでも、山のキャリアだ。山に入ったら、人は一人だ。一人のキャリアだ。全部が自己責任で完結している。なあ、小日向。潔いとは思わないか。警視総監も警察庁長官も、関係なくただの人なんだ。

と嘯《うそぶ》く。

人は一人、自己責任、自己完結。

もしかしたら押畑とはそんな、〈一人〉を知るという意味で、馬が合うのかもしれない。

なんにしても押畑は純也同様、キャリアの世界からは食み出した言わば変わり者だが、気持ちのいい男だった。

ただし、押畑のこともあるが、柏崎でいったん足を止め、すぐに新潟に入らないのは公安マンとしての大事な作業でもあった。

潜入に向かうためのウォーミングアップのようなもの、とでも言えばいいか。

土地勘や地縁、ヴァーチャルでいくら頭に叩き込んでも、こればかりはリアル、生の感触には敵わない。

辰門会本部を窺《うかが》う拠点及び中継地にするには、新潟市から距離にして約百キロ。

もともと辰門会本部があった場所、そこに漂う空気。

柏崎は新潟の風にも、辰門会の残滓にも、触れるには都合のいい場所だった。

押畑がいるというのは、余禄のようなものだ。

「分室長。押畑副署長、おっと、押畑署長はこっちにゃあ、あの後どのくらいでしたっけ？」

猿丸の言うあの後とは、三年前の天敬会本部壊滅の後、で間違いない。

八月三十一日、午後十時頃の出火がプロパンボンベに引火し、爆発炎上して十ヘクタールに及ぶ印西の本部全山を消失した件だ。教祖以下、何人もの死者も出た。

この一件にJ分室は現地で濃く関わり、猿丸は銃弾を受けた。

事件の後始末も猿丸のための救急車も、引き受けてくれたのが、当時印西警察署で副署長だった押畑だ。

だから猿丸も、面識はまだないが押畑という男を漠然とだが〈よく〉知っていた。

「秋の異動じゃなかったから、直近をスルーして四月だね。七カ月後か」

猿丸は、口笛も指も鳴らした。

矢崎と同席で縮こまっていた、新幹線車内が嘘のようだ。

「てこたぁ、二年と少しっすね。へへっ。もういろんなとこに、馴染みの店作ってんでしょうね」

「ああ。あいつならそうだろうね」

印西署時代も押畑は、管轄内では馬鹿はしないと豪語しつつも、つまりは管轄外の成田にまでわざわざ遠征していた。

そんな押畑に押し切られ、純也は明け方まで付き合わされた覚えがあった。分室員にそんな話もした。

「そうっすよね。なんたって、単身赴任っすもんね」

「いや、単身赴任だからかどうかは、僕は知らないけどね」

そんな会話をしつつ、純也は在来線のホームに向かった。

柏崎に行くにはまず、東京駅から上越新幹線で長岡に向かう。

これが一時間四十分程度で、長岡からは信越本線に乗り換えてさらに三、四十分揺られる。

東京から柏崎までは、乗り換え時間も加味して、計二時間半強の旅程だった。

この日で言えば、柏崎に着いたのは午後四時二十分過ぎだった。

柏崎の駅前はひと頃に比べると驚くほど静かだ。

駅前に乱立していたビジネスホテルには、休業を余儀なくされたところもある。

実際にロータリに立てば、街全体もどこか活気に乏しいように感じられた。

柏崎刈羽原発の運転停止が主な原因とは明白だった。

再稼働の是非は別として、日々どこかしらのメインテナンスと部品交換に明け暮れる原発には、各部を請け負った企業の営業から技術者からが常駐に近いほど日参するのだ。

駅前のビジネスホテルは、そんな原発関連企業の宿泊客で昔は常に満室だった。

夜になればその宿泊客が街に繰り出した。

それが、今は見る影もなかった。

市の経済規模は、おそらく往時の五分の一くらいかもしれない。

加えて、辰門会が拠点を新潟市に移したことも不景気の一端を担うだろう。

いや、もしかしたら辰門会自体、そんな柏崎の不景気を嫌って新潟に本部機能を集中させたとも考えられる。

「なんか、ちょっと湿気《しけ》った街っすね」

猿丸も感じたようで、歩きながらそんなことを呟いた。

柏崎警察署までは、駅前から県道を歩いても二キロの距離だった。

アポイントは月曜のうちに取っておいた。

楽しみだ、と押畑は言っていた。

どう楽しみなのかは怖いところではあったが、向こう二週間は特に出張の予定もなく在署だというのは手間がなくてよかった。

警察署の正門を曲がると、いきなり押畑の確認が取れた。

「なんだありゃ」

猿丸が意外そうな声を出した。

それはそうだろう。

いきなり正面玄関前に、腕を組んで仁王立ちの偉そうな男がいた。

純也は苦笑した。

「セリさん。あれが押畑さ」

「へっ？」

短く刈り込んだ髪と太い眉に厚い唇、地黒の顔。

身長は純也より六、七センチは低いが、身幅がぶ厚く大きく見える。

それが押畑大輔だった。

「ええと」

頭を掻きながら純也は近づいた。

「押畑。なんでそんなところに立ってるんだ?」

「決まってるだろう」

押畑は腕を解き、歯を剝いて笑った。白くがっしりとした歯列が覗《のぞ》く。

「もう定時だ。時間になったらそそくさと帰るのが、有能な上司の条件だろうが」

「ああ」

駅前ロータリに立ったのが四時半過ぎで、そこから新潟の風を感じ、匂いに触れながら二キロをブラブラと歩いてきた。

夏の陽がまだ高かったから失念していたが、なるほど時間を確認すれば、もう五時半に近かった。

「あなたが、あれですね。印西で救急車に乗った警部補さん」

押畑が猿丸に声を掛けた。

「へへっ。どうも、その節は」

猿丸が頭を下げる。

「電話で小日向に聞いてます。猿丸さん、でしたっけ?」

「そうっすね。そんな名前です。ただ、本名で呼ばれっと色々と都合が。署長なら、セリでいいっすけど」

「ああ。セリ。セリさんね」

押畑はうなずいた。

「じゃあ小日向。早速、旧交を温めに行くか。ああ、セリさんもね」

押畑は純也の肩に腕を回し、駐車場に向かって歩き出した。

猿丸も続く。

「なかなか山に行けないのは相変わらずだ。ストレスは溜まる一方だからな。ガス抜きさせろ。お前の金でな」

「なんだよ。またいつもの五大峰制覇の夢から始まって、警察の愚痴のコースか」

「おう。当然そうなるな。お飾りキャリアの生活なんざ、そう代わり映えするもんでもない。その代わり、ストレスは印西の比じゃないぞ」

覚悟しておけ、と押畑は言った。

「どうせ、こっちでまた何かやらかす気なんだろ。先払いしろ」

なかなか分かっている。

山男だが、いや、山男だからこそ、押畑は細やかにして腹がすわっている。

押畑の腕を外し、純也は一度立ち止まった。

「まあ、やらかす気かって聞かれると、そうじゃないとしか言いようはないけどな。押畑、僕は公安だよ」

「ん？　ああ。そうだったな」

吹き抜ける風に押畑は顔を向けた。

「未然に防ぐ、か。起こさせないってなあ、出来りゃあ理想だよな」

顔を戻し、少し寂しく押畑は笑った。

「さて、小日向。どこに行くか」

猿丸が後ろから、美味い魚とキャバ、と騒いだ。

「いいねぇ。セリさん。わかってるねぇ。俺もそう思ってたとこでね」

「おっ。署長、いいとこあるんですか」

「あるよ」

ただし、と押畑は言葉を切った。

「俺のテリトリーは、長岡なんだが」

へっ、と間の抜けた声を上げたのは猿丸だったが、純也としてもわからなくもない。

戻るのか。

七十キロも。

「さっ。行くぞ。小日向。セリさん」

一人押畑だけが、足取りも軽く警察署の敷地から外に出た。

四

翌朝、と言っても十時過ぎ、柏崎警察署の仮眠室で純也は目覚めた。

昨夜は押畑お勧めの寿司屋から行き付けのキャバクラを二軒ハシゴした。

久し振りにずいぶん騒いだ記憶が、断片的にあった。

押畑と一緒だといつもそうなる。

思えば逆に、押畑以外とはたいがい、仕事が絡む関係だからかもしれない。

他に純然たる友人がいないわけではないが、たとえばサードウインドの別所と寿司を食ってキャバクラに行ったとして……、まあ、あまり面白いわけもない。

前夜というか、今朝は寝たのがおそらく朝の五時過ぎだった。

朝陽で起きるのが戦場の習いにして純也の体内時計だが、陽が出てから眠るとやはり狂うようだ。

身体も頭も、通常の朝よりは少し重い。

周囲のベッドを確認するが、猿丸はいなかった。

寝る直前、仮眠室に入るところで別れた。

「それじゃあ分室長。俺は、少し休んだら出ます」

休むとは言ったが、猿丸は寝るとは言わなかった。

そういうPTSDの男だ。

寝ずの男、寝ることへの恐怖心が常に勝る。

猿丸はそこから単独行で、辰門会本部に繋がる鶴岡・波花組の、水井の客人になる予定だった。おそらく始発で、待ち合わせ場所に向かったはずだ。

新宿・田之上組の先代組長、田之上洋二《ようじ》も交え、その辺は鳥居が綿密な打ち合わせを済ませていた。

近々に現組長、窪城《くぼしろ》が望む某《なにがし》かの情報を一つや二つ流してやってくれと、それが田之上と鳥居のバーターのようだった。

柏崎署の仮眠室から出て、純也は洗面所で手早く支度を済ませた。

そのまま署内に出れば、いきなりフロアの全署員が一斉に立ち上がった。

——おはようございます。

まあ、押畑と同類の、キャリアの警視に対する対応はそうなるだろう。

一人が駆け寄ってきて、署長室に案内された。

客寄せパンダ的な視線はあったが慣れている。気にしない。

どちらかといえば声をそろえた挨拶の方が、頭に響いて気になった。

署長室には、押畑がいた。

寝ていないに違いない。目が赤かった。

不機嫌そうに見えて、実は二日酔いも間違いないようだ。

窓という窓はすべて開け放たれていたが、それでも純也の鼻には少々の酒が匂った。

純也は黙ってソファに座った。

案内の署員が早々に去ると、計ったように別の職員がコーヒーを運んできた。

しばらく湯気を眺め、ひと口だけ飲んだ。

市販品の中では奮発したとわかるコーヒーだった。

「押畑。うちの部下をよろしくな」

純也はそれだけを言った。

猿丸と押畑の顔合わせ。

明け方五時までは、そのために必要不可欠な時間でもあった。

「任せろ」

押畑が口を開いた。

重く嗄《か》れ嗄れの声は、カラオケの歌い過ぎだろう。

「けど、小日向。一つ質問」

「なんだ」

「あの警部補、セリさん。銃を携帯してなかったか？」

「おっ」

見るべきは見る。

さすがに押畑は、一流の山男だ。

「目敏いな」

「やっぱりか」

押畑は椅子を軋ませた。

「そういう事態。いや、そういう部署だったな」

「もう一度、言っておくよ」

コーヒーを飲み干し、純也は立ち上がった。

「うちの部下を、よろしくな」

「——送らないぞ。勝手に帰れ」

「お邪魔様」

はにかんだような笑みを見せ、純也は署長室を、柏崎を後にした。

純也は、そのまま長岡まで戻った。

「なんか、ここまでなん往復かしてる気がするなあ」

口調としてはそうなるが、特に不満はない。

日本海の新鮮な魚は美味かったし、素朴なキャバ嬢達は明るく逞《たくま》しかった。

純也は新幹線のホームに立った。

が、すぐにこのまま帰京するわけではない。今度は長岡から先に進むルートだ。

次の目的地は、新潟だった。

二駅だから、特に指定席にはしなかった。

席は空いていたが連結部に立ち、車窓からの景色を眺めた。

新潟に着く頃には、身体のわずかな重さや強張《こわば》りも取れていた。

駅からはまず、そぞろ歩きで海辺を目指した。

――夏は、海に決まっているだろうが。

矢崎の口から出た強烈なセリフに先導されたわけではないが、新潟といえば、やはり海だった。

と言ってバカンスの海ではない。

波頭の向こうに、北朝鮮を望む海だ。

潮風を感じながら十分も歩けば、信濃川河口に近い新潟港西港区に、現在の新潟市のランドマークが姿を現す。

朱鷺《とき》メッセは、名前だけは純也も知っていた。万代島《ばんだいじま》地区再開発事業のシンボルとして建てられた、コンベンションセンターやホテル、業務施設からなる、超高層型複合一体型施設の名称だ。

とはいえやはり、地方都市の再開発はどこも似たようなもので、作ったはいいが平日は閑散としていることが多い。この日も朱鷺メッセはそんな感じだった。

土・日も大きなイベントでもなければ似たようなものだと、たしかゆうべ、寿司屋で押畑が言っていた。

純也は、遊覧船が停泊中の川岸に立った。

その昔、ふ頭先端の国際ターミナルからは、かの万景峰《マンギョンボン》号が半島と新潟港を忙しく往復していた。

海は日本と半島を繋ぎ、また、隔てる。

そんなことに思いを馳せれば、純也の携帯が振動した。

知らない番号だった。とすれば間違いか、転送サービスに回しているスジの関係からの連絡ということになるが、

「ビンゴ、かな」

純也の口辺には笑みが寄った。

新潟に足を踏み入れれば鳴るかもしれない、という予感はあった。

――久し振りだな。警視。

野太い、聞き覚えのある声だった。

ただし、すこし迫力は落ちたか。

声は、自身を谷岡《たにおか》と名乗り西村《にしむら》と名乗った北の工作員、姜成沢《カンソンテク》のものだった。

一九七〇年代に暗躍した北朝鮮工作員の若き精鋭。

そして、〈カフェ・天敬会事件〉の首謀者にして、純也の恋人だった木内夕佳《きうちゆうか》の死に直接ではないが、関わった男。

百八十に近い鍛えた身体、禿頭、皺《しわ》を刻んだ削《そ》げた顔が脳裏に浮かんだ。

ブラックチェイン事件の折りに細く繋がって以来、多少の遣り取りはあった。

情報料として純也が姜成沢に支払った金額は、累計でおそらく二千五百万くらいになる。

その価値があるかどうかは考え方によるだろうが、純也は少なくとも、姜成沢の生存証明を取得するという意味だけで有益だと思っていた。

――警視庁公安部のエリート様、わざわざのお出ましだ。新潟にようこそ、が正しい挨拶かな。

「そっちはさすがに連絡が早い。さすがに、〈地元〉だ」

――そう認識してくれる人間はもう少ない。三十五年に及ぶ往来は、二〇〇六年からもう無に帰した。

万景峰号のことを言っているのだろうが、北と新潟の歴史は、紐解《ひもと》けばもっと古い。

若き姜成沢自身も、六〇年代には日本に潜入していたはずだ。

なにはどうあれ、半世紀。

それだけあれば新潟に入った北の連中が大地にも人にも、溶け込んで融着、あるいは溶着している部分はだいぶあるはずだ。

根差すとは、好むと好まざるとにかかわらず、そういうものだ。

新潟に姜成沢の耳目はおそらく、百では利かないくらいあるだろう。

純也が一人、新潟港に渡る潮風にその身を晒《さら》した意味もその辺にある。

(さて、何がどう動き出すか)

案の定、姜成沢の新潟における情報網は今も正常に機能しているようだ。

そうして姜成沢からの電話が鳴った。

――で、はるばる警視庁の警視様は、新潟へはなんの用かな。

「ははっ。さすがに、根付いた情報網を以てしてもわからないか。いや、根付くと、鈍重になるのかな」

――否定はしない。その分、こちらのエリアに入ってくれれば間違いなく触る。中で動けば必ず捉える。さすがに、今の君のようにふらりと来られると、まずは見当もつかないが。

「素直だね」

――仮にも君は、金主だからな。

「では逆に、その情報網で調べて欲しいことがある、と言ったらいくらかな」

――私達は今でも金欠だ。最近、ますます金回りは悪くなる。

「なるほど」

純也の思惑も狙いも、この一点だった。

百を超える耳目があるなら、使わない手はない。

「じゃあ、久し振りに頼もうかな」

――何をだ。

「辰門会本部がピリピリしているわけ」

――なんだそれは。あまりに漠然としていると金額が設定できない。設定できなければ契約にならない。

「うわ。真面目なビジネスマンみたいだ。なら詳しく。GWの富山、滑川市の常願寺川河口で上がった野坂清美という女性の死亡案件を、辰門会弁護士団の一人が調べに来た理由。これでどう？」

一瞬、携帯の電波が遮断されたかのような空隙が出来た。

ビンゴ、でいいのか。

――一千万。

オクターブは下がった声で、姜成沢は重々しく言った。

「了解」

――商談成立だ。では、得難い金主にサービスで一つ教えよう。

「ふぅん。気前のいいことだ。かえって怖くないかな」

――これは呼び水でもある。君が大きな金を、湯水のごとく落としてくれるように。

その後、姜成沢は短くサービスを口にした。

「へえ。さすがだね」

――新潟は、私の第二の故郷だ。たとえ、同胞ともども毛嫌いされてもな。

「なるほど。覚えておこう」

姜成沢は、おそらく電話の向こうで笑った。

――では、連絡させる。

これは、窓口にしている上野の昇龍という、在日朝鮮人が営む店を指すのだろう。

「あ、ちょっと待った」

――なんだ。

「今の偽名は？　西村のままかい？」

――北城《きたじょう》だ。

北の城。

そう言って北城は、電話を切った。

純也は暫時佇み、やがておもむろに、分室で留守番の鳥居に電話を掛けた。

「ああ、メイさん。――そう、順調だよ。だから、僕もしばらくこっちにいる。で、メイさんには、その間に調べて欲しいことがあるんだ」

用件を話し、通話を終えた純也は川面から河口までを一望した。

「北の城、か」

口にしてみた。

虚《むな》しさだけが去来した。

「見果てぬ夢。いや、永遠に醒めない夢か。醒めるときは、さて」

呟きは、日本海から吹き来る潮風に溶けた。

外海の沖に、三角波が立っていた。

五

翌週に入った木曜だった。その夜だ。

日付はいつの間にか、九月に入っていた。

東京と違い、新潟の九月は秋が早かった。海が目の前にあるからか、ときおり冷たいと感じるほどの風が吹く。

猿丸は酔い覚ましも兼ねて市内を一人ぶらつき、信濃川に掛かる萬代橋を渡っていた。右手に朱鷺メッセの威容が浮かび上がって見えた。

橋からは両端に、川縁に降りる階段があった。

市街側、東詰めの階段を降りればホテル日航《にっこう》や朱鷺メッセ、フェリーターミナル方面に出る。対岸の西詰めを降りれば、信濃川の流れに沿った遊歩道だ。

猿丸は東詰めから西に向かい、風に押されるようにして階段を降りた。

天上には星の瞬きがよく見えた。

周囲に照明や街灯が少ないということでもある。

遊歩道は土、日はカップルや家族連れで夜まで賑わうらしいが、平日の九時半過ぎは一見でわかるほど閑散としていた。

というか、人っ子一人見当たらなかった。

「さぁて。これをどうするか、だな」

河口に向け少し歩いたところで川面を望む手摺《てす》りに寄り掛かり、猿丸は手元のメモ用紙に目を落とした。

ちょうど、薄明かりしか届かないエリアだった。

カップルが愛を語るにはいい場所かもしれないが、猿丸の目に細かい文字はぼやけた。

少し老眼が始まったと知ったのは、今年に入ってからだ。

「ちっ。鳥の目じゃねえってのに、明かりがねえと見えねえってか。歳は取りたくねえや。ヤダねぇ」

そもそも明かりや防犯カメラの類を避けてしまうのは、公安講習で叩き込まれた技術であり、そのままいつの間にか身体に染みついた癖だ。

簡単に抜けるものではないが、老眼もまあ、治るわけもないだろう。

結局、折り合いをつける、ということだろうか。

この先、死ぬまで。

今日この直後かもしれないが、三十年後かもしれない。

それで愚痴も口を衝いて出た。

「今度、メイさんに聞いてみっかな」

――諦めろや。往生際だ。ええ。

聞く前から口調も答えもわかっているともう、笑うしかなかった。

来た道を間抜けにも戻り、階段近くのベンチに座った。街灯の真下だった。

改めてメモ用紙を広げた。

紙面には赤ペンで、〇も×も記入されていた。今度はよく見えた。

辰門会に潜入した約一週間の、今のところの成果だった。

前週金曜、早朝に純也と柏崎で別れた猿丸は、そのまま波花組の組長、水井英毅と接触した。

波花組は鶴岡を本拠にする、武闘派で鳴らした組だった。組長の水井の短気と気風《きっぷ》の良さは、辰門会会長だった大嶺滋の大いに気にいるところで、ずいぶん可愛がられもしたらしい。

ただし同時に、イケイケの波花組は辰門会内では当初、どこにでも突っ込む鉄砲玉のような扱いでもあった。

大嶺の感覚は、〈馬鹿ほど可愛い〉と、そんな感じだったろうか。

それが、一九九一年開業の庄内空港を巡っては、いきなり誘致から建設にまで裏で関わり、会長どころか当時の主だった者達を大いに驚かせたようだ。

イケイケだけではないと知らしめるこの大仕事以降、波花組は辰門会の序列では不動のNo.4に収まっていた。

組長の水井は、去年還暦を迎えたはずだった。

そんな鳥居からの情報を、猿丸はまずなんとなく記憶していた。

なんとなくなのは基本情報として押さえるだけで、主体はこれから自分の耳目、あるいは肌触りと言った感覚で積み上げるつもりだからだ。

鳥居には鳥居の感覚からくる主観があり、猿丸と同意とは限らない。ズレは怖いものだ。

主観、自我、もっと言えば我執。

自分に拘るのは公安マン、いや、捜査する者の鉄則だった。

金曜に猿丸が水井と約束したのは、矢崎には言えなかったが、まさしく矢崎が向かったのと同じ、新発田だった。

鶴岡の水井は、新潟の大嶺邸、辰門会本部へはいつも車を使うという。

日東道を新発田ＩＣで降り、七号線に入るのが一番早く、使い慣れたいつものルートらしい。

こういうとき、変わらないあるいは変えないのが一番なのは、自明の理だった。

鳥居には大枠だけは聞いていたが、猿丸の役どころは、新宿・田之上組の、特に前組長田之上洋二を通じて水井に連絡があり、辰門会を頼ってきた客人、ということだった。

田之上の裏金も運用する、瀧というモグリのファンドマネージャーが今回の猿丸の吊り書きとなる。

ノガミの竹藤組《たけふじぐみ》のマネー・ロンダリングで下手《へた》を打ち、ほとぼりが冷めるまで新潟において欲しいと、そんな触れ込みでやってきた。ノガミの竹藤組は、辰門会にとっては大阪・竜神会同様に侮れない敵対組織、兵庫・至道会の二次団体だ。

竹藤とも至道会とも名前を出せば、

〈窮鳥懐に入れば猟師もこれを殺さず〉

の心意気が辰門会にはある、と鳥居は太鼓判を押した。

まず鶴岡・波花組の水井を頼り、そこから新潟市の辰門会本部に潜り込むのが、今回の潜入の流れだった。

水井とは金曜正午に新発田の駅前で待ち合わせた。

五分と遅れることなく、水井が乗る白いベンツがやってきた。ナンバーは聞いていた。伝えてある猿丸の特徴は、麦わらの白いパナマ帽だった。

ベンツは迷いも見せず猿丸の前で停まった。

「まずは乗れや」

水井との顔合わせは車中になった。

乗ったが最初、スモークを濃く張ったベンツはロータリに留まり、動かなかった。

六十一歳になる水井は、陽に焼けた禿頭がやけに印象的な、恰幅のいい男だった。

なるほど、その昔のイケイケな感じは、初見で差し出された、金のごつい印台指輪をつけた手の感触だけでも納得だった。

「本部に顔出す組長連中にはよ、ゴルフ好きなのが多くてな。泊まってゴルフが一番だぜ。タダだって言ったら滅多にねえくれぇ集まった。コンペってことで貸し切っといたが、いいよな」

「えっ」

いきなりたいがいなことを言った水井の目が、猿丸の器量を計るようだった。

（ああ、ね）

水井が鳥居のスジだとは知るが、どの程度の関係かまでは猿丸は知らない。

水井も同様に猿丸を知らないのだ。

探るような態度はそのせいだろう。

互いに何をどこまで預けられる男なのか。

判断はこれから作る関係と、それぞれの主観に拠る。

猿丸はゆったりと笑った。

「わかりました。いいですよ。これからどれくらい長くお願いすることになるか、わかりませんから。かえって、組長にはお手数をお掛けしまして」

一瞬水井の目が光り、すぐに細められた。

「へえ。いくらだかも聞かねえかい。やるねえ」

「有り難うございます」

「二千万」

「ゴルフ代で、ですか」

「全部込みだ。女もな」

「了解しました」

「おう。気持ちがいいねえ。そう来なくちゃいけねぇや」

猿丸が丸呑みすれば、水井は満面の笑みで頷いた。

この辺はやはり、J分室の面目躍如たるところだ。

J分室は、警視庁の組織図からも論功行賞からも切り離されている。

どれほど優秀でも功績を上げても、異動もなければ最低限の昇給しかない。分室としての予算もない。

J分室を動かすのはひとえに、小日向純也という男の莫大なポケットマネーだ。

他部署には捜査費用にも汲々とし、自腹を余儀なくされ、中には年百万を超える身銭を切らざるを得ない捜査員もいる。

比べてJ分室は、鳥居も猿丸も、純也が個人筆頭株主だという、サードウインドの法人ゴールドカードを持っている。個人の年配当を別所社長のプール金に回す代わりに提供されたカードだ。

昔、純也にその年配当を尋ねたことがあった。

聞いた金額は、溜息すら出ないものだった。

庶民の鳥居や猿丸が、カードで経費をどれほど使おうと、上回ることはないだろう。

カードの上限は月三千万、ということになっているらしいが、電話連絡一本で一億でも落とせるという。

「じゃ、行くぜ」

水井がGOを出すと、ベンツはロータリから滑り出した。

「この程度でグズグズ言うようだったら、いくら田之上の先代や鳥居さんの頼みでも断るつもりだった。こっちまで危なくなりそうな橋は渡れねえ。わかんだろ」

「ええ」

「合格だよ、あんた。瀧さん」

そう言って前を向き、水井はしばらく口を開かなかった。

そのまま辰門会本部、かと思いきや、向かったのは波花組の地元、鶴岡だった。

それも、組事務所ではない。庄内GCというゴルフ倶楽部だ。

「聞いてなかったな。瀧さん、あんた、ゴルフは？」

「下手の横好き程度には」

ああ、俺と一緒だと水井は肩で笑った。

「なら言っとくがよ。ここぁ、この辺じゃ名門なんだぜ。一応な」

一応な、と言いながら、水井はベンツを先に降りた。

庄内GCには十八ホールしかないが、空港からも近く、天然温泉の宿泊施設を持つという。

開場は一九九二年というから、庄内空港が開業してすぐだ。

「コースより宿の方が豪華だなんて言う奴もいたがな。そんな奴ぁ顔が変わるまでぶん殴ったっけ。まあ、言ってることたぁ、間違ってなかったがよ」

「ああ。そういうことですか」

庄内GCは、波花組の息が掛かったゴルフ場なのだ。

開業に一枚噛んでいると言ってもいいのかもしれない。

それで、急な貸し切りもなんとかなったのだろう。

「今日はコースは稼動してるが、宿ぁ貸しきりだ。明日ぁ朝から強面《こわもて》連中が来るからな。とにかく強面連中がうろつきそうな分は貸しきりだ。宿ぁ、今日と明日。コースは明日と明後日を貸し切りにしといた」

なるほど、名門とはいえ一日分にしては少し値が張るとは思っていたが、そういうことか。なら、貸し切りにしては良心的かもしれない。

「きょうは、ここに先乗りで俺らぁ泊まりだ。後で俺んとこの組の連中が来る。明日の仕切りをする奴らだ。まあ、明日の本宴会の予行演習ってことで、騒ぐかね。もちろん、瀧さんの金だよ」

いいですねぇと間髪入れず言ったが、これは瀧としてではなく、猿丸としての本心だった。夜は酒を浴びるように呑まなければ、どうせよく眠れない。

いつも通りに呑み、迎えた翌朝は快晴の空が少し黄色に見えた。

ゴルフ場に揃った強面は、総勢で百八十人と少しだった。

波花組の仕切りで、猿丸は特段、何もすることはなかった。

猿丸自身は顔見せの挨拶をした後、水井らと一緒の組で、〈下手の横好き〉ゴルフでお茶を濁した。

本番は、夕方からだった。

温泉に浸かる色とりどりの倶利伽羅《くりから》紋々は、滅多に見ない見世物としてはまあ、壮観と言えば壮観だ。

それにしても、宴会場に入る頃までは互いが互いを牽制するようでまだ多少の緊迫感もあったが、コンパニオンが入り酒が入れば、宴会は一気に花が開いたようになった。

猿丸は水井に連れられ、各席に酌と挨拶で回った。

「二兎を追って一兎に嚙み付かれたんだって？　ま、これに懲りたら、これからぁ気をつけるこった」

やら、

「おう。東京じゃ田之上が世話になってんだってな。モグリのファンドだって。へっへっ。羽振りいいんだな」

顔合わせだけでなく、瀧としての情報が浸透していることも確認はできた。

この日の出欠も、リストは水井から提供してもらった。

欠席者は順次、週明けから当たるつもりだった。

この欠席者の中にこそ、何かがありそうな匂いが濃い。

中でも辰門会総本部長、大嶺英一はこの日のゴルフも宴会も不参加だった。

「おう。瀧、こっち来て呑めやぁ」

そのうちには自分の座に居座った水井の、目もすわってきた。

前夜の宴会が思い返される。

水井は猿丸より呑み、猿丸より先に潰れ、猿丸よりはるかに早く常態に戻る強者だった。

（へっ。気合入れねえとな）

翌日、猿丸が精算で支払った額は実に、二千三百万を超えていた。

六

コンペの効果か、翌日曜日には、猿丸は割り合い好意的に総本部に迎えられた。

水井のベンツで送ってもらった辰門会総本部は、新潟市中央区にあった。

信濃川と関屋分水路と日本海に囲まれ島の形態になった地域、いわゆる新潟島だ。

市街からは萬代橋を渡った先で、道延べにして一キロほど行った辺りだった。近くに西海岸公園があり、海が綺麗に水平線まで見えた。

真冬はどうかは猿丸の与《あずか》り知らないところだが、少なくともこの九月には、景色も気持ちもいい場所だった。

辰門会本部は五階建ての、立派なビルだった。建坪は百五十坪はあるだろう。一年近く前に落成したばかりの真新しいビルでもある。

詳しい把握はこれからだが、猿丸が一瞥した限りでも、内外に最新式の防犯システム、監視システムが目白押しだった。

辰門会ビルは一階が主に組の事務所機能を担い、二階が応接と、幹部が顔を出したときのシェアルームや娯楽部屋になり、三階から五階は住み込みの若い衆の住居だった。

若い衆は地元というより、全国に展開する辰門会系から、修業の名目で送られてくる有望株や跡継ぎが多いらしい。それで住まいが必要なのだ。

事務所の真横は高いフェンスの張り巡らされた広大な芝生の公園か何かで、フェンスの手前が広い駐車場になっていて自由に使っている、と思っていたら、そこが辰門会のトップ、大嶺親子の邸宅だった。

場所によっては樹木の繁茂するところもあって全体はよくわからないが、猿丸も最初は市営公園かと思ったほどだった。相当広い。

後で聞けば、辰門会本部事務所自体、大嶺家の駐車場の半分を潰して建てたということだ。

――ま、好きに使ってくれや。うちからも修業で、二人が五階に入ってるしよ。

猿丸がそんな水井の口利きで与えられたのは、四階の角部屋だった。八畳一間でトイレ・バスは共同だったが、間借りの身分上、文句は言えない。

なにより眼下に大嶺家が見下ろせるのは好都合だったが、欲を言えば、今日日のヤクザは健康に気を遣うというのには閉口した。

――住居スペースは全室禁煙だぜ。吸うなら屋上な。

最初から水井に釘を刺された。

これには少し参った。

さて、一日になん往復すればいいことやら――。

とにかく四階に落ち着いた初日、この日曜の夕方、儀礼として大嶺英一への挨拶を頼んだ。

自宅の方で会ってくれることにはなった。というより、会長を交えた会議などはすべて、事務所ではなく大嶺邸に場を持つのが辰門会の吉例ということだった。

芝生の中を一本走る道に従い、猿丸は邸宅に入った。

ゲートからなにから、警備が厳重なのは言うまでもない。

溜息が出るほど広く豪華な居間に出てきた大嶺は、分室で確認してきたどの画像より細く見えた。

痩せかやつれか、その判断は難しいところだった。

「うちの連中が世話になったようで」

「出ていただければよかったのに」

「生憎、親父の具合があまりよくなくて」

「ああ、なるほど。それで跡目相続の儀式も延期に？」

「そんなところで」

「あまり放っても置けませんでしょう」

「そりゃまあ」

「では近々？」

「そう、それなりに考えてはいますがね。――ごゆっくり」

言葉数は少なく、どこかけんもほろろだった。居間全体にもバリアが張られているような感じがした。

大嶺とは今のところ、この木曜まではそれだけだった。

その分、コンペの不参加者の残りはすべて当たった。

怪しまれることなく回れるエリアは自分で当たったが、その他はスジや分室の鳥居、鳥居のスジまで使った。

思うより間借りは便利で、不参加者のところの若い衆がいれば、手近なところからでもそれなりの情報は取れた。

その結果が、街灯の下で老眼の始まった猿丸の睨む、赤ペンで○×が記入されたリストだった。

顔を上げ、思案気に信濃川の黒々と濡れたような川面に目をやった。

吐く息が酒で熱かった。

波花組の水井と別れ、風に吹かれながら本部事務所に戻る途中だった。

気に入られたようで、水井との呑みは毎晩だ。

新潟の夜の街にも、もう慣れた。

リストは、基本的に×ばかりだった。不参加者は皆それぞれに納得できる理由があった。

○はただ一つ、辰門会本部、大嶺英一だけだった。

実際には○というか、△にしたいところだ。要有りとしてわからないというのが本音だった。

ただ、一番警戒が堅固にして緊張感に溢れていたのが辰門会本部というのは間違いなかった。

全国組織である辰門会の総本山ということも、跡目相続のゴタゴタの余波ということもあるだろうが、水井に聞く限り、ここまでの緊張はここ数年なかったという。

(さぁて)

猿丸は思案した。
ドラマなら、小石でも拾って水面に投げ入れたいところだ。
そのときだった。
「ぐぉっ！」
背後から猿丸の首に、なんだかわからない太く固いものが巻き付いてきた。
人の腕だとわかるのに数瞬を要した。
それほどいきなりであり、驚くほど太く硬かったのだ。
酒に酔っているというのもあるが、近くに人の気配などはまったく感じられなかった。
しかも直接の背後などとは、慮外もいいところだ。
プロ乃至《ないし》、相当の訓練を受けた者としか思えなかった。
（ん、の野郎っ）
振りほどこうとして、どれほど暴れても緩むものではなかった。
逆に少しずつ締まってくる。
「舐めんなぁっ」
猿丸は踵《かかと》をベンチに乗せ、思い切り蹴った。
バク転の要領だった。
しかし——。

何者かもタイミングを合わせるように身体をひねったようだ。

世界は反転し、猿丸は揺れながら背後の地面にまず額から落ちた。

次いでバウンドし、俯《うつぶ》せの格好で肩口から顔面がほぼ同時に、アスファルトにズるように激突した。

擦れた左頬に激痛が走った。

顎も骨伝導で嫌な音を聞かせた。

額は割れたようで、流れる血が、鼻筋から口元に鉄錆の味を運んだ。

それでも――。

絡みついた何者かの腕は、微塵《みじん》も緩みを見せなかった。

何がどうなったのかはわからなかった。

おそらく猿丸の動きを殺す体捌《たいさば》き、あるいはステップで背後に食らい付いたままなのだろう。

まるでコバンザメだ。

それにしても一切の荷重や抵抗を感じなかったのは、相手の戦闘技術の高さを証明するものだ。

「こな、クソッ」

声は出たが、言おうとしたほど鮮明ではなかった。喘鳴に近い。

軽い靴音がした。
間違いなく女性のヒールだった。
こんなときでも、そんな音を猿丸は聞き分けた。
渡る風にかすかに、柔らかく甘いフレグランスが香った。
『情報が取れる程度によ。わかってる？』
と同時に、濃いムスクの匂いもした。
背後からだ。
『ええ。わかってますがね。手加減は出来かねます』
猿丸も元公安外事特別捜査隊だ。そのくらいの英語は理解出来る。
ただ、動けば動くほど、酒が回った。
長引けば間違いなく不利だった。
（やべぇ）
意識が次第に薄れていくのがわかった。
落とされようとしていた。
わかったが、どうしようもなく力が抜け、頭がアスファルトについた。
温《ぬる》い地面だった。
と、萬代橋から遊歩道に降りる階段が目の端に入った。

猿丸だけが見える位置だったか。
階段の上から、流星のような小さな光が降ってきた。
『え。何？』
女声に被るように、すぐにゴムの軋む音がした。
『なんっ！　があっ』
猿丸の首に掛かる圧力が掻き消えた。
大量の空気が一気に気管に入って噎《む》せた。
街頭の下、ベンチの向こうに、マウンテンバイクにまたがった純也がいた。
ハンドルに両肘を乗せ、片手を上げた。
「やあ。セリさん」
あまりに場違いだが、純也ならわかる。
「イタリア以来、自転車も好きでね」
そんなことを言って悪戯気《いたずらげ》に笑う。
純也なら、それでいい。
ギリギリの場面に光を差す。
それがJ分室長、小日向純也という男だ。
だから、猿丸も答える。

「遅いっす」

猿丸は仰向《あおむ》けになった。

ようやく呼吸が落ち着き始めたところだった。

ゴメン、と言いながら純也がマウンテンバイクから降りた。

ムスクの圧力野郎は、どうやら転がされていたようだ。

マウンテンバイクのターンで一撃を食らったものか。

右頬をさすり、頭を振りながら立ち上がったのは、猿丸の目にはまるで山だった。

街灯の光を背に受け、盛り上がったように見えたからだ。

実際にはTシャツにダークスーツの男だった。

鷲鼻が印象的な外国人だ。

右頬の皮膚がタイヤの幅に破れ、血が流れ始めていた。

そのすぐ後ろには、細いローヒールの女性が立っていた。

少し青褪《あおざ》めた顔に熱ぼったい目は、街灯の色温度がそう見せるのか、小日向純也を見詰めるからか。

『しっ』

男がいきなり闘気を凝《こ》らせて純也に突っ掛けてきた。手のわずかな動きを見る限り、ラグビーでもやっていたものか。

低い姿勢で手を広げれば、純也に逃げ場はないように思われた。

猿丸は仰向けのまま、肘で上体だけは支えた。

何もできないが、いざとなったら身体を投げ出す覚悟はあった。

だが、純也は慌てなかった。

少し笑った。

『へえ。アメリカン・フットボールかな。じゃあ』

言って純也は瞬遅なく飛び、マウンテンバイクのサドルに足を掛けてさらに飛んだ。

半分身体を捻れば、猛牛然とした男の真後ろだった。

そのまま身体を低くし、純也は無発の気合で肩からの打突に出た。

中国式というか合気の技とするか、とにかく体重を乗せた肩は、はまれば体格が違う相手には恐ろしく有効だ。

間違いなくタイミングは、男が振り返る呼吸を読んでの動きだった。

虚を突かれると筋肉は無防備だ。

純也の肩は男の鳩尾《みぞおち》に吸い込まれるようだった。

『ごあっ』

男が宙に浮き、背中から落ち、アスファルトを手摺りにまで転がった。

『ゴードンッ』

女性の声が叫びに変わった。

純也が音もなく、ゴードンと呼ばれた男に走り寄っていた。

『ダメェッ』

純也にかゴードンにか、そこまでのニュアンスは猿丸にはわからなかった。

ゴードンは起き上がりかけの、片膝をついた状態だった。

『こ、このぉっ』

ジャケットの裾を撥ね、ゴードンは背腰に右手を差し入れた。

目に怒りの炎が見えた。

「い、いけねえっ」

思わず猿丸の口からも声が洩れた。

動作はどう考えてもクイックドロー、ゴードンは銃を抜こうとしていた。

だが――。

猿丸の声は杞憂《きゆう》でしかなかった。

ゴードンは右手を後ろに回したまま、動かなかった。

いや、動けなかった。

いつの間にかゴードンの左側、手摺りに寄り掛かるように移動した純也の手には、セマーリンＬＭ４があった。

世界最小と言われる四十五口径の銃口は、正確にゴードンのこめかみを冷やしていた。

純也のバックアップガンだった。

銃撃戦の最中、制式拳銃がジャミングなどの不具合を起こした場合を想定してもう一丁携帯する。それがバックアップガンだ。

諸外国では当たり前なところも多いが、日本ではとんでもない。

純也ならでは、で間違いないだろう。

猿丸でさえ銃を携帯すれば緊張する。今もだ。

純也のように、銃とともに生き、寝起きする生活を送った戦士でなければ、おそらく銃を持つだけで日本人なら疲弊する。

『動いたら撃つ。本気かどうかは、わかりますよね』

ゴードンはもう、唸るだけだった。

猛牛を御した、そんな感じだったろうか。

とにかく純也の優位は、圧倒的だった。

『さて、この辺でもう、いいでしょう』

純也が銃口を下げ、街灯の下に歩いた。

光の中で、おもむろに証票を晒す。

『警視庁公安部、純也・小日向です』

二人組から言葉はなく、ただ驚愕の気配だけが伝わってきた。

『似た者同士で揉めても、事態は前に進まないよ。ねえ、エージェント・フォスター、エージェント・ゴードン』

猿丸は大きく息をつき、大の字になった。

少なくとも純也の呼び掛けで、ゴードンから殺気にも似た戦意は、一瞬にして消失したようだった。


【やあJボーイ。久し振りだね。え、やけに私の機嫌がいいって？　そりゃあ、そうさ。君の声を聞くとき、私は常に機嫌がいい。なんたって一年に数度あればいい貴重な連絡だ。難しい顔や気分で聞いては勿体ないというものだ。

Jボーイ。それで、なんだい？

え、コナーズと連絡が取れないって？

なんだ。私との会話を楽しむために掛けてきてくれたわけじゃないのかい。残念だ。こういうときこそ、私は落ち込み、声も暗くなるというものだよ。

――ああ。コナーズならバカンス中だよ。八月の初旬からリオに行っている。そう、オリンピックとパラリンピックだね。完全休暇を許可したから、向こうから掛けてこない限り連絡は不可能だ。君でも繋がらないだろう。まあ、バカンスと言っても、コナーズは仕事熱心な男だからね。何かの下準備をしているらしい。そのままコロンビアに入るとも言っていたかな。

Jボーイ。よければ私が聞こうか。なに、君が会話のトーンを百セントも上げてくれればそれで上々だ。

――なるほど。調べ物かい。

――ほう。FBIのエージェントね。それなら、ヴェロニカ・リファールとクラウディア・ノーノが、今、マンハッタンにいる。少しばかり、ドナルドとヒラリーの喧嘩に少し関わろうと思っているのでね。

それはそうと、Jボーイ。実はね……。

いや、やめておこう。そう言えば私もバカンス中だった。ああ、バカンスだからそもそも、私の機嫌のベースもよかったのかもしれない。

Jボーイ。さすがだ。よく私の変調をデジタル音声だけで理解したね。

え、バカンスでどこにいるかだって?

そうだね。特にどこと言うほどのこともないが、ささやかなエリアを楽しんで回っているよ。

そう、なんと言ったかな。

そう、漫遊記だ。そんな日本の、副将軍のドラマを見た。

——え。いや、お付きもガードもいない。そうだよ。今回は一人だ。

なんだって。それじゃ、副将軍のドラマにならないって？　参ったな。仕方ない。どこか途中で調達することにしようか。まあ、いないならいないでもいいけどね。

とにかく、今回のバカンスの本質はそこじゃあない。——そう。ぶらりぶらりとね。それでも、実に興味深い旅だよ。見るもの聞くものはどれも、私に少なからぬ刺激を与えてくれる。

いや、そもそも旅の始まりは、コナーズが紹介してきた人物を見極めるためだったんだが、いや、どうしてどうして、サーティ・サタンばかりではなく、在野にはまだまだ瞠目に値する人物がいることも知ったよ。

え、ああ、依頼だったたね。話が横道にそれるのは私の癖というか、Jボーイ、君が頻繁に連絡をくれないからだよ。

——OK。依頼の件は、早速ヴェロニカに当たってもらおう。

——え、さっきの話かい。ドナルドとヒラリーの喧嘩をどうしようとするのかって？

そうだね。まあ、アメリカは能天気な方がいい。

私の答えは、これでわかるかい。Jボーイ】

間ノ章　エピソード2

打倒ロン・ノル政権の内戦中に難民化した農村部の住民が、プノンペンに溢れていた。そのせいで首都の人口は二百万人以上に激増していたようだ。

対して、アメリカの空爆によって壊滅的な打撃を受けた田畑は、ロン・ノル以前の二百五十万ヘクタールからわずか、五万ヘクタールにまで激減していた。

政権を取ったポル・ポトがまずしたことは、都市居住者、資本家、技術者、知識人らから一切の財産や身分を剝奪し、地方の農村に強制移住させることと、通貨、信仰の自由の廃止、焚書《ふんしょ》の断行、学校・病院・工場の閉鎖、そして、サムデク・シハヌークの幽閉だった。

農村に移住させられた人々は、『サハ・コー』と呼ばれる強制労働キャンプで農作業に従事させられ、環境に適応できない者やわずかでも反抗・反乱の気配を見せる者は容赦なく殺された。

これは同胞、クメール・ルージュ内においても同様だった。

ソ連やベトナムとも国交を断絶したポル・ポトが目指すのは、排他的な農村共同体による食糧生産を国民生活の基本に据えた、極端な原始共産主義社会の実現だった。個々人の能力や知識は、一切が否定され、排除された。

私達兄弟、特に私には、この『理想』に同意できる部分は多かった。

が、いかんせん、性急に過ぎるということだったか。

農地を耕すために草木を薙《な》ぎ倒し、根を焼くように人を扱ったのは、おそらく政策としてはポル・ポトの失敗だったろう。

プノンペンは一時ゴーストタウンと化し、ポル・ポト派の上級幹部と、この政権を支持する中国及び親中国派の国々の大使館のみが存在した。

恋愛は統制され結婚に自由はなく、当時プノンペンに凱旋した上級将校には、ポル・ポトの意向によって強制結婚させられた者が多かった。

私も弟もチャン・キムハも、妻になったのはそれまで会ったこともない女性だった。

ただし、チャン・キムハの妻は海南島出身の華人で、私の妻チュアン・ヤサ・ミネアは兵士にして、私と同じプノンペンにほど近い農村の出身だった。

スライの妻ソワナ・チャンリムは兵士でこそなかったけれど、私の妻ミネアとは幼馴染らしかった。この辺はポル・ポトの目利き、だったろうか。

少なくとも私が幸運だったのは、妻ミネアが私にとっては高根の花と言っていいほど強く美しかったことと、ポル・ポトの気紛れでそんなミネアとスライと三人、サムデク・シハヌークの近くに衛士として置かれることになったことだった。

幽閉のサムデクには、第六夫人と二人の王子、それに数人の側近と従者しか与えられなかった。

間諜としての立場は間違いなかったが、それでもサムデク近くにお仕えするということは身が震えるほど光栄なことだった。

これはミネアもスライも、同じ考えだったろうと思う。

順番にサムデクに手を取られ、

「よろしく頼む。私達は、何も持たない。君達を頼りにするしかないのだ」

と頭を下げられたときは、さすがに三人とも歓喜の涙が零れたものだ。

サムデクは私をセルヴス、ミネアをセルヴーズと呼び、スライをギャルソンと呼んで、身内のように接してくれた。

この間にも、クメール・ルージュ政権は過激な弾圧と殺戮《さつりく》を繰り返した。

旧政権関係者、各種専門家、知識人、親ベトナム派党員、ベトナム系住民に留まらず、富裕層や、革命の成功を知って国のために帰国した資本家なども、すべてを没収したうえで殺害した。

この時代、飢餓とマラリア、殺戮によるカンボジア人犠牲者は、百数十万人にも上ると言われる。

「ハイン。スライ。どうする。俺は、ベトナムに行く」

苛烈にして慈悲のないクメール・ルージュ政権に嫌気が差したチャン・キムハは、密かにそんな提案を持ち掛けてきた。

チャン・キムハはフン・セン同様、歯に衣着せず物申す男で、粛清の危険も感じ始めていたようだ。

「キムハ。無理だよ。わかるだろ」

私の答えを、スライが代弁してくれた。

私達はそもそもサムデクの傍を離れるつもりはなかったし、私とミネアの間に出来た女の子、ラン・サリカが一歳になったばかりだった。

加えて、サムデクの考え方も私達に浸透し始めており、中国政権部に近いサムデクは、ソ連が支持するベトナムを認めてはいなかった。

「そうか。だが、兄弟して無駄死にはするなよ。それじゃあ、この世に生まれた意味がない」

チャン・キムハはクメール・ルージュを離脱し、ベトナムに亡命した。

この後、チャン・キムハはカンボジアの支援を得て打倒ポル・ポトの先頭に立ち、やがてインドシナ和平交渉、カンボジアの国政に、自らの才覚で切り込んでゆくことになるが、それはまた別の話にして、別の歪《ゆが》んだ革命の歴史だ。

『民主カンプチア』と変名されたカンボジアで、私とミネアは必死に生きた。スライもよく、私を助けてくれた。

私にはサムデクの笑顔とサリカの成長が、なによりの喜びだった。

だが、サリカが三歳になる七八年は、激動の年になった。

中国を後ろ盾とするポル・ポトのクメール・ルージュと、ソ連を背景としたベトナムはそもそも最初から相容れなかった。

この年の一月、クメール・ルージュはベトナムに侵入し、バ・チューク村で大虐殺を行った。

三千百五十七人の村人の内、生き残ったのはわずかに二人だけだった。

五月には国内東部軍管区のクメール・ルージュの反乱を疑ったポル・ポト派が急襲を仕掛け、ついにカンボジア国内は内戦状態に陥り、大量の死者と東部軍師団長だったヘン・サムリンを始めとするベトナムへの避難民を生んだ。

機と見るや、ベトナムはこの避難民をカンプチア救国民族統一戦線（KUFNS）として組織し、ヘン・サムリンを首相に擁立して打倒ポル・ポトの狼煙《のろし》を上げた。

自国からも十個師団を国境に集めたらしい。

といって、このことを私達が知るのはずいぶん後だ。幽閉中のサムデク・シハヌークに届く情報は限られていた。

必然として私の耳にも、市民レベルの風の噂程度しか入っては来なかった。

同様にカンボジア侵攻直前になって、チャン・キムハが統一戦線の中央委員補佐及び青年協会理事に就任していたことも、私達はこのときは知らなかった。

「ミネア。国内に留まる限り、この先の運命は神のみぞ知る、だ。君はチャンリムとサリカと国外に出たほうがいい」

今生《こんじょう》の別れになる可能性は高かった。

私の提案に、ミネアは頑として首を縦に振らなかった。

「あなたがサムデクのセルヴスなら、私はセルヴーズよ。二人で一人。共にいるわ。私の義務よ。だって、わたしもサムデクの衛士ですもの」

「義姉《ねえ》さん。じゃあ、兵士じゃない二人だけでも」

スライも加わって何度か話し合い、最終的にチャンリムとサリカだけでも現状から脱出させることが決まった。

不安はあったが、熟慮する時間は私達にはなかった。

燎原の火のごとく、カンボジア国内に入った統一戦線の侵攻は恐ろしく早かった。

ベトナム戦争を戦い抜いたベトナムの精鋭に後押しされた戦線にとって、殺戮と粛清と弾圧で弱体化が甚だしかったクメール・ルージュなど物の数ではなかったようだ。

私達は、今にも逃げだそうとする一人の下級将校に目をつけた。よく動く目が気にはなったが、チャン・キムハと同じ、コンポンチャム州出身の華人だった。ハノイを目指すという。

か弱い命、を考えたときに、正しい選択に思えた。

七八年が終わる日、スライがチャン・キムハの名を出し、このソク・タムロンという下級将校に頼んだ。

最初は渋ったが、私があるだけの金を持たせると了承してくれた。

もっとも、ポル・ポト派の主義により自国の通貨などはない。持たせたのはベトナムドンだった。

これが、あと一週間後だったらと、一週間の後、すなわち一月七日以降、私もスライも、考えなかった日はない。

統一戦線軍がプノンペンに迫ったこの日、ポル・ポトはサムデクを呼び出し、国連安全保障理事会に出席し、ベトナム軍の『侵略』を訴えるよう要請した。

ついに、サムデク・シハヌークの幽閉が解かれるときが来たのだった。

「セルヴス。ギャルソン。セルヴーズ。私は行く。ポル・ポトのためではない。この国のためだ。この国をベトナムとソ連の属国にしてはならないのだ」

サムデクは雄々しく立った。

まるで独立の、あの日の雄姿を見るようだった。

「セルヴス。ギャルソン。セルヴーズ。君達は、母なるメコン川と父祖なる大地のために戦って欲しい。私は相変わらず何も持たないが、せめて、あの愛らしいロムドゥルの花のようなサリカに、外の世界を見せてあげようか」

勿体ない提案だったが、もうサリカは私達の手元にいなかった。

サムデクが出国の途に就いたがそれもむなしく、やがて統一戦線軍によってプノンペンは陥落した。

クメール・ルージュ軍は西へ、タイ国境付近のジャングルへと撤退することを余儀なくされた。

いずれまたプノンペン、東洋のパリに返り咲く日を夢に見て。

「ハイン。スライ。こっちに来ないか。ジャングルでゲリラになってどうするんだ。それじゃあ、この世に生まれた意味がない」

そんな、チャン・キムハの呼び掛けが聞こえた気がした。

美しき街並みを振り返り、

「意味だと？　意味はこれから、妻と弟と三人で作るさ。愛しき娘が、胸を張れる祖国にするために」

「そうだな。兄貴と義姉さんと、三人で」

私達は鼻で笑い、往く道の途中二度と、隣国に蹂躙《じゅうりん》された都を振り返らなかった。

第四章　行方

一

『どうして私達のことを？　ミスター氏家から？』

私の問いに、純也・小日向は肩を竦めた。

日本人にしては堂々として、そんな仕草も様になっていた。

『この辺に根を張る、とあるイリーガルからのサービスでね。凄腕だったらしいよ。昔は。

――さて』

ミス・フォスター、と呼んでくれた純也・小日向の英語がどこまでも柔らかく、子猫のような笑顔が街灯の明かりに輝くようだった。

それで誘われたのかもしれない。

『情報交換。いかがです』

私はＯＫと答えていた。

『夕食は？　僕はまだです』

私はこの夜、警視庁の純也・小日向と夕食を共にした。

情報交換という提案にも、提案者にも興味があった。

ゴードンには任務を与えてホテルに帰した。

渋っていたが、猿丸という小日向の部下だけでなく、ゴードン自身にも治療と休息が必要だというのが私の判断だった。

二人を送った後、小日向は街灯の陰に声を掛けた。

一緒にどうだとか、日本語でそんなことを言っていたようだ。

私は内心で感嘆を漏らした。

連絡を取ればすぐ現れるから、つかず離れず近くにいることは確実だった。

それでわかって探しても、私にはいつもどこにいるのかは皆目見当もつかなかった。

と言って、私の能力が低いわけではない。

ゴードンにも探らせてみたが私と同じだった。日本人は気味が悪いなどと負け惜しみを言っていた。

それを純也・小日向はどの段階で把握していたのかは知らず、苦もなくピンポイントで言い当てた。

寺川というオズの案内人は一度姿を現し、何も言わず夜の闇に消えた。

『彼らとは敵対してるの？』

聞いてみた。

『いいえ。仲良しですよ。だからほら、襲ってこない』

それから、マウンテンバイクを押す純也・小日向と橋を渡って市街地方面に戻った。

『ミス・フォスターの拠点は駅の向こうですよね。ちょうどいい。戻りながら店を探しましょう』

そんなこともう把握されているようだ。

少し悔しかったから、答えなかった。

代わりに、

『ミス・フォスターはやめて。ミシェルでいいわ』

私はそんなことを言っていた。

『なら、僕も純也で』

十五分も戻ったところで、瀟洒なイタリアン・レストランを見つけた。

実際にはもう閉店間近だったのかもしれない。

店内といっても狭いフロアに、お客は誰もいなかった。

純也が店主と交渉して、席に着くことになった。

私と純也の取り合わせに、店側が興味を惹かれたのかもしれない。それで入れてくれたものか。店の奥から、常に興味津々と言った誰かの顔が覗いていた。出される料理はよく目にするものばかりだったけれど、不味くはなかった。ワインもまずまずだ。

純也との話は、それなりに進んだ。料理もそれなりだ。

交換といっても、実際に小日向から得るものはそこまでは少なかった。けれど、代わりに彼が語る半生には、恐らく表層をなぞるだけにもかかわらず、私には実に興味深いものだった。

華麗なる一族からの、スピン・アウト。

親近感が湧いたものだ。

私も、母と母のテリトリーからスピン・アウトした人間だった。

いえ、しようと藻掻いて、結局は掌の上、そんな感じかもしれない。

母はジョージア州選出の下院議員だった。もう三期務めれば下院議長も夢ではない、そんなふうにも囁かれる立場だった。

アトランタに住み、私を産んですぐ離婚したらしい。

女手一つで私を育てながら、慰謝料として夫から奪い取った小さな土木会社を瞬く間にアトランタで三本の指にまで入る、そんな会社に育てた傑物と、当時アトランタでは評判だったという。

ビル・クリントンの大統領選挙活動にボランティアとして積極的に参加し、その縁で民主党員となり、下院議員までは会社の成長と同様、あっという間だったようだ。

明るく優しい、母というものの鑑《かがみ》。

ジョージアの太陽。

そんな讃えられ方をするが、私は知っていた。

母は家に帰れば〈ホワイトプライド〉、密かな白人至上主義の人間だった。

その口を衝いて出る差別の言葉は耳を覆いたくなるほどだった。

会社でも下院議員選でも、母を支え、持ち上げてくれたのは、母と同じカテゴリに住む、そういう人々だった。

明るく優しい、などというのはただの仮面だった。

ジョージアの太陽は、最初から翳《かげ》っていた。

だから、私は母が嫌いだった。

いいえ、そもそもは、母が私を嫌っていたのかもしれない。

私は子供の頃、燃えるような赤毛だった。

そばかすや髪の毛を見る母の目は、氷だった。ブルーアイズにのみ、器用に愛情の眼差《まなざ》しを注いだ。

年頃になって髪の色はダークブロンドに落ち着いたが、母はそれが嫌いで、忙しい母は家にほとんどいなかった。

その後、母の反対を押し切ってロサンゼルスに出たのも、UCLAのロースクールに進み、FBIに入局したのも、母への嫌がらせ、対抗心と言ってしまえば簡単だ。けれど、ホワイトプライドの渦巻くカテゴリの中で培われた平等・博愛の精神と言えば、それこそ母への大いなる裏切りだったろうか。

ただ、それでも母はめげなかった。

ある日、私が所属するNSBにいきなり現れたかと思えば、

――司法長官は昔から知ってるの。よく頼んでおいたわ。私の娘に、絶対危ないことはさせないようにって。

そんなことを声高に宣言して帰って行った。

私が日本行きを志願したのは、捜査担当だったからというだけではなく、母娘の確執にも動機はあったかもしれない。

(そうね。それではるばる、来たのかも)

ワイングラスを揺らしながら回想した。

久し振りに母のことを思考に乗せた。

純也に聞いた半生と、ワインのせいだったかもしれない。

『じゃあ、本格的に酔う前に』
対面の席で、純也がはにかんだような笑みを見せた。
日本人離れした顔立ちが、それで一気に幼く見えた。
それにしても綺麗な顔だ。
悔しけど、ときどき見惚れてしまう。
母は女優だったらしい。
大いに納得だ。
ワインのせいではない。
けれど次いで、
『ミシェル。君達の来日の目的についても、だいたいは了解してる。詳細といこうか』
と聞いてきたのには、さすがに驚かされた。
『それもさっき言っていた、とあるイリーガルのサービス？』
『いや。これは別。もっと面倒臭い人からね』
『――そう』
侮れない。
綺麗な顔だけれど。
日陰でも純正のエリートのプリンスは、さすがにネットワークもワールドワイドのようだ。

デザートのアイスケーキがサーブされたところで、私は少しずつ、アイスを溶かすように話をした。

『最初はネバダで起こった殺人事件だったわ。一五年の一月。頸動脈を切られ、血抜きね。それから右の肺が取り出されていたの』

これ一件だけなら、アメリカならよくある類の事件だった。州警察が動いて、結果はどうなろうとそれでお終《しま》い。

けれど三月と五月と、コンスタントに同様の殺人事件は起こった。

脈絡もなく州を越え、三月は心臓で、五月が左の肺だった。

州法で裁けない猟奇殺人として、ＦＢＩの管轄になったのは六月だった。

最初から私とゴードンはチームの一員だった。特にゴードンとはこの事件というより、ほぼＮＳＢに所属したときからのチームだ。

上司・部下という関係はそもそもＦＢＩのエージェントにはないが、所属期間半年の差が、私とゴードンの関係を決めていた。

私達チームの捜査は、スピードを持って的確に行われた。

『わかったことは、被害者全員がテキサス州ヒューストンにある医科大学の付属病院と、その周辺の医療機関で移植手術を受けていたこと。一九九五年の暮れから九六年初頭に掛けての間に』

　抜かれた臓器は全部、間違いなく移植されたものだった。

『へえ。九五年から九六年ね』

『そう。それで、それぞれの手術に関係する人物をすぐにリストアップした。ヒューストン一帯の医療機関もすべて当たったわ。移植は時間が勝負だから遠方は無視。捜査は半径百キロ以内に集約したの』

　結果、時間は掛かったが臓器コーディネーターを特定出来た。

　正規もモグリも混在していたが、最終的に行き着くところは同じだった。

　USブラックチェイン。

　純也のコーヒーカップを持つ手が止まった。

『USブラックチェイン。ああ、そう言えば』

『あら。ご存知』

『そうだね。いや、知っているというか、なんというか』

　はぐらかされた。

　少し癪《しゃく》だった。

『煮え切らないのね。いくら綺麗な顔をしていても、綺麗なだけの男は嫌いよ』

『ああ。それはどうも』

また、チェシャ猫のように笑った。

まぁ、それで許してあげようか。

食事は楽しく摂るものだ。

二
『シャドウ・ドクターよ』

『え、何?』

『私達はそう命名したの』

ただ、鍵を握ると思われたUSブラックチェイン自体は、このときもうバラバラになっていた。

彼らの主が、中国国家中央軍事委員会副主席の徐才明《じょさいめい》だということはCIAの協力を得てすぐに突き止めたが、同時に、この件ではCIAに嘲笑もされた。

〈病気か粛清か、なんにしてもそんな男はもうこの世にはいない〉

USブラックチェイン、黒い鎖は切れていたようだ。

〈ついでに教えておこう。中国のブラックチェイン関連施設も、徐の失脚ですべて破棄されている。繰り返す。すべてだ〉

ＣＩＡは、うれしくもないオマケも付けてはくれた。

ただ、別件で四夫《スウフ》という男が逮捕され、カリフォルニアのフォルサム州立刑務所に収監中だった。

この四夫が司法取引に応じた。

とはいえ、四夫本人は詐欺のプロらしく、臓器のルートに関しては疎かった。

その代わりに、そっちを仕切っていた男の所在を教えてくれた。

長年臓器コーディネートを生業《なりわい》にしていたのは、移住していなければペンシルベニア州ピッツバーグに悠々と住んでいるはずの、二夫《アルフ》と言う男だった。

『すぐに当たったわよ。私達は日本の警察庁と違って、仕事が早いの』

嫌味のつもりだったが、純也は片目を細めるだけで受け流した。

あしらわれている気もするが、それもいい。

アイスサーブ同様、冷たいデザートは嫌いではない。

では、ピッツバーグの二夫はどうなっていたか。

ピッツバーグから動いてはいなかったが、

『一四年の九月に自宅で殺されていたわ。そんな捜査資料が州警察の方に残ってた。防犯カメラは何カ所にも設置されてたみたいだけど、全部撃ち壊されてた。一カ所だけ州警察の方でなんとか復元したみたいだけど。画像は荒くてなんともね。けど二夫を襲ったのは、麦わら帽子をかぶった二人組。一人はずいぶん小さかったかな。おそらく東南アジア圏ね。それだけはわかったわ』

『ふうん。シャドウ・ドクター。二人組ね』

純也は何かを考えるようだった。

『そう。彼らは二夫を縛り、撃ち殺した。二夫の家からは繋いであったはずのPCが紛失していたわ。彼ら、シャドウ・ドクターが奪い去ったのは間違いなかった。何を持ち去ったのかについては、FBIの中ですぐに議論がされたわ』

それで、もう一度病院関係の方から追った。

今度は心臓と肺に関する人物だけでなく、ヒューストン近在で行われた移植手術すべてに関してだ。

期間は九五年の暮れから九六年初頭に限定した。

移植手術は、数件だけだった。

心臓、左右の肺、ここまでは抜き取られた分だが、その他にも肝臓、左右の腎臓、小腸、角膜と、ものの見事に人体から移植できる分の移植手術が、ほぼ同時期に執刀されていた。

推測としては一人の身体から腑分けされた臓器が出回ったと考えることが出来た。

『正確には手術は一・五人分かしら。他にも肝臓は二例あったし。でも、この重複臓器無しの一人分の出所は、すべてヒューストン郊外のある民間医院だった。四夫に後で確認したら、間違いなくUSブラックチェインの施設だったわ』

残りの〇・五人分についても、FBIでは何カ所かの地方局の協力を得て迅速に裏は取った。

それらはすべて違うところからの移送で、ドナーもレシピエントも全員の確認がとれた。つまり、公明正大にしてまったく遅いだけの、正規のルートを通った正式な移植手術だった。

『シャドウ・ドクターが奪い去った物、いえ、欲しかったものはきっと、この一人分の臓器移植リストね。一人分ってところに愛憎を感じるって、FBIとしての見解はそれで一致しているわ。復讐。取り戻そうとしてるのかも。ああ、ただシャドウ・ドクターがどうやって二夫に辿り着いたかは、四夫に尋ねてもみたけど、これにはさっぱり要領を得なかったわ』

それですぐにこの一人分の、他の臓器の移植を受けた患者の生存確認をした。

『犯人が何者かはまったく不明。USブラックチェインの方も、それ以上は何も辿れなかった。黒孩子の集団だからってことで、中国に問い合わせたって無駄なことは最初からわかってるし、CIAにも釘を刺されてたしね。だからこそ、現物が大事だったの。現物の臓器が』

『囮としてかい？』

『違うとは言わないわ。けど、移植患者が生きているとしたら、せっかく移植で救われた命なのに、危険がまた迫っているってことでしょ。放ってはおけないし、攻めと守りは裏表よ』

『うん。それはまったく正しい』

『ありがとう』

純也が黙って足を組み換え、先を促した。

悔しいが、いい男は何をしても様になる。

『左腎は移植後、五年で患者が亡くなっていたけれど、他はね、――ここからはあなたも知っている話かしら。小腸、角膜、肝臓、右腎。全部日本にあったわ。しかも全員が生きていた。今年の一月まではね。二月に角膜が奪われたと知ったのは三月。ＩＣＰＯを通じて警察庁に照会していたのは、去年のことなのよ。もう待てないって、私は手を挙げた』

四国のショーグンに繋がる名家の当主が殺されて腸が抜かれたと知ったのは、なんの反応も見せない警察庁に業を煮やし、乗り込む準備をしている頃だった。

『まあ、日本の事情なんか知ったことじゃないから、依頼が多少一方的になったのは認めるけど』

私もコーヒーに口をつけた。

少し冷めていた。

それ以上に、あまり美味《おい》しくないコーヒーだった。

純也の置いたままのカップも見てみた。

やはり最初に口をつけただけで、ほとんど残っていた。

私もコーヒーは飲むのをやめた。カップを置いた。

『そのあと、先月の初めに京都で肝臓も抜かれたわ。もう後がないの』

少なくとも、残る臓器は右腎だけ。

『なるほど。その腎臓が新潟にあるってわけか』

『そう。どこだかわかる』

振ってみた。純也は微動もしなかった。

『大嶺英一の中、かな』

『おそらく正解よ』

移植のリストからビザを当たって、確認はすぐに取れた。

アメリカの名前だけの大学に二年間の留学登録があって、合致した。

辰門会総本部長、大嶺英一。

残る腎臓が移植されたのは、ジャパニーズ・マフィアだった。

守ろうと思えば、選りに選ってジャパニーズ・マフィアとも思うが、攻めようと思えば、ジャパニーズ・マフィアは格別だ。勝手に戦ってくれる。

たとえ死んでも、少なくとも私の胸は痛まない。

『泳がせて釣る気だったんだね』

『反対？』

純也は、少し考える素振りを見せた。

『どう？』

『いや。大賛成』

『じゃあ、この間は何？　私、さっきも言ったと思うけど。煮え切らない男は』

『ストップ』

言い掛ける私を、純也は掌を出して制した。

『考えてたのはそっちじゃないんだ』

『えっ』

私は聞き返した。

純也は腕を組み、首を傾げて斜めに天井を見上げた。

『聞く限り、移植できる臓器はそろってる。後は大嶺の中の腎臓一つ。じゃあ、滑川で殺された女性から抜かれた肝臓は、これはなんなんだろう』

『えっ。何それ。もう一つ？　私は知らないけど』

『しかも九五年から九六年に掛けては一歳か。術前準備も考えたら生まれてもいないかもしれない。一緒に考えるのは不可能だ』

今度は私が小首を傾げる場面だった。

純也の目が、真っ直ぐに私を見ていた。

黒い瞳に、理知の光沢があった。

『君が知らないってことはこちらのアドバンテージにして、シャドウ・ドクターには、まだFBIも把握し切れていない奥があるかもしれないね』

『頭の回転が速いのね。嫌いじゃないわ』

強がってみた。

そう、まったくの強がりだった。

『ああ。それはどうも』

純也の無表情がまた、私の心をくすぐる感じだった。

時計を見て、純也が席を立った。

『そろそろ出ようか。店のスタッフが焦れてる』

『ああ。そうね』

私はまだいてもよかったけれど、仕方がない。

レジへ向かう純也が、指を鳴らして振り返った。

『近々、僕は東京に帰るけど、君は』

『えっ』

『料理もワインもまずまずだけど、ここのコーヒーはいただけない。ということで、情報交換Ⅱだ。食後に、美味いコーヒーを出す店を知ってるんだけど。責任者は少々、武骨だけどね』

『ふうん。そうね。考えておくわ』

出来るだけ興味なさげに言ってはみたが、断る理由は、私には何一つ見当たらなかった。

三

土曜だった。

猿丸は辰門会本部の屋上にいた。しゃがみ込んで手摺りに寄り掛かり、煙草を吸っていた。

目の前に置かれているのは、工事現場にあるような業務用の、赤い缶の灰皿だった。鼎《かなえ》のような足はあったが、外して屋上のスラブに直に置いたのは猿丸だ。

クレームは出なかったというか、出ようもなかった。間違いなく現在、辰門会本部の居住スペースで煙草を吸うのは、猿丸一人だった。

住み込んでちょうど一週間になるが、灰皿に溜まってゆく吸殻は猿丸の吸う銘柄だけだった。

灰の伸びたくわえ煙草を指に挟もうとして、落とした。スラブ上を煙草が転がった。

「おっと」

手を伸ばして今度は挟んだが、落とそうとした灰は綺麗になくなっていた。

「ちっ。面倒臭え」

猿丸は両手を上げ、忌々しそうに眺めた。

両手には膨れ上がったバンデージのような包帯があった。

同様の包帯が頭にも巻かれている。

鏡で見ると髪が逆立ち、まるでパイナップルのようだった。

頬には大判の絆創膏が貼られ、外目には見えないが、肩にはやはり斜め掛けの包帯があり、動くと実に窮屈だった。

見た目はまったく、悲しくなるほど重傷だが、そこまでではない。

一度様子を見に来た水井も、

「ぐっはっは。おう、なんだ？　この包帯の化物は」

などとひとしきり笑って、それだけだった。

二日前、猿丸はＦＢＩのゴードンという男と戦い、怪我をした。

その後、ゴードンらの拠点で、戦った当のゴードンの手当てを受けるというよくわからない状態になった。

「昨日の敵は今日の友だよ。セリさん」

いや、昨日じゃなくて今さっきだし、という言葉は、主に顔中の激痛で言えなかった。

まあそれにしても、純也の指示は猿丸の中では絶対だ。逆らうことなどは有り得ない。

軽い敬礼だけで従った。

指を伸ばすと指先も痛く、第二関節辺りが計六本も血を流していたのを知ったのはこのときだった。

ＦＢＩの二人が泊まっていたのは、ＪＲの新潟駅を挟んで港とは真反対の方向だった。鳥屋野潟《とやのがた》の湖畔に立つ、レイクサイド・インというホテルだ。道程にすると駅から三キロくらいは離れるだろう。

ゴードンの簡単な治療を受けた。

とはいえ、ＦＢＩの支給品だという携帯治療キットは充実したものだった。

使用するゴードンの治療技術も躊躇いがなく、優れていた。

額の傷は何針か縫われたが、おそらく傷は残らないだろう。

それにしても、痛みはあまり感じなかった。おそらく縫われている最中に猿丸は正体を失った。

真剣無比な殴り合いもあり、酒がどうしようもないほど回っていた。

正体を失ったのは、眠りに落ちたわけではなかった。酩酊というやつだ。
翌朝の目覚めは酷《ひど》いものだった。
酷い頭痛があったから目覚めた。
こちらが正しい。
包帯は最少の押さえ方で、的確だった。ストレスがない。
『朝食、食っていくか』
ゴードンがそんな言葉でホテルの朝食バイキングを勧めたようだが、断った。
前夜殴り合ったばかりというか、殴られたばかりで口の中がズタズタだった。
「あんた。よく食えるな」
口の中を顰《しか》めっ面で示せば、頬が攣《つ》れた。絆創膏が貼られていた。
「ＯＨ」
ゴードンは白く頑丈そうな歯を見せて不敵な笑みを見せた。
その代わり、頬に猿丸同様の絆創膏が痛々しかった。
負けず嫌いは、猿丸は嫌いではなかった。
ゴードンとは、携帯の番号だけを交換して別れた。
この金曜日は、猿丸は陽が高くなってからタクシーで辰門会本部に戻った。
すぐにタクシーに乗れば早かったが、ホテルを出た猿丸はまず、レイクサイド・インから離れるように歩いた。

鳥屋野潟周辺を、人目を避けるようにしながら三時間ほどもだ。

酒を抜くという意味合いもあったが、これは、レイクサイド・インを特定されないための配慮だった。

誰と特定した行動ではないが、取り敢えず〈敵ではない〉者の情報を自分の迂闊さで開示することは猿丸という公安マンのプライドの問題でもあった。

プライドと行動をリンクさせることによって、猿丸は一流の公安マンだった。

昼過ぎに戻った猿丸の姿を見て、辰門会本部の一同は色めき立った。特に波花の若い衆は、猿丸の部屋まで飛んできた。

「なんでもねえよ」

とは言ってみたが、そもそも新潟にはノガミの竹藤組から逃げてきている身の上だったことを思い出す。

「すんません。俺らが目を離しちまったばっかりに」

水井に言われているのか。

並んだ二人の若い衆が青い顔で平謝りだった。

「そんなんじゃねえよ。ちっとよ」

女をナンパしようとしたら男が出てきて口論になり、退くに退けずに喧嘩になった。

そんな辺りで誤魔化した。嘘ではない。

ただ、前夜の話ではなかっただけで、都内のたいがいの繁華街で実践済みだった。

「どんな奴でした」

包帯を巻き替えながら、若い衆のテンションは高かった。

コンペだけでなく、いや、昨日までより、もっと打ち解けた感じがした。

（なんだかなあ）

打ち解け方は、同じ穴の狢《むじな》、チャラ男、喧嘩っ早いクズ、その辺のシンパシーか。

似た者同士の同調だ。

「タイマンだぜ。お前ぇ、俺に恥、掛かせる気か」

凄んでみた。

「い、いえ。そんな気はねえっす」

若い衆が首を横に振った。

巻き掛けの包帯に力が入り、猿丸は飛び上がった。

「い、痛えよ。馬鹿っ」

そんなこんなで頭はパイナップルになり、両手はグローブになって、金曜はどこにも出なかった。

波花の水井も見に来て笑ったが、夜の誘いがないのは少し助かった。

それでゆっくり、ほぼ二日分の録音をチェックした。

前回大嶺邸に英一への挨拶で入ったとき、それとなく居間に盗聴器を仕込んでおいた。

――本部長。東京の先生から。

そんな電話が掛かってきていた。

大嶺が直々に電話口に出て、この土曜夕方の来訪が決まったようだ。

厳戒態勢でも来客がないではないが、この〈先生〉という言葉と、電話を切った後の、

――こっちも大事を取って親父からの相続の式をよ、笑われても延期してるってのに。へっ。売った物まで面倒見られるか。こう言うナマモノはよ、クレームもアフターサービスもなしが相場だぜ。

という英一の言葉が気になった。

それでこの土曜日はイヤホンをつけ、午後四時になってから屋上に上がった。

五本目の煙草を吸うと、五時を回る頃だった。

「しっかし、売った物ってなぁ」

呟きを聞く者は誰もいない。

この一時間、屋上には猿丸一人だけだった。

一階と二階は土・日もなく誰かが詰めているが、三階より上の、要するに住み込みの若い衆は、土曜はほとんど屋上になど上がってこない。

日がな寝ているか、金曜の晩から女の所にしけこんでいるか、ナンパか。

この日は〈HARD OFF ECO スタジアム新潟〉周辺が、巨人戦目当てで賑わうと誰かが言っていた。

「色々まあ、俺的には好都合だがな」

さらに二本、猿丸は煙草を吸った。

と、大嶺邸に近づいてくる車があった。

「おっ」

背後と眼下に気をつけながら、取り出した単眼鏡を覗いた。

掌に隠れるサイズで十五倍率は、優れ物だった。

車は、〈わ〉ナンバーの黒いベンツだった。

一瞬でナンバーを記憶するのは、技術というか、もう癖だ。

ベンツがガレージに消え、やがて石畳から玄関口に三人の男が現れた。

一人は先導らしく、見知った若い衆だった。

「おやぁ」

残る二人のうち、後詰めの一人は知らなかったが、二人の間で守られるようにして動く、半袖解禁シャツの男には見覚えがあった。

「ありゃあ、重守《しげもり》じゃねえか」

衆議院議員二期の、重守幸太郎《こうたろう》で間違いなかった。

たしか四十代後半で、世襲と評判の悪い農林族の三世議員だ。

ただし、出身も地盤も初代はたしか愛知だった。父の代で落下傘《らっかさん》となって神奈川に移り住み、本人も新潟とはまったく無関係のはずだった。

と、国会議員に関してなら、このくらいの知識は猿丸にもあるが偉そうにはしない。十歳年上の鳥居にもあるだろう。

重守が庭で立ち止まった。テラスに出ている椅子やテーブル、ガーデン・ファニチャの脇だ。

単眼鏡から目を離せば、玄関から手を挙げて出てくる英一が見えた。

「ちっ。庭かよ」

重守と英一は庭で過ごし、一度も居間には入らなかった。

なので会話の内容は、皆目分からなかった。

一時間ほどで庭での会合は終了し、それぞれの車で外出となった。

追う気は、さすがになかった。

というか、一階の事務所には必ず誰かが詰めていて、怪我以降、どうも猿丸は勝手には出られない感じだった。

懐に入り込むというのはある意味便利だが、機動性には欠けるきらいもある。

もう一本煙草を吸い、部屋に戻って分室に電話を掛けた。

──おう。頑張ってっかぁ。

鳥居が出た。

「なんだよ。メイさんかよ」

──当たり前だろうが。土曜だぜ。

「えっ。ああ。そうだった」

わかっていても忘れる。潜入中はあまり曜日の感覚はない。

気が抜けないのは毎日で、年中無休だ。

猿丸は重守の名と、ベンツのナンバーを鳥居に伝えた。

「わ、だしな。どうせその辺のレンタカーだろうけどよ。一応な」

──おう。一応が大事だぁな。俺らの仕事はよ。

それにしても重守か、と鳥居は呟いた。

と、会話の切れ目を縫うように着信があった。

見れば、ゴードンからだった。

「メイさん。切るぜ」

──気をつけろよ。

切ってすぐ繋いだ。

「ヘイ」

べらんめえの東京弁からいきなり英語にスイッチすると、耳がついてこない感じだった。

ゴードンは色々と言っていたが、受話器を通し、早口だとなおわからなかった。

「ウエイト、ウエイト。モア・スローリー」

ゆっくりならリスニングは出来るが、話せないのは日本人のまず基本だ。

〈どこかで待ち合わせするか。情報交換もしたい。夕飯を食おう〉

そんなことを言っていると、何度か聞いて理解した。

辛うじて、

『いいのか、オズとミス・フォスターを放っといて？』

と聞いた、猿丸の雑な英語はどうにか通じたようだ。

〈エージェント・フォスターは東京だ。＊＊＊＊＊＊＊。＊＊＊＊＊。＊＊＊＊＊＊＊。

ＫＯＢＩＸミュージアムとかで、ミスター・小日向とディナーらしい〉

最初と最後の言葉だけわかった。

それだけで十分だった。

「はあっ？　んだとぉっ」

思わず声が大きくなった。

「ＯＨ」

電話の向こうで顔を顰め、おそらくゴードンが携帯を耳から離した。

四

「ふうん。まずは進展だね」

純也の携帯に鳥居から連絡があったのは、六時を大きく回った頃だった。

純也は知らないことだが、ゴードンがＫＯＢＩＸミュージアムのことを告げ、猿丸が大きな声を出したのとほぼ同じ時間だ。

正確に言うなら、その声に五階の真下で寝ていた若い衆が反応し、開けた窓から、

「なんすか」

と反応したときだった。

純也はこのとき、たしかにＫＯＢＩＸミュージアムに併設されたレストランのエントランスにいた。

艶のある濃紺のサマースーツが、夕陽に映えた。

ＫＯＢＩＸのメセナとして一九九一年に建設されたミュージアムは、公にしている主な目的としては、カビの生えた小日向一族の歴史を陳列することだが、実際にはＫＯＢＩＸが重要な来客の接待に使う、いわば迎賓館の役割を担っている。

だから、併設といってもレストランは格調高く、系列のホテルの調理部から優秀な生え抜きがシェフに抜擢される。

この夏はなかったが、小日向一族の主だった者達が年に二度、一堂に会して晩餐会を催すのもこのレストランだ。

そのときは系列のグランシェフが腕を振るうのが暗黙の了解だった。

密かに〈ＫＯＢＩＸグランプリ〉と命名され、全国の調理部から目指されているとか、いないとか。

「そう。重守幸太郎ね」

そんな国会議員の名前を、純也はこの電話で聞いた。

お知り合いですか、と鳥居が聞いてきた。

警視庁の一介の警視に、と普通なら思われるところだ。

が、純也にはブラックチェイン事件以降の角田幸三元国家公安委員長や、オリエンタル・ゲリラ以降の鎌形幸彦防衛大臣、そして、父である小日向和臣現総理大臣など、錚々《そうそう》たる面々との繫がりがある。

スジというか、敵というか。

純也本人に言わせれば常に、「スジも敵も同じものだよ。扱いとしては丁寧に、慎重に。そうでないと暴発する。どっちも結構厄介だ」と、そんな言葉で笑い飛ばす。

――どうです、分室長。知っててくれると手っ取り早いんですが。

「いや。重守本人は、あんまり知らない」

残念ながら、人並みに知るくらいだった。顔もすぐには思い浮かばない。つまり、議員としては大いに小者だということだろう。

そんな連絡を受けていると、背後に響きのいい靴音がした。

タキシードを着た男が立っていた。

KOBIXミュージアムの総支配人、前田だった。和臣とヒュリア香織の結婚式も取り仕切ったという老支配人だ。

「OK、メイさん。まあ、本人は置いておくとしても、当たりをつけるくらいの機会については少し思うところがある。僕がやろう」

――了解です。

「ああ。メイさん。もう上がっていいよ」

――え。ああ。そうですね。もうこんな時間か。夏場は、あれですわ。時間がわかりづらくていけねえ。

「そうだね。お疲れ様」

電話を切って、純也は時間を確認した。

前田がエントランスに出てくるということは、そういうことだ。

まもなくミシェルと約束した、六時半になるところだった。

背後を見れば、前田が慇懃《いんぎん》に頷いた。

「お着きだと思います」

「そう」

純也にはまだわからなかったが、前田が言うなら、そうなのだ。

二十五年を、前田はこのミュージアムと共に生きてきた。

建物、照明、渡る風、川の匂いに至るまで、KOBIXミュージアムのすべては、〈前田の目の届く範囲〉なのだ。

純也はおもむろに、エントランスの階から降りた。

KOBIXミュージアムは、厩橋《うまやばし》近くの隅田川を望む一角にあった。

最寄りの駅といえば、厩橋を西詰めに渡った東京メトロの蔵前ということになるが、ミシェルは赤坂のアメリカ大使館からそのままハイヤーで来る手筈だった。

といって、大使館が契約する車両ではない。

ハイヤーは芦名春子が創業者でも個人筆頭株主でもある、日盛貿易から差し回した車だった。

支払いは当然、純也ということになる。

車寄せに立ち、広く真っ直ぐにミュージアムの敷地を横断する、アスファルトルートの奥を見遣った。

すぐにハイヤーのフロントノーズが遠くに見えた。

前田の感覚、ハイヤーの質。

どちらも高度にして、間違いのないものだった。

前田が純也より前に出て、到着したハイヤーの脇に立った。

降りてきたミシェルが、まずブルーアイズに前田を映した。

凛と立つ老支配人が、流れるような所作で腰を折った。

『ようこそおいで下さいました』

前田を含むたいがいの従業員は、英語なら来客に失礼のない程度の会話が出来る。

『総支配人の前田と申します。今宵のひとときが、貴方様にとって最上でありますよう』

世界レベルの複合企業、ＫＯＢＩＸの迎賓館である以上、ここはそういうレストランだった。

『あら』

前田を見て、ミシェルはシンプルテーラードのパンツスーツという自身の身繕いに戸惑いを見せた。

ただし、前田のフォーマルな格好を見てというより、主にはその、フォーマルな態度を感じてということだろう。

『ご免なさい。そんなに格調高いところだとは思わなかったわ。それに、今回はドレスは持ってきていないの』

『気にしない気にしない。僕もだから。ほら』

純也は両手を広げて見せた。

エスコートの役割として純也のサマースーツは、おそらくフォーマルな装いではないミシェルに合わせたものだった。

ミシェルの表情が、幾分ほっとして柔らかなものになった。

初見より新潟のイタリアンレストランより、なお柔らかい。

『では、こちらへ』

前田の案内で向かったのは、隅田川沿いに出られるテラス席だった。

小石を投げれば川面に波紋が起こる、それほどの近くだ。

天候によってはと前田と相談しておいたが、この日のこの時間は川風が抜け、夕方からは過ごしやすかった。

純也が到着したとき、

「本日は、絶好でございます」

と、なぜか前田が自慢げに言った。

『わあ。素敵』

テラスに出ると、川面と首都高の橋脚の間に、揺れるような夕陽があった。

「ああ。総支配人」

席に着くと同時に、純也は前田に指を鳴らした。

「なんでございましょう」

ワインリストを携えて前田が近寄る。

「彼女の案内人がその辺にいると思うんだけど」

オズの存在をそれとなく告げる。

「把握しております」

前田も何気なく耳元を示した。ワイヤレスのイヤホンが見えた。

「なるほど。さすがだね」

業界最大手、キング・ガードの精鋭が二十四時間体制で詰める警備コントロール室は、コンサートホールの地下にあった。

そこで百台のカメラと二十台のモニタを駆使し、どんな不穏も見逃すことなく前田のイヤホンに報告が入る。

警戒がそこまで厳重なのは、有事の際の要人のシェルターも兼ねているからだ。

ＫＯＢＩＸミュージアムには公にしている目的以外に、裏にそんな用途もあった。

「総支配人。その、彼女の案内人にもね、相応のディナーを」

「純也様。そういう方は、得てして固辞される場合が多い、と存じますが」

ふむと考え、純也は笑った。

「じゃあ、そういうときはこう言って。――〈裏理事官に言いつけるぞ〉って」

「かしこまりました」

ワインリストを抱え、前田はテラス席を離れた。

『ねえ』

ミシェルがテーブルに肘をつき、身を乗り出した。

『なんて言ったのかはわからないけど、なにか楽しそうだったわね』

『楽しそう？　そうかな』

『そうよ。笑ってたもの。猫のように』

料理はすぐに、予約時間通りにストレスなく饗された。

一口オードブル、前菜、グリーンアスパラのスープ、フォアグラのソテーには桃のソースで、鴨のローストは塩レモンソース。

夏に相応しいメニューに、ミシェルも満足げだった。よく食べ、よく呑んだ。

料理もワインも素晴らしいが、ここのテラス席の開放感は、格別だった。

やがて陽が暮れると、景色というスパイスは味を変える。黒い鏡のような水面には、イルミネーションの明滅が逆さに映る。

『例の件だけど、クワンティコの本部には照会したわ。すぐにわかると思う』

キウイとベリーのシャーベットがサーブされる頃、ホウとひと息吐《つ》いて現実に戻り、ミシェルがそう切り出した。

例の件とは、滑川の野坂清美の件だ。

『だといいね』

『なによ』

頬を膨らませるが、すぐに萎《しぼ》む。

キウイとベリーのシャーベットが溶けるからだろう。

『私達は優秀よ。日本の警察と一緒にしないで欲しいわ』

『なら僕も。警視庁と警察庁を一緒にしないで欲しいけど』

前田がテラスの端で、手ずからコーヒーを淹れ始めた。

『そうね。でも、本音から言えば、あまりに漠然としているわ。野坂清美という日本人の滞在記録から、肝臓移植手術の病院の特定。本部から景気のいいＯＫはなかったわね』

『ああ。やっぱりね。でもまあ、そんなとこだろうとは思っていたけれど』

数が合わない、と木曜日の夜に純也は言った。

――腎臓ならまだしも、肝臓が二つは数が合わない。いや、合わないというか、時が合わないことによって数の違和感ははっきりしている。肝臓は別の物だと考えるのが自然だ。

ミシェルは胸を張って、本部に照会してみると言った。

ほろ酔いも勢いという力だったかもしれない。

その意気が、今は少しばかり消沈していた。

『当たり前に偽造パスポートだったり、シークレットの手術だったりしたら、どうやっても、ね。アメリカでは日常茶飯事ですもの。事件から見えるものを辿るのは得意だけれど、隠れたものを掘り起こすには、FBIはアメリカの国土に対して脆弱だわ。もしかしたら日本の警察の、いいえ、警察庁の反応より掛かるかも』

香ばしいコーヒーの香りが流れた。

『どうぞ』

前田がテーブルに運んだのは、グァテマラSHBのブルボンだった。本人自慢の一品だ。単品の味わいは少々薄い気がするが、食後には最適にして、純也も唸るしかないというコーヒーだった。

香りを楽しみ、口をつけ、ミシェルは前田に花と咲くような笑顔を向けた。

『素晴らしいわ。新潟で純也が言っていた通り』

『ほう。どう仰っていたか、興味がございますな』

『食後に美味いコーヒーを出す店を知っている。責任者は少し武骨だけど。だったかしら』

前田が純也に目を向けた。

「純也様。褒め言葉、と取ってよろしいですかな」

「さぁて。どうしようかな」

川面に目を向ける。

すると、計ったように携帯が振動した。

画面を見て純也は立ち上がった。

『ははっ。今日は電話がよく鳴る』

『ほらまた』

ミシェルはテーブルに頬杖をついた。

夜空の光を集めたように、ブルーアイズが濡れ光っていた。

『また、楽しそう』

『そうかな』

はぐらかして席を離れる。

コーヒーワゴンの近くに寄り掛かるが、ミシェルの言う楽しそうとは、自覚するところがないでもない。

電話は北城、姜成沢からのものだった。

五

——警視。なかなか骨が折れた。

のっけから北城、姜成沢はそんな言葉を吐いた。

純也は鼻頭を掻いた。

「またまた。思うところがあるからこそ、吹っ掛けたんじゃないのかな」

——これはこれは。たかが一千万程度で吹っ掛けたとは人聞きが悪い。それくらいで君の懐が痛むとは思えないが。

「他人の財布を覗くように算段するのを、人はさもしいと言ったりするよ」

——まあいい。なんとでも言え。背に腹は代えられない我々の事情を汲み取ってくれなどと、日本の公安に哀願するほど落魄《おちぶ》れてはいない。本題に入ろう。

ブラックチェイン、と北城は言った。

——我々と彼ら、海を渡った黒孩子との間の繫がりは、君も知るところだったな。

「ああ。そうだね」

沢木美春《さわきみはる》、〈カフェ〉の女性、沢木美春、美春。三姫《サンジイ》。

それが、姜成沢の天敬会に潜り込んでいたブラックチェインのエージェントだった。

最後は六夫《リュウフ》と組んでブラックチェインを抜け、シンガポールのシンジケートと結託しようと企て、制裁を受ける形でＣ４爆弾によって爆死した。

――日本版ブラックチェインが最初に上陸したのは、一九九五年の春先のことだった。我々はその当時から、この新参者達を把握していた。連中は特に、高値で取引される日本人女性の拉致・誘拐に力を入れたようだが、まあ、なんでも屋ではあった。金になることならなんでもやった。当然、臓器移植のコーディネートも職分だったな。

純也はミシェルに視線を流した。

コーヒーカップを手に、前田と楽し気に談笑していた。

「そう。九五年の春先、ね」

ヒューストンで人間一人分の臓器が腑分けされて移植手術が行われたのは、九五年の暮れから九六年初頭に掛けてだ。

ミシェルから聞いた話と、時期は合っていた。

「なるほど」

――あまり驚かないな。

北城はつまらなそうだった。

「そうだね。手術そのものに、ＵＳブラックチェインが嚙んでいるとは、最近知ったばかりでね」

——ふん。そういうことか。あの連中だな。教えてやった二人。

「そういうこと。しかも、昇龍に振り込んだ額に比べたら、ほぼロハで」

純也は新潟に入った日、

〈オズを従える外国人の男女が新潟にいる。気をつけることだ〉

そんなサービスを北城から受けた。

すぐに分室の鳥居を動かした。

氏家の近辺から、ＦＢＩのエージェントだということは半日の内に判明した。

その行動目的や動機について探るため、純也はダニエルも動かした。

——あの当時、日本人は金持ちだった。

一瞬の間が空いたが、北城はなにごともなかったように話を続けた。

——バブルは弾けたが、五％消費税とアジア通貨危機前で、金満の運気はまだまだ日本中に充満していた。臓器移植手術は、生き死にに関わる取引だ。君と違って、どんなに高く吹っ掛けても二つ返事で支払う日本人はいくらでもいたはずだ。

「あら？　なんだ。ちゃんと根に持ってるじゃないか」

——ふん。どこかのせこい化物と違って、私は平凡に人間なのでね。

今度は純也が会話に間を空けた。

——なら、大嶺のことはわかっているのだろうな。

継いだのは北城の方だった。

「ああ。英一の腎臓移植か」

――違う。ふふっ。さすがの警視でも、知らないことはあるのだな。ああ、もしかしたら、ロハに近い連中か。さすがに甘い情報だ。警視、安物買いの銭失いには、気をつけることだね。はっはっはっ。

北城が電話の向こうで笑った。勝ち誇ったような嫌な笑いだった。

純也は一瞬、口元を引き締めた。

嫌な笑いならばこそ甘んじれば、続く情報には間違いなく価値がある。

――移植手術を受けたのはな。警視、滋だ。親父の方だ。

「えっ。なんだって？」

思わず聞き返してしまった。

さすがに意表を突かれた感じだった。

北城がまた、勝ち誇ったように笑った。

――ふっふっ。いいな。その驚きようからすると、一千万の価値は認めてもらったと理解していいのかな。

「参ったよ。その通り。――それにしても親父の方って」

――移植当時で六十三歳だったらしい。手術を受けなければ、辰門会は空中分裂だったろう。今の隆盛はない。ただし、成功はしたが、この手術を境に滋はめっきり老け込んだようだ。体力的に弱くもなっただろうしな。それでそのままゆっくりと、跡目相続のゴタゴタに突入してゆくことになる。

この移植手術に絡んだのが、日本に来たばかりのブラックチェインの連中だったと北城は言った。

――表よりは闇の方が、早く馴染むのは万国共通だ。奴らは、といっても初代の爺夫《イェフ》だが、最初に我々に擦り寄ってきたのは奴らの方だ。まあ、こちらは網に掛けたといってもいいかもしれない。闇の中で、ましてや異国では、敵味方なく情報交換を密にしておかないとね。益もなくぶつかるだけでは、ただの消耗戦にしかならない。

「へえ。年の功ってやつかい」

――違う。我ら同胞の、命の上に積み上げられた経験則だ。

「なるほど」

――思えば、奴らは当初、しきりに臓器を売りたがっていた。金満日本なら高値で売れると思ったのは間違いないが、ダブついていたのかもしれない。

「何が」

――決まっているだろう。臓器がだよ。生ものだからな。

「仲介したのか？　臓器なら、いい金額になっただろう」

──さて。辰門会の誰かに、耳打ちくらいはしたかもしれない。ほんの手数料程度で。もちろん辰門会側からではない。成功報酬として、ブラックチェイン側からだ。

「あれ。ホントかな」

──来たばかりの黒孩子だ。闇に繋がるルートも商品も信用などできない。欲だけに目がくらんだ下手な仲介など、身を亡ぼすだけの爆弾も同じだ。

「ああ。納得」

──ただこのときには、我々を上回る守銭奴がいた。大嶺の息子の英一だ。ジャパニーズ・ヤクザとしては親父ほど見るべきところはないが、大した商売人だった。

英一は父・滋の臓器移植に金の匂いを嗅ぎつけ、親父の渡米とほぼ同時にアメリカに渡ったらしい。

このときの名目が、名前ばかりの大学への海外留学だったのだ。

二十二歳にして単独で、USブラックチェインと話をつけた手腕は瞠目に値する。

だがしかし、英一のバックに存在する辰門会は、USブラックチェインにとっても魅力だったに違いない。

そもそもコーディネートは、大金は動くが恐喝でも恫喝でもない。闇のマーケットではあるが、商売だ。

欲しい奴を見つけ、双方納得した金額で売る。需要を発掘する営業力こそが大事なのだ。

日本国内における地の利は、海を渡ってきたばかりのブラックチェインではなくジャパニーズ・ヤクザ、辰門会に間違いなくあった。機動力も行動力も、いざというときに売り抜ける力もだ。

その後、USブラックチェインが日本に求める闇の臓器コーディネートは、辰門会の大嶺英一でほぼ百パーセントだったと言っても過言ではないらしい。

――かつて英一が東京で経営したフロント企業のいくつかは、最初はこの辺を扱うことを実態として設立されたようだな。警察の目がフロントにも厳しくなる以前のことだ。

その後はさすがに、金満日本からも金の匂いが消え果て、この商売はゆっくりと自然消滅したようだ。

――辰門会も二〇〇六年以降は、おそらく臓器に関しては一件も扱っていないはずだ。

「へえ。詳しいね。でもそこまでいくと、さすがに詳しすぎないかい。まさか、ずっと関わってたとか」

――おっと。口が滑ったかな。ふっふっ。そう、我々の同胞はどこにでもいる。特にこの北陸には、とだけは言っておこうか。

「だろうね」

――富山で絶望の淵にいた野坂の親父に、新鮮な肝臓の話を持ち掛けたのは私達だよ。富山も私達の同胞が根付く場所だったのでね。野坂がもともと、辰門会と関わりのある農家なのは好都合だったかな。揉めることもなく、割り合いすんなりとつながった。それで五百万にはなったよ。以降も、まあ、三件ほどは売り込ませてもらったが、なかなか難しい。最後は偉そうに、売りが足らないとかなんとか恫喝込みに言って来たのでね。それで辰門会とは距離を置いた。私にとっては、印西の天敬会本部の方が重要な時期だった。実際、臓器の仲介などしている場合ではなかった。私はマザー、中林十和子《なかばやしとわこ》との対決の準備に忙しかった」

「ああ。そういう時期か」

純也は、かつて天敬会本部で夕佳の父、長内修三《おさないしゅうぞう》に聞いた天敬会内部の確執を思い出した。

「でも、全部想像や推測以上の話だね。実体験ってやつか。一千万は吹っ掛けたんじゃなく、金額で話に勿体をつけたってところかな」

――さて、どうだろう。ただ、君は侮れない、とだけ言っておこうか。これもサービスの一環だ。

聞けばどれもこれも、すぐにあの場の遣り取りで話せた話ばかりだ。

けれど北城がすぐに話さなかったのは、時間が取りたかったからに違いない。

辰門会・臓器売買、その辺から辿られるアジト・同胞の可能性、その総スキャン・総チェック。

襤褸《ぼろ》が出そうな隙間、ひび割れはキチンと修復してから、一千万の情報を売る。

一石二鳥、一挙両得。

(あれ？　ちょっと違うかな)

日本語は難しい。

一人笑って、純也は携帯を持ち換えた。

北城が一千万をストレートに扱わないのなら、純也ももう少し利子はもらうべきか。

ふと思い、聞いてみる。

「神奈川、あるいは愛知の衆議院議員と聞いて心当たりはないかな」

すべては言うわけもなく、言う必要もない。利子の回収には、この程度でいい。

――ないな。我々が関わったのは飽くまで、大嶺の分で、しかもあぶれた分だけだ。

「了解。それで、野坂清美ちゃんの移植手術は、いつだい？」

――それもまた、正確には把握していない。ただ、彼女がアメリカに渡ったのは、二〇〇〇年の十二月だったはずだ。これでも仕事に責任は持つ方でね。飛び立つ飛行機に、メリー・クリスマスの言葉を贈ったのを覚えている。帰ってきたのがいつだかは、さすがに知らない。さて、私の話はここまでだ。

またのご利用を、そんな言葉で北城は通話を締めた。

純也は暫時、目を閉じた。

思考を整理する。

「ブラックチェインか。二年経っても、悩ましいことだ。——頼んでみるか」

開く目には、冴えた光があった。

口元には、はにかんだような笑みも。

席に戻った。

コーヒーが冷めていた。

黙って前田が、コーヒーカップを手に取って下がった。

『長かったわね。いい話？』

ミシェルが聞いてきた。

『悪くはない』

まず純也は、野坂清美の渡米の件を話した。

二〇〇〇年の十二月だと言うと、ミシェルは一気に興味を失ったようだった。

事件性はあっても、ＦＢＩの二人が追ってきた九五年から九六年の事件とは、即物的には遠い。

この辺、ミシェルはドライだ。

その代わり、辰門会のことを話せば酔眼を一瞬青白く輝かせた。

輝かせ、すぐに曇らせた。

喜怒哀楽の表出はＦＢＩのエージェントというより、愛らしい女性だと言わざるを得なかった。

『まさか。父親が患者で、息子がそれに関わっていたコーディネーター？　呆《あき》れた』

『それと、いや』

『何？』

ミシェルがわずかに身を乗り出してきたが、純也は緩く首を振った。

『いや。一つずつだ。いくつも並行していいことはない。二兎を追う者は両方失う、だ』

『ああ。知ってるわ』

『もう少し煮詰まってきたら。あるいは、新潟の事態が良くも悪くも進展したら』

『ふうん』

ミシェルは髪を搔き上げ、艶冶に笑った。

『慎重なのは、嫌いじゃないわ』

前田が、純也の前に新しいグァテマラＳＨＢのブルボンを置いた。

六

月曜日の都内は、思いのほか道路が渋滞した。

空に雲も多く、煙るような霧の朝だった。

Ｍ６をストレス無く走行させるため、常に純也は通勤の時間を調整するが、この朝はいつも以上に大幅に遅れた。

ただし物事は考えようで、低いエンジン音とかすかなＢＧＭが漂う車内は、表層に浮薄する思考を沈めてまとめるには絶好の場所だった。

ときどき、遠方に響く荒いクラクションもいい刺激だ。

土曜にＫＯＢＩＸミュージアムでディナーを共にしたミシェルは、日曜のうちに新潟にとんぼ返りしたはずだった。

純也の与えた辰門会、特に大嶺滋の情報は貴重だったろう。ゴードンと共有し、滋の動向を探るとミシェルは言ってた。

随時、少しでも動きがあったら純也にも教えるとも言っていたが、どうだろう。

賞罰、公私、功罪、善悪、遅速ｅｔｃ。

両皿の天秤に、果たしてミシェルはどれを載せるか。

なんにしても、捜査を限定的な仕事だと思ったら情報は何も漏れてこないかもしれない。

ＦＢＩ本部に照会したという、野坂清美の米国内での情報もいつになることやら。

一年後だったら、それはそれで笑えるが。

前日、純也はこの件を補完するため、柏崎署の押畑にも連絡を取った。

純也の天秤の片皿に乗るのは常に、助けを求める人の手だ。光を求めようとする人間には、どんな場所からでも、どんな手段を取っても、必ず手を差し伸べる。

それが小日向純也という男の正義。

たとえもう一方の皿に悪を、罪を、罰を載せることになろうとも、すがる人の手が重い。

純也が前日、押畑に頼んだのはミシェルに任せたことと裏表になる、野坂清美の帰国の履歴や動向に関することだった。

二〇〇〇年の十二月、北城・姜成沢からメリー・クリスマスの言葉を贈られて清美は飛び立った。

外務省に当たりをつけるなり、滑川署の捜査資料に当たりをつけるなり、とにかく手当たり次第になんとかしろと押し込んだ。

押畑も京大出身だ。警察庁や外務省に、唸るほどルートは持っているだろう。

純也自身が当たってもいいのだが、小日向家の鬼っ子は政財官と相性が悪い、というか、良くはない。どちらかといえば公安的手法で、〈割らせる〉ことの方が多く、力技になる可能性が大だ。

滑川署にしろ外務省にしろ、押畑の持つ警察署長の肩書の方が物も言えば、スムーズで早いはずだった。

それに、柏崎の夜の飲み食いも押畑に大いに貸したままだ。

（ああ、この辺が、北城にもセコいって言われる部分かな）

思考をまとめつつ、それでも澱む部分に棹を差すべく、ハンズ・フリーで一本の電話を掛けた。

すぐに出ないのはいつものことだった。

何も言わず切った。

下手な伝言で先回り、つまりは、邪推されるのはご免だった。

この電話を掛けたのが九時を回った頃で、連絡はすぐにはなく、純也は九時半過ぎに警視庁本部庁舎に到着した。

受付を回ってエレベータホールに出るのがいつもの習いだが、九時半を過ぎたこの日は、すでに一階ロビーが雑多な人でごった返していた。

受付にも来客の列が、短いが出来ていた。

遠くから取り敢えず、受付の菅生に手を上げた。

鮮やかなマリーゴールドの花から顔を出すようにして、菅生奈々が小さく頭を下げた。

そのまま十四階に上がる。

J分室でまず純也を迎えたのは、花瓶に咲くセントポーリアの鮮やかな紫の花と、その奥から睨むような、恵子の冷ややかな視線だった。

「常に人手不足を嘆く分室の長としては、少しというか、だいぶごゆっくりですね」

「いやあ。まあ、そう言われると返す言葉はないんだけれど」

純也は苦笑いで頭を搔いた。

少しずつ少しずつ、一階の受付で花と咲いていた頃に戻ってくれればいい。

純也や分室員にとっては、凜とした冷たい花に。

そんな昔のイメージに、恵子はだいぶ近づいてきた。

壊れたままでも人並みの生活、もしかしたら人並みの幸せにも、いつかは触れられるかもしれない。

「分室長。おはようございます。ここんとこぁ、順調にそこそこだったですけどね。まあ、十時近くっちゃあ、アウトですね」

一番奥、ドーナツテーブルの定席で鳥居も笑っていた。

純也もテーブルの窓側、鳥居とは並ぶ位置のキャスター・チェアを引いた。いつの間にか決まった席だった。

恵子が席を立ち、コーヒーメーカーに向かった。

電子音の〈小さな恋のメロディ〉が流れた。分室内の電波シグナルジャマーが正常に起動した証拠だった。

「おっと。そうだ」

鳥居が手を叩いた。

「分室長が来るまで暇だったんで、溜まった分でもあるかと思って、久し振りに掃除してみました。ここのジャマー、まだ知らねえ部署とか奴とかがいるかもと思ったもんで。なあ、恵子ちゃん」

気軽く鳥居が呼ぶと、恵子はコーヒーを淹れる手を止め、近くにあったデパートの手提げ袋を取り上げた。

だいぶ重そうだった。

「隣の資料庫の分も合わせてます」

J分室の隣はフロア全体の資料庫になっている。

隣のというより、そもそも資料庫の一部を区切った空間がJ分室だ。

恵子がテーブルに袋を置いた。ゴトリと音がした。

覗くと、収音マイクとレコーダの他に、盗聴器が七個ほど入っていた。

「ふうん」

純也は盗聴器の一つを手に取り、眺めた。

「なんか、また小さくなったんじゃない？」

「そうっすね」

袋に戻すと、携帯が振動した。

先ほど車中で電話を掛けた相手からだった。

——なんだ。

受話口の向こうの声は、父・和臣のものだった。

話の枕もないのもいつものことだ。

好都合にして、合理的にして、味気ない。

「明日の件ですが」

——明日？　ああ、社葬のことか。

明日は七月末に八十歳で死去した和臣の兄にして純也の伯父、ＫＯＢＩＸ会長・小日向良一の社葬の日だった。

スケジュール自体は日時から場所から、すでにお盆前には発表されていた。

政財界からも多数の列席があるようだ。

小日向家の中でも良一の直系及びＫＯＢＩＸに関わる者達は、この社葬に向けて一時大わらわだったようだ。

例年のＫＯＢＩＸミュージアムでも夏の晩餐会が中止になったのは、喪に服す意味もありはしたが、主な理由は〈それどころではない〉からだった。

——それがどうした？

「またあの、去年の甘粕《あまかす》さんのときのようなパーティ、あるんですよね」

去年の甘粕とは、とある事件の加害者でもあり、オリエンタル・ゲリラ事件の犠牲者でもあった、Aプラス製薬会長・甘粕大吾《だいご》の社葬のことだ。

このときも小日向和臣を筆頭に、民政党のお歴々が参列すると早くから公表された。

会場は新高輪にある大手ホテル内で最大の、三千人が収容できるホールを使用し、実数の統計は千八百人だった。

今回はもちろん和臣は親族としてだが、KOBIXとAプラス製薬とではその規模は比べるべくもない。

総従業員数で二十対一、関係企業まで加えれば百対一でも追いつかず、そもそもAプラス製薬は、CI前の甘粕製薬だった頃には、豊山《ほうざん》製薬と鎬《しのぎ》を削る規模の企業だった。

豊山製薬は、今ではKOBIXの研究部門に吸収合併され、中規模のグループ企業、メディクス・ラボになっている。

この差がすなわち、社葬の場合には規模の差になる。

参列者の数は発表だけでも全世界からで二千人に達し、自由参列を加えると見込みの実数でも三倍を超えるだろうという予測が立てられた。

会場には帝都《ていと》ホテルが選ばれた。

式場規模と利便性の両方が採択された格好だ。

当日は丸の内警察署の交通課と警備課から、ホテル側の要請に応じて人員が配備されるというのも決め手になったらしい。

――パーティ？　ああ。パーティと皮肉ったものでもないがな。

「なら、賀詞交歓会めいた集い、ですか」

甘粕大吾の社葬の折りは、別室の小ホールに〈精進落とし〉という名のやけに華やかで賑やかな席が設けられた。

もっとも、SPもコンパニオンも合わせて侍《はべ》らせた厳戒の宴席ではあったが、そういう物々しさを意にも介さず、満喫出来るのが政治家という生き物だろう。

純也が聞くのは良一の社葬における、その会席の有無だった。

――パーティと賀詞交歓会の区別が曖昧だがな。まあ、なんでもいい。会社の付き合いとは、よく知らんがそういうものなのだろう。そう。甘粕のときより当然のように盛大なのが用意してあると良隆が言っていたな。

良隆とは良一の長男、現KOBIX社長のことだ。

――だが、なぜだ。

お前には関係がないだろう、と言われるのは目に見えていた。

鬼っ子の宿命だが、宿命だからこそ、わかっていて聞く気にはなれなかった。

言われる前に口を開く。

「婆ちゃんの代わりに、出ることになりました。厳しい残暑と大人数には、もう疲れるということなので」

和臣が一瞬、言葉を詰まらせた。

亡き妻の母、芦名春子だけは、小日向和臣という男の弱点でもある。

――そうか。お義母《かあ》さんの歳を考えれば、まあ、もっともな話だ。八十九歳か。色々、周りも考えねばならない歳だ。

「そう。それで考えれば、あれで婆ちゃんが義理堅いのはご存知ですよね」

――そう、だな。

「代わりにどうしても出席しろと厳命が下りまして」

全体を見れば嘘ではないが、本当でもない。

残暑は純也が愛車のM６で送迎すればよく、参列は時間をずらせばいいだけの話だ。

ということでここまでは風呂敷だが、春子が義理堅いのは本当で、だから自分は出ないと言っていたものを、純也が自分から代理の手を挙げたのだ。

「重守さん、ご参会ですかね」

――なんだ？　どの重守だ。

「ああ。重守幸太郎。農林三世で、財務金融委員会の重守です」

――息子の方か。知らん。鎌形に聞け。

「鎌形さんに？」

――最近、鎌形の勉強会に入ったようだ。親父と倅で、まるで真田《さなだ》家の生き残り作戦のようだが。

幸太郎の父、重守義男《よしお》は角田幸三と二人、和臣の腰巾着として両輪と揶揄《やゆ》される存在だが、民政党の重鎮でもあって本人は歯牙にも掛けていないという。

和臣が引き合いに出す真田家のこととは、真田昌幸《まさゆき》が自身と次男信繁《のぶしげ》を豊臣《とよとみ》家に残し、嫡男信幸《のぶゆき》を徳川《とくがわ》家に仕えさせた歴史を指すのだろう。

――俺が滅ぶ側かと、親父の方には冗談を言ったこともある。

「なるほど。まあ、笑えない冗談はさておくとして、では、鎌形さんは社葬には出席ですか」

――そうだな。閣僚と党三役は全員、ということになっている。

「パーティ、いや、〈精進落とし〉の会も」

――あれは、そういう席は欠かさない男だ。

「そうですよね。では」

私にも参加証を頂けますか、と純也は言った。

セキュリティとして、〈精進落とし〉の出席者はリストでしっかり管理されているはずだった。

飛び込み・飛び入りの類は間違いなく許されようもない。

いかに芦名春子の代理でもだ。

――甘粕のときを引き合いに出すなら、〈精進落とし〉に顔を出したお前に、いい記憶はまったくないが。

「ご迷惑をお掛けした覚えもまったくありません。あるとお考えならそれは相性か、気のせいでしょう」

――いいか。今のうちに言っておく。

「はい。今のうちなら承ります」

――面倒を起こすな。

それで、和臣の電話は切れた。

「ふむ。面倒がどこまでかは、主観でしかないような気もするけど」

純也は携帯を見た。すぐに登録のスクロールを始める。

「とにかく、ややこしくはなりそうだ。この際、ご出馬を願ってしまおうかな」

純也はうっすらと笑った。

「うわ。こりゃまた、怖いくらいに楽しげだわ」

鳥居が声を出し、額を叩いた。

間ノ章　エピソード3

統一戦線軍はプノンペン奪取後、ヘン・サムリン政権を樹立した。

しかし、ベトナムの武力介入によって生まれたこの政権を、国際社会の原則を揺るがすものとして、西側諸国だけでなく中国も支持しなかった。

一貫して支援し続けたのはソ連及びソ連圏の国々だけだった。

翌二月には、サムデクが敬愛する中国が、このカンボジアへの侵攻を不服としてベトナムを攻撃した。

中越戦争の勃発だった。

だが、ソ連に援助され、アメリカが旧南ベトナムに残した兵器も豊富で、そもそも戦争に慣れたベトナム軍にとって、不意を突かれたとはいえ、人民解放軍など物の数ではなかった。

中国軍は散々に蹴散らされ、結果としては一カ月と保《も》たず、三月には撤退を余儀なくされた。

ただし、タイ国境近くのクメール・ルージュにとって、この期間はわずかではあっても大事だった。

間違いなく、心身にひと息を入れられたからだ。

密かにタイと交渉して支援のルートを確立し、この後も長くパイリンやアンロンベンなどを拠点として西部小地域を支配し続け、反ベトナム、反ヘン・サムリン政権の闘争を続けた。

もちろん、私達もその一員だった。

八〇年代に入ると、シハヌーク派とクメール・ルージュ、さらには右派自由主義のソン・サン派が連合し、反ベトナム同盟として抵抗を続けた。

するとやがてソ連にペレストロイカという激震が起こった。

この揺れは伝播するように、ベトナムにも大きな影響を与えた。レ・ズアン書記長の死去に伴って後継となったチュオン・チンが、ソ連のペレストロイカに倣《なら》って経済開放・国際協調への、いわゆるドイモイ政策に着手したのだ。

経済的に大きな負担になっていたカンボジア駐留軍の撤退も、このドイモイ政策の一環としてすぐに始まった。

ソ連やベトナムといった、これら支援国の政治改革により、カンボジアのヘン・サムリン政権は援助者を失い、確実に弱体化の一途を辿った。

クメール・ルージュもポル・ポトからキュー・サムファンに指導者が変更されたが、こちらは体制にも結束にも、なんの問題もなかった。

小波すら起こらない。

三派による反ベトナム連合の象徴は間違いなく、ポル・ポトなどではなく、サムデク・シハヌークだった。

ベトナム軍の撤退により、ヘン・サムリン政権は新たな支援国を求めて対外政策の見直しを余儀なくされたが、反ベトナムで結束する西側諸国は、クメール・ルージュの国連でのカンボジア代表権を支持・承認することで一貫していた。

八方塞がりの政権はついに八七年十一月、パリ郊外において紛争当事者間の直接対話に応じた。

三派連合代表のサムデク・シハヌークと、今は懐かしきヘン・サムリン政権下のフン・セン首相兼外務大臣との交渉はその後も、パリ、ジャカルタ、パタヤ、東京と場所を変えながら継続された。

私達はパイリンのジャングルから、ときに小規模な戦闘を行いながら、固唾《かたず》を飲んで事の成り行きを見守った。

和平合意へ傾くか、闘争の拡大か。

長い時間だった。

そう、長かったとしか言いようのない時間だった。

ようやく、国連平和維持軍の派遣による紛争の終結と平和維持体制の確立を始めとする、包括的な和平協定が締結されるのは四年後、九一年十月のことだった。

和平後のポル・ポト派の処遇が主な争点だったらしい。

そのときは知らなかったが、国内すべての政治勢力は選挙と武装解除の条約に調印したようだ。

この翌月の十一月、国連カンボジア先遣隊（UNAMIC）がカンボジアに派遣され、十三年振りに、ついにまたサムデク・シハヌークがプノンペンに凱旋した。

その日はまるで、パレードだった。

オープンカーに乗ったサムデクは沿道の誰しもに手を合わせ、頭を下げた。

――待たせたね。

そう言っているようだった。

私達も、感涙に咽《むせ》びながらその光景を目に焼き付けた。

距離も時間も、遠く十三年分離れた私達のことなど、サムデクはもうお忘れだと思っていた。

深く考えもせず、

――セルヴス。ギャルソン。セルヴーズ。君達は、母なるメコン川と父祖なる大地のために戦って欲しい。

私達はこのサムデクの言葉を守り、この言葉だけを守って生きるつもりでいた。

許された現状、すなわちクメール・ルージュの、キュー・サムファン近くで。

それでも長くいれば、情も湧く。

食うためにクメール・ルージュに参加した若者には思想もない代わりに、悪意もなかった。

クメール・ルージュの中にも、やはり〈仲間〉はいた。

私達はサムデク凱旋の四日前も、そんな仲間とサムファンの支持でゲリラ戦を行っていた。

クメール・ルージュは調印はしたが、それは和平後の自身の処遇を有利に進めるためであり、武装解除などする気は毛頭なく、西側諸国が推進する選挙など彼らの思想から最も遠いものだった。

私達は戦い、早晩、死ぬ。

それでよかった。

それが、望みだった。

ゲリラ戦に明け暮れた私たちの手は、もう洗っても臭《にお》いが取れないほど血塗られていた。

統一される新生カンボジアに、もう血塗られた手は要らない。

これから必要なのは、田畑を耕す、陽に焼けた真っ黒な手なのだ。

それが、サムデク凱旋の三日前になって、サムデクの側近だという男が私達に接触してきた。

「ご苦労様でした。サムデクのお言葉です」

天にも昇る心地だった。

誘われるままに、プノンペンに出た。

パレードは一生の思い出になったが、それだけに留まらなかった。

「サムデクがお待ちです」

驚天動地だった。

「セルヴス。ギャルソン。セルヴーズ」

サムデク・シハヌークは在りし日と同じ穏やかな声で、私達をそう呼んでくれた。

「苦労を掛けたね。母なるメコン川と父祖なる大地は守られた。私は相変わらず何も持たないが、あの愛らしいロムドゥルの花のようなサリカは元気かい？」

「もったいないお言葉です」

私は、それしか言えなかった。

感激のあまり、でもあったが、実際、十三年前のプノンペン陥落以来、消息は途絶えていた。聞いたこともなかった。

きっと元気で幸せでいると、そう思うことだけが、戦闘に継ぐ戦闘に生きるための希望の灯《ひ》だった。

「それでだ」

サムデクは私達の手を取った。

あの、初めて出会った日のように。

「解放してあげたい。けれど、すまない。相変わらず、私は何も持たない。君達を頼りにするしかないのだ。これまで通り、クメール・ルージュの内部にいて欲しい。そして時々、ポル・ポトやキュー・サムファンが何を考えているかを教えて欲しいのだ」

要するにスパイという、特殊任務の要請だった。

「もったいない」

私は繰り返すだけだった。

「私は生まれたときから、サムデクの手足でございます」

そのとき、近くから拍手が聞こえた。

「ハイン。スライ。いい判断だ」

カーテンの奥から現れたのは、チャン・キムハだった。

その昔、無駄死にはするなと言い、こっちに来い、ジャングルでゲリラになってどうするんだとも言い、結局、この世に生まれた意味を強調した。

「わかっている」

カンボジア人民党中央委員は、先を読むように肩を竦めた。

「もう無駄死にはない。これからは、ゲリラでいることだけで、君らの命には大いに意味がある」

聞いているうちに、気持ちが悪くなった。

「よく回る口だ」

「――え?」

「風見鶏。言いたいことはそれだけか」

チャン・キムハと私達の生きる道は、完全に分かれていた。

サムデクに礼を取り、私達はジャングルに取って返した。

そして要請通り、ゲリラ戦に明け暮れた。

九二年にはいよいよ国連が編成する本隊、カンボジア暫定統治機構(UNTAC)が入ってきて実働を始めた。

それから、制憲議会制定のための総選挙に向かう過程での、九三年一月の出来事だった。

プノンペンから母なるメコン川を百マイルほど遡上した町クラチエから、北のストゥントレンに向かう街道にUNTAC隊がいるという情報があった。

街道の復旧と地雷除去に従事する復興部門の日本の連中らしいが、クメール・ルージュ側からすれば、余計なお世話だった。オランダ海兵隊やらフランス歩兵隊からなる軍事部門の護衛もついているということだったが、なにほどのことはない。

ベトナム戦争におけるアメリカ軍の失敗から、ＵＮＴＡＣ隊は何一つ学んでなどいなかった。

近くに展開しているはずの、フランス外人部隊所属のガロアとか言う戦争屋達は厄介だったが、あとはゲリラ戦というものを知らない烏合の衆だった。

軽い気持ちでこちらは押し包むように、静かに日本からのＵＮＴＡＣ隊を襲った。

対戦車ロケット弾などは持たなかった。

舐めたわけではなく、わざわざ爆音を立てて近在の厄介者を呼び込むのは愚策だった。にも拘らず、慌てて浮足立った護衛隊は未除去の地雷を自分から踏んだ。それも一発や二発ではなかった。

適当に蹴散らして引き上げるとリーダーが叫んだとき、ちょうど私達が一番親しくしている若い農村兵、チャム・ロンが口笛を吹いた。

私は少し離れた草むらにいた。

見ればロンは、日本の上級将校らしき男を見つけたようで、今まさに銃口を向け、トリガーを絞ろうとするところだった。

だが――。

将校の後ろから湧くように現れた少年兵がロンに向け、最新式のアサルトライフルのトリガーを躊躇なく引いた。

間断ない連射の銃声はスピーディにして、正確だった。

「！」

私がロンに注意を促す暇もなかった。

少年はかつて私も、何度かフランス外人部隊の中に遠望したことがあった。陽に焼けた綺麗な顔をした、中東辺りのどこかの少年兵だと思っていた。

――作戦終了。引き上げだ！

リーダーが叫んだが、私の注意はそこにはなかった。

「＊＊＊＊＊。タブン、デスケド」

少年の言葉は、おそらく日本語だった。その前の将校とのいくつかの遣り取りのリズムが一緒だった。

(日本人だったのか)

――ジュンヤクン。

将校の目から涙が流れたのが、不思議だった。

(ジュンヤクン。名前だろうか)

この一事は私の記憶の中に刻まれたが、長いこと、本当に長いこと、記憶の表層に浮かんでくることはなかった。

そう、あの東京郊外の公園墓地で、遠目にも再会するまでは。

後から墓地にやってきた目の鋭い年配の男は、二十年以上の時を経ても、間違いなく彼の日、日本の自衛隊を率いていた上級将校だとわかった。

「ハヤイネ。ジュンヤクン」

それで、背の高い、端正にして犯し難い雰囲気をまとった青年が、彼の日の少年だと知れた。

よく見ればたしかに面影はあった。

強い目の光などは紛れもなかった。

ああ、なんという数奇。

抑えようとしても沸き上がる好奇。

目的とはなんの関係もないが、私という老兵の中に闘志が燃え上がった瞬間だった。

いや、目的からさほど遠くはない理由は見つけられた。

若いチャム・ロンの復讐戦。

私は今回の日本潜入が、このとき俄然、楽しくなった。

楽しく、なってしまった。

第五章　犠牲

一

翌朝、鳥居は定時少し前に登庁した。

「おはようさん」

「あ、おはようございます」

恵子が先に来て、色とりどりの花を花瓶に活けていた。

「おう。いいねえ。コスモスかい？」

「ええ。もうアキザクラの季節になりましたから」

コスモス。秋の到来を告げる花。

和名、アキザクラ。

鳥居は分室内を見渡し、コスモスの香りを胸に吸った。

（上々だ）

分室内の普遍、恵子の不変。

そんな辺りの確認が、J分室の主任として鳥居が純也から任された、朝の業務だった。

——よろしくね。

ひと言だったが、ひと言だから重い。

純也不在の分室では、鳥居の判断がすべてだった。

変化や変調は、この朝も見受けられなかった。

あわせて、だから、上々だった。

花を替える恵子の脇で、コーヒーサーバーに新しい豆を仕込んだ。

これも毎朝の鳥居の仕事だ。同時に、ジャマーの確認をするのが最近の鳥居の恒例だった。

この日、純也は午後からKOBIXの社葬に参列する予定になっていた。直接行くと聞いていた。

さすがに、純也が来ないとわかっている日は、時間の流れが緩やかになる感覚があった。

いや、純也の思考速度が分室内の時間を掻き回すと言えば、そちらが正しいか。

小日向純也と言う分室長は得難いが、切れ者の常で周囲はいつも緊張を強いられる。

もっとも、そのくらいがちょうどいいと思う者しか残り得ないということでもある。

純也の優しさも厳しさも、笑顔も真顔も、すべてが飾《ふるい》なのだ。

J分室は純也の下、そんな結果の集合体だった。

掃除も含めたひとしきりの作業を終え、鳥居はコーヒーを飲みながら新聞各紙に目を通した。地味だが、これも公安としては大事な作業だった。

恵子はドーナツテーブルに背を向ける位置で分室のドア側に向かい、PCを起動してメールのチェックだ。

「さてと」

新聞を読み終えた鳥居は、老眼鏡はそのままに大きく伸びをした。

この日は続けて、除去した盗聴器などを解体してゴミに出すと決めた日だった。

これもどちらかと言えば、外回りの減った鳥居の、分室にいるときの仕事だった。

「あんまり溜めっと、億劫になるからな」

自分でわかって、自分で鼓舞する。

「ふふっ。そうですね」

せめて恵子が笑ってくれれば、作業にも多少は身が入るというものだ。

昔、J分室立ち上げの頃は一週間もすると、吐いて捨てるほどの盗聴器が溜まった。

今ほど警視庁内も煩《うるさ》くなかったこともあり、きりがないこともあって叩き割って捨てていた。さすがに売るわけにはいかないところが、当時から面倒ではあった。

だからゴミに出すのだが、昨今は世の大勢がエコロジーに傾いている。

お役所というか税金で賄われている場所は、そういうことに極端に反応する。

ご多分に漏れず、警視庁もやけに分別にうるさく、いちいちが大変だった。

ということで鳥居が老眼鏡を外さないのは、そのまま盗聴器類の解体分別作業に入るからだ。

プラスチックと金属。

プラスチックはアクリル系と塩ビ系にさらに分け、金属はスチールとアルミ、ステンレスや、あれば貴金属類にまで分ける。

えらく目が疲れ、肩の凝る作業なのだ。

コード類はさすがに面倒なので、まとめて鳥居は持って帰ることにしていた。

荒川の自宅近辺では、燃えないゴミでまとめて出せた。

「お昼、どうされます?」

気が付けば、そんなことを聞かれる時間になっていたようだ。

「先が見えてきた。このまま作業するよ。どうせどこも混んでんだ。後でいいや。ああ、恵子ちゃんは気にしねえでくれ」

「じゃあ、お言葉に甘えて」

恵子が席を立った。

「今日は、奈々ちゃんに誘われてるんです」

思わず作業の手が止まった。

「奈々ちゃんって、あれかい？　受付の」

恵子はうなずいた。

「そうかい。そりゃあいい。うん。そいつぁあいいや」

恵子は嬉しそうにして、分室から出ていった。

「分室長。恵子ちゃんは強えですよ。もしかしたら、思ってるより」

潤む目とそんな呟きを小休憩に代え、鳥居は作業にまた没頭した。

全部の分別を終えたのは、一時少し前だった。

「うっしゃあ」

ようやく老眼鏡を外し、鳥居は揚々と地下に降りた。

ゴミ集積所でこれ見よがしに分別を終えたゴミを出し、文書集配室も覗いてから十四階に戻った。

と、そこで、

「――ああ？」

正面に分室のドアを見て、鳥居は思わず足を止めた。

分室のドアの曇りガラスに、丸々とした影が映っていた。

外光のど真ん中で飛び跳ねる、まぁるい影だった。

外が今日も、残暑厳しい快晴なのだけは改めてわかった。

影は、やけに膨らんだリュックサックを背負っていた。

鳥居が思わず足を止めて声を上げたのは、耳障りな擦過音が通路に流れていたからだ。

リュックサックが内開きのドアに擦っていた。

そのせいで、どうにも分室内には入れそうもなかった。

「いやぁ。やっぱり実物ですねぇ。凄いなぁ。感激だなぁ」

声だけで、まぁるいリュックの影が誰かは分かった。

思えば、飛び跳ねる後姿を見ただけで見分けがつかなければいけなかったと反省もする。

真っ当に会ったことがあるのは一度きりで、猿丸と一緒にいるところを遠巻きにして通り過ぎたことがあるだけだが、それで十分だった。

(ちっ。そこまで鈍ったかよ。やだやだ。歳は取りたくねえや)

言いようのない怒りも湧く。

いや、言いようのないというより、目が疲れ、肩が凝り、腹が減っていると人間、どうにも怒りっぽくなるものだ。

ということで鳥居は扉に、怒りを肩からぶつけてみた。

「うわあ」

緊張感のない声だけがした。

怒りをぶつける扉にぶつかっても、小太りのリュックサックはへこたれない奴だった。

「退け。オラ。邪魔だ」

何度か押すと、ようやくリュックサックは脇に動いた。

身長百六十センチ足らず、体重は身長割る二、マッシュルームカットの、どう見てもリン・ユーチュンがニコニコしながら立っていた。

同じ視界の中に入る恵子は、少々困り顔だった。

鳥居は、パンパンのリュックを冷ややかに見た。

「爆買いの帰りか。和知《わち》」

陸上自衛隊仙台駐屯地に勤務する、東北方面警務隊所属の和知一尉だった。

「あははっ。爆買いのわけないじゃないですか。それは中国人の専売ですよ。呆けましたぁ」

和知はそういう奴だった。

そういう奴にして胡散《うさん》臭く、気を許すと出し抜かれる。

まあ、そのくらいでなければ防衛大臣直轄部隊である東北方面警務隊に所属もならないだろうし、陸上自衛隊十五万の監察たり得ないかもしれない。

よく言えば、だが。

「じゃあ、そのリュックはなんなんだ？」

「ああ。これですか」

和知がリュックを振った。コートハンガが派手に倒れた。

何も言わず直すのは、鳥居だ。

「買い出しですよ。秋葉原で。もうね、自分からどんどん動こうかと思って」

「ほう、殊勝じゃねえか。閉じこもりのお宅だったんじゃねえか」

「あはは。やだなあ。メイさん」

和知は鳥居の肩を叩いた。

「オラ。メイさんって呼ぶな」

「あ、それセリさんも言ってました」

「セリも言うな」

「了解です」

和知は敬礼したが、本当に了解している感じは皆無だ。

「これからぁ、どんどん外に出んのかい」

「そう。出ようかと思ってますよ。うわ。イタタタ」

鳥居は、それ以上動かない和知を押し退けるようにして中に入った。

痛いと言いながら、和知はまったく動じなかった。

「いやあ。バックパックなんかいいですねえ。なんか陸自っぽくて。憧れますねえ」

「陸自っぽいかどうかは置いとくとしてもよ。まあ、アウトドアはよ、結構なことなんじゃねえか」

「でしょう。この間、仙台で呑んだんですよ。そのとき、ちょっと感化されましてね」

和知が手を叩いて乗ってきた。あまり調子に乗らせると長そうだが、聞かないと居座りそうだった。

それも和知という人間の特性だ、と猿丸からは聞いていた。

「へえ。呑んだって、誰と」

「ああ。知らない外国人となんですけど。あ、ただ知らない外国人と呑んだわけじゃありませんよ。これでも守秘義務を負った自衛官ですから」

「へえへえ」

聞きつつ流しながら、鳥居はコーヒーサーバーから自分の分のコーヒーを注いだ。

目敏く寄ってきたリュック男が、勝手に自分の分を注ぐ。

「この前の休みに、国分《こくぶん》町を歩いてたんですよぉ」

「ほう。お前も国分町なんて行くんだ」

国分町は仙台だけでなく、東北地方最大の歓楽街だ。

「行きますよ。好きですよぉ。なんたって、かならずどっかで誰かがクダ巻いてますからねえ。警務官としては、まあお宝エリアですねえ」

「あ、そ」

「そしたら、なんか盛り上がってるオープンテラスの居酒屋がありまして。寄ってったら、知らない外国人達に巻き込まれたんですよぉ。日本語ができる外国人と出来ない外国人。できる外国人はなんか話が面白く、出来ない外国人はテーブルマジックが鮮やかで、周りが盛り上がってましてね。で、特にその、日本語の出来る外国人なんですけどね」

メイさん知ってますぅ、と和知はまた言った。

「手前ぇ。そう呼ぶなって今さっき言わなかったか」

「そうでした。で、メイさん。中東の方って車に必ずイモビライザー付けないと、保険にも入れないって知ってましたぁ」

「だから――まあいいや。面倒臭ぇ。なんだ。その外国人ってなぁ、中東から来たんかい」

「そうですよぉ。ゴルちゃんだけですけど。言いませんでしたか？」

「言ってねえよ」

「で、ゴルちゃんがですね」

「待て。そのゴルちゃんってのは？」

「もう、いちいち話の腰を折りますねぇ。その中東から来た外国人ですってばぁ」

「知るか。じゃ、もう一人は」

「知りません。ゴルちゃんも知らないって言ってました。直前に出会って意気投合したバックパッカーだって。で、僕もバックパッカーなんです」

「――まったくわからねぇ」

「いいんです。とりあえずやってみようと思いまして。ゴルちゃんが、もの凄く楽しいってもう一人が言ってるって言ってましたから」

「ああ、な。まあ、いいや。なるほどな。それで仙台から東京か。なんか中東とか聞くと、お前ぇのやってるレベルがみみっちく思えっけどな」

「何言ってんです。東京は危険がいっぱいですよぉ。だから習志野駐屯地に輸送任務のあった、うちの七十三式の大型に便乗してきました。ヒトハチマルマルには帰路につくんで、僕も忙しくて」

「――ああ？」

それはバックパックかどうか――。

いや、どうでもいい。

「内緒ですよぉ」

「ああ。内緒だな。内緒内緒、と」

「有り難うございます。ああっと。もうこんな時間だ」

頭を下げ、和知は時間を確認した。

「この後、中野にも行かなきゃいけないんです。ライバルがいましてね。いわば、オフ会ですねえ」

「お前、貧乏性か。なんでもかんでもひとまとめにすりゃいいってもんでもねえだろうに。なんで全部が全部、今日なんだ」

「あはは。いやだなあ。メイさん」

和知がまた、肩を叩いてきた。

「今日はＫＯＢＩＸ会長の社葬って言う、一大イベントがある日なんですよぉ」

「――わからねえな。だからどうした」

「この近辺に、師団長の目が行き届かなくなる、絶好の機会に決まってるじゃないですかぁ」

「――そうだな。そりゃあ、そうだ」

恵子が笑っていた。

鳥居は珈琲を飲んだ。

そろそろ飯に行くか。

どこに行っても、もう席は空いているだろう。

二

ＫＯＢＩＸ会長・小日向良一の社葬は午後二時半から、帝都ホテルの最大ホールで執り行われる運びだった。

朝方は少し雨模様だったが、次第に晴天に向かうという予報で、実際十時過ぎには雲も取れ、東京地方には残暑の厳しい陽射しが降り注いだ。

この日、帝都ホテル周辺には朝から、物々しいほどの警備・警戒態勢が敷かれていた。丸の内警察署の応援もあり、日比谷通りと内堀通りには午後になってから規制も掛けられた。

正午過ぎにはＪＲからもメトロからも、黒い服を着た人間が陸続《りくぞく》と現れては帝都ホテルを目指し、誰しもの予想以上に人出は早い段階から始まったようだった。

午後一時を回った段階で、すでにホテル内外は立錐《りっすい》の余地もないほどになり、本来の宿泊業務にも支障をきたすほどだった。

帝都ホテルは玄関先に豪華な噴水を配した池を持ち、その周りが車寄せになっている。

その車寄せに車が入れられないのだから、規制が掛けられても日比谷通りには大渋滞が起こった。

玄関先では人波に押されて、池にはまる老人も出たらしい。

日本に冠たるKOBIXの威勢を示すものと見れば喜ばしい限りだが、式典の担当者は蒼褪めたに違いない。

とにかく、これ以上日比谷通りに人が溢れると、交通事故、あるいは熱射病の恐れもあった。

丸の内署からの注意もあり、社葬は予定を早めて一時半には一般の会葬者の受付が始まった。

そんな帝都ホテルの車寄せに純也がチタンシルバのBMW M4を滑り込ませたのは、二時半の開式ギリギリのことだった。

「ほらね。早出は三文以上の徳でしょ。間に合ったもの」

キーをポーターに預ける純也にそんな言葉を掛けたのはM4のオーナー、つまり芦名春子だった。

ブラックフォーマルのワンピースに、黒手袋と、今はベールを上げたトークハット。

行かないと言っていた割りに、純也がエスコートするといえば正礼装に身を包み、実に堂々としている。さすがに日盛貿易の、今でも陰の女帝だ。

――私も行くんだから、私の車で行きましょ。よろしくね。

私の運転で、と言われなかっただけ良しとして、純也はM4のステアリングを握った。

出発も純也が考えるより一時間も早くされたが、結果は先ほどの春子の言葉に集約される。

そうだね、と純也は言葉だけで受け、エントランスからロビーに入った。

ホテルのフロントには顔見知りの、大澤昌男《おおさわまさお》という一流のフロントマンがいるはずだったが、挨拶どころではなくロビーに入っても人また人で、フロントはまったく見えなかった。

とにかく案内に従って奥に向かった。

二階の会場前は、一般受付にはまだ長蛇の列が出来ていたが、親族・近親者のカウンター前に人はもういなかった。

純也自身と春子、二人分の記帳を済ませていると、会場への扉の隙間から、良隆の声が聞こえてきた。

「まあ、いつの間にか、ずいぶん立派に話せるようになったわね。あれ、秘書課が優秀なのかしら」

春子がストレートな感想を口にし、受付のＫＯＢＩＸ社員達が苦く笑った。

ちょうど開式のアナウンスが聞こえた。

声を合わせた静かな誦経《ずきょう》も流れる。

Ａプラス製薬の甘粕のときは着席で三千人分の席が用意されていたが、どうやら良一の社葬は〈お別れの会〉の色合いが強いようだった。

巨大な祭壇の前には広い献花台が用意され、右奥に弔辞を読む人の並びがあり、すでに献花台前には人が流れ始めていた。

それでも数千の人が捌けるには、二時間はゆうに掛かるだろう。

式場前方には左右に五百人程度の席が用意され、祭壇に向かって左側がどうやらKOBIX関連の会社と取引関係、右側が親族と政界関係の席のようだった。

左側は人の顔が見えるが、右側はあまり見えない。

SPや警備の人員が、故人を送る席には無作法なほど立っていた。

親族でもあり政界関係でもある和臣が、すでに着座している証拠とも取れた。

「ねえ。こういう場合、婆ちゃんってどっちに座るんだい?」

素朴な疑問は春子の答えを得る前に、寄ってきた男によって解答を得た。

「お婆様。どうぞこちらへ」

男は和臣の長男にして公設秘書を務める、小日向和也《かずや》だった。つまり春子には孫にして、純也にとっては四歳上の兄、ということになる。

和也には妻と一女があり、妻の父は前国家公安委員会委員長の後藤鉄雄《ごとうてつお》だった。

一女は麻里香《まりか》といい、来年にはたしか小学校のはずだ。

母の血を濃く継いだ純也と違い、和也の容姿はどちらかと言えば小日向家を強く感じさせるものだった。

身長は純也より若干低く、身体つきにも少し弛《ゆる》みが出てきたか。

目鼻立ちにヒュリア香織が感じられないでもないが、父・和臣が脇に立てば母は隠れる、そんな程度だった。

父の公設秘書である以上、日々忙しくして国立の芦名家にはなかなか顔を出さないが、必要最低限には麻里香を連れて訪れるようだ。

純也には最大限の敵対心を凝縮したブラックホール的な無視を決め込むが、純也自身は、だからといってどうということもなかった。

純也にとって和也は、十把《じっぱ》ひと絡《から》げの小者の一人だ。

ただし——。

春子に曾孫という宝物を与え、その曾孫に母・香織からひと文字を託したことは、大いに買えた。

この二点に拠り、和也が純也に仕掛ける無視ほど、純也は和也が嫌いではなかった。

「じゃあ、純ちゃん。あとで」

エスコートを和也に代え、春子は親族と政界関係の席に向かった。

推測は出来たので、春子との打ち合わせは出来ていた。

年二回のミュージアムでの晩餐会は春子も対等な権利の一人だから純也を伴っても堂々

としているが、今回は小日向良一を送る〈お別れの会〉であり、ＫＯＢＩＸの仕切りだ。いかな春子でも口を出す余地は皆無だった。

せめて一般参列者として堂々と花を献じ、純也は〈パーティ〉の刻《とき》を待った。

社葬の最後まで待つ必要がないのはわかっていたことだが、海外からの列席者の動きがことのほか早いのは助かった。

雪崩《なだれ》を打つように政界関係者が動き、和也とともに春子が動くのも見えた。

〈精進落とし〉の会場は三階だった。

社葬の式場より広さは半分以下だが、レセプタントも入り、誦経もバロックの調べに変わり、華やかさは格段に上がった。

入場は一カ所に限定されチェックは厳しかったが登録は和臣に頼んであり、なんら咎《とが》められることはなかった。

かえって、全員は入れず会場前にわだかまるような、ＳＰ達の視線の方が強く針のようだった。

会場に入ると、和臣の隣に春子が立ち、おそらく昔馴染みの政治家たちとにこやかに挨拶を交わしていた。

純也はレセプタントの差し出す赤ワインのグラスを一脚だけ取り、そちらに向かった。

「はいよ。婆ちゃん」

グラスを春子に渡す。

基本的に純也の春子に対する役目はそこまでで、春子の役割こそこれからだった。

「有り難う。でも、いきなり来てここへも入れてもらって、和臣さんには無理を言いました。純ちゃんもお礼、言ってね」

「うわ」

思わず声になった。

春子が悪戯気に笑った。

「有り難う、ございます」

仕方がないので努めて平らな声を出した。

「心にもない言葉はかえって心を映すが、それはどうでもいい」

和臣が冷ややかな目を純也に向けた。

「これはどういうことだ。結局、お義母さんも一緒ではないか」

「すいません。急に行くと言い出しまして。言い出したら聞かないのは、私よりあなたの方がよくご存じでは―」

和臣が何かを言い掛けたが、そのとき純也の携帯が振動した。

失礼、と問答無用に断ってその場を離れる。

電話は柏崎の押畑からだった。

——おい。ん？　なんか豪華な感じがするな。えっ？　ああ。ＫＯＢＩＸのあれか、伯父さんの社葬か。いいな。いや、そういうと不謹慎か。でも、やっぱりいいよな。帝都のレセプタントでビュッフェ形式の料理だろ。羨ましい限りだ。

前置きはえらく長く、要点は短かったが重要ではあった。

——わかったぞ。野坂清美の帰国は、二〇〇二年の三月だ。

通話を終えた後、その場で少し純也は考えた。

なるほど、約一年半。移植手術を受けたとすれば、滞在の長さはそのくらいにはなるか。

日本ならまだしも、アメリカではどうだろう。

全米サイズで一年半の幅で肝臓の移植手術となって、闇か正規かもわからないとなると、ミシェルに言っても、本部が真剣に拾ってくれるとは思えない。

いや、流されるか捨てられるかに違いない。

そもそもＦＢＩがミシェル達を派遣した本件との繋がりはまだ、なんの証明も出来はしないのだ。

「仕方がない。こっちに賭けるか」

純也は会場内に春子を探した。

「おっと。さすがだなあ」

感嘆は、実に自然に純也の口を割って出た。

鎌形防衛大臣あるところに、矢崎防衛大臣政策参与有り。

そう踏んで、和臣からなにからみんなまとめて面倒を頼むねと、それが純也が春子に課した役割だった。

ひとえに、鎌形と単独で話をするためだ。

「いいわよ。その代わり――」

春子は快諾してくれたが、交換条件も突きつけられた。

春子の選んだ女性とのお見合い、三回券。

これはこれできつそうだが、仕方なく承諾した。

春子は約束通りを通り越し、和臣も矢崎も和也も良隆も侍らせ、談笑の最中だった。他にも十人くらいはいたが、純也は全部は知らなかった。

今のうちとばかりに鎌形を探した。

女好きを公言し浮名の絶えない防衛大臣は、レセプタントの一人を囲い込むようにしてワイングラスを傾けていた。

「ああ。僕に烏龍茶をくれませんか」

レセプタントを解放するようにして、代わりの位置に純也は立った。

当然、鎌形は嫌な顔をする。

そんな反応は、色々な意味で織り込み済みだった。

だが、鎌形は拒絶はしないし、出来ない。オリエンタル・ゲリラの一件で、純也は鎌形を大いなるブラフに搦《から》め捕った。

以来、鎌形は純也の掌の上で踊る傀儡《くぐつ》の一体だった。

「なんだ」

「そう、つれなくしたものでもないとは思いますが」

「忙しい」

「へえ。彼女、困ってましたよ。一人に占有されると、不条理にも彼女が後で怒られるんじゃないかな」

ふん、と鼻息荒く、鎌形はグラスのワインに口をつけた。

「お前とは人生も職責も、交わる部分は金輪際ないと思ったがな」

「強引に引き寄せる方法も道具もありますよ。私には」

鎌形が睨んで来た。

窮鼠猫を嚙むの喩《たと》えは、肝に銘じている。

この辺でいいだろう。

花に水をやるように、情で繫がらないスジには憎を注いでおく必要がある。

諸刃の剣だが、その都度折れば折った分、従順にして抜き差しならない関係は形成される。

鎌形とはまだまだにして、これからだ。

「勉強会、ありましたよね」

「勉強会？　ああ。あったら、どうした」

「次はいつです？」

「今週末の予定だが、台風が近づいている。中止にしようかと思っている」

「是非、やりましょう。全員参加でお願いします」

「なんだ」

「私も、オブザーバで参加させていただきますので」

烏龍茶がグラスで届き、純也はひと息で飲み干した。

三

金曜日、関東地方は大型で並の勢力の台風十七号が直撃するという、ざわついた夜を迎えていた。

にも拘わらずこの日は夜六時から、都内某所で鎌形幸彦防衛大臣が主催する、会派の勉強会があった。

普通なら中止にするところだろうが、開催を強行したのは鎌形の押し、ではなく純也のゴリ押しだ。

勉強会の途中、純也は矢崎と一緒になって控室で待機していた。

会は三部構成になっていて、一部の講師が矢崎だった。

会派の勉強会といっても勉強とは名ばかりで、要は結束パーティやただの呑み会、場合によっては資金集めの場所だが、矢崎は国防のプロにして、PKOへの参加将校でもある。

本来、矢崎は和臣が鎌形の首に着けた鈴、戒めの役目だが、どうしてどうして、鎌形も抜け目がない。上手いところに目をつけたものだ。

どんなゴシップ紙が会場に入っても、矢崎に少し時間を与えるだけで肩書と経歴と性格から言って、勉強会は格段にグレードアップし、下手な記事など書けない立派なものになる。

しかも講師としての講演料も掛からない、というのは下世話に過ぎるか。

三十分が、一部の矢崎の持ち時間だった。

そのあと会は二部の、鎌形本人の演説というか自慢話の三十分になり、その後の第三部が主客入り混じっての懇親会だった。

「どうだったかな」

控室での三十分、純也は矢崎と取り留めのない話になった。

「漏れ聞こえるだけでしたが、UNTAC隊の話などは、実に懐かしかったですね」

「カンボジアか。ゲリラだった頃、かね」

矢崎の振りに、純也は肩をすくめた。

「さて。本当にそうだったのか、最近、少し疑わしく思うこともあります。平和ボケでしょうか」

「ほう」

「感覚は今でも鋭敏である気はします。ただ、わかりますかね。鋭敏の先が、ナノレベルで丸いというか、擦れたというか」

「ああ。わかるような気はする。昔ならもっとわかったろうか。いや、私が退役軍人だからこそ、わかった気がするのかもしれん。――純也君。それは、弱くなった、ということかね」

純也は首を振った。

「わかりません。けど弱くなったのだとしたら、壊れるまでもう秒読み段階、ということでしょうね」

「――PTSD、かね」

純也ははにかんだ笑みを浮かべるだけで、これには特に答えなかった。

「そういえば、猿丸君だが」

矢崎は話の向きを変えた。

「新潟では一緒に食事もできなかったな。せっかくの休暇だったのだが」

「夏の海のバカンスが忙しかったとか」

「まあ、海は忙しかったというか、歓待され過ぎて窮屈だった。それで、陸の方に長くいたのでね」

「ああ」

海自の新潟基地では、防衛大臣政策参与は下へも置かない接待をされたのだろう。

矢崎はそういう持て成しを得意としない。

それで昔の部下がいる、陸自の新発田駐屯地に入り浸っていたのだ。

「そうそう。そういえば」

矢崎は膝を叩いた。

「一度だけ、新潟市内で猿丸君を見掛けたことがあった。ずいぶんガラの悪い連中と歩いてたので声は掛けなかったが、あれは警察の関係かな」

「そうです」

即答した。

嘘ほど即答に限る。これは鉄則だ。

「やっぱりな」

矢崎は納得顔でうなずいた。

「師団長。気にせず声を掛ければよかったのに。面白そうだと思いますが」

過ぎたことにはなんとでも言える。

「いや。そうもいかん。こっちも、ガラだけは負けずに悪い連中と一緒だったからな」

「へえ。海自の人間ですか」

「いや。私を迎えに来た新発田駐屯地の連中だ」

「ああ。陸自」

と、ちょうどそこへ、鎌形の秘書が顔を出した。

二部の演説が終わったということだった。

「ちょっと。いいですか？」

純也は足早に去ろうとする秘書に声を掛けた。

「はい？」

「台風ですけど、急な欠席者はいませんか」

「ええ。先生の人望は、それ以上ですから」

「なるほど」

秘書が去り、純也は矢崎と控室を出た。

「台風以上ってなんでしょうね。ハリケーンとか」

純也の軽口に、矢崎は特に答えなかった。

この某所は、勉強会会場がそのまま懇親会会場に使われる便利なところだった。

経費の節減というか、少しみみっちい気がしないでもない。

まあ、鎌形としては蜜月関係にあったAプラス製薬が、甘粕大吾が死んでから距離を置くようになったという事情もあるだろう。

最近は新たなパトロンというか、大口の政治献金先を求めて日々精力的に動き回っているとも聞く。

パーティ会場が整うまで、甘粕会派の連中はロビーで思い思いに待っていた。

それにしてもたいがいが、携帯を片手に、あるいは耳にして忙しい。

人数が若干少ないように感じるのは、喫煙室でチェーン・スモーキングに忙しい連中もいるからだろう。

「じゃあ、純也君。私には親分の世話があるのでね。時間があればまた後で」

矢崎が純也の傍を離れた。

「さて」

純也はロビーをひと渡り、見回した。

目的の人間、重守幸太郎はエントランスの近くに一人で立っていた。

七三に分けた髪。黒縁の眼鏡。少し肉のついた顔、同様の身体つき。身長は百七十センチくらいだが、体重は七十五キロはあるだろう。

携帯を耳にしているのは他の者達と変わらないが、表情に見える硬さだけは気になった。

純也はわざと真正面から重守に近付いた。

「いいな。とにかく目を離すな。絶対に一人にするんじゃない。頼子《よりこ》、わかったな。――ああ。それじゃ、切る」

近付く純也を見咎め、重守は眉間に皺を寄せた。

「初めまして」

「誰だ」

意外に低い声だった。

「小日向と申します」

重守は怪訝な顔をしたが、一瞬だけだった。

「ああ、鬼っ子。それでか」

純也のことは理解していたようだ。和臣か鎌形から、おそらく聞いてもいるだろう。

反応がおかしなテンポになったのは日本人の質《たち》というか、純也の風貌にまず、遠い異国を感じたからに違いない。

「その鬼っ子です。ご挨拶をと思いまして」

重守は、今度は表情一つ変えなかった。

「私に用事はない。総理からも、余計なことは言うなと釘を刺されている」

案の定の答えだった。

重守はそのまま去ろうとした。

ここは一か八か、懐に飛び込む一手だった。

「心臓とか肺とか」

「それとも角膜」

重守の足が、その場に縫い付けられたように止まった。

間違いなく聞いていた。

「いや、腎臓かな」

「貴様っ」

振り返って寄ってきた。

目がいくぶん、血走って見えた。

「何をどこまで知っている」

剣幕を無視し、純也は肩を竦めた。

「その前に、貴方こそ私がどこの何者か、ご存じではないんですか？」

重守は唸った。

唸って唸りに、公安か、と混ぜた。

純也は頷いた。

「出ましょうか。お送りします。ああ、鎌形大臣に断る必要はないでしょう。重守さん親子は真田家の生き残り作戦中だと聞きましたが、断言してもいい。こっちに上がり目はありませんから」

重守は睨んできたが、無視した。

「議員宿舎でしたね」

純也はそう言い、地下駐車場に向けて歩き出した。

重守の足音は、ゆっくりとだが純也の後ろにあった。

「他言は、無用だ。守秘義務として、約束できるか」

囁くような声が背後から聞こえた。

「仕事柄、人の命以上に優先するものはない、とだけ言っておきましょうか」

もう、重守からの声はなかった。

足音だけが、純也の後をついてきた。

四

M6に乗り込んでからの重守は、どこか借りてきた猫のようだった。

大人しかった。聞けばポツポツと、聞いたことにだけ答えた。

重守の自宅は横浜にあるが、平日は新赤坂の議員宿舎に居住していた。

「腎臓ですか」

そう純也が切り出したのは、フロントガラスを大粒の雨が叩く車中だった。

実際の音というより、暴風雨は目に騒がしかった。

「――そうだ」

先程の剣幕から、この辺は間違いのないところだろう。

腎臓、と純也が言った瞬間、重守は切れた。

「奥様、いや、娘さん、ですか」

助手席でゆっくり、深呼吸のタイミングで重守の頭が落ちた。

「そう、だ」

腎臓の話と違い、こちらは推量ではあった。

ただし、当て推量ではない。

二〇〇〇年十二月から二〇〇二年三月までの間。

もっと限定して二〇〇一年の十二カ月間。

この間に、間違いなく野坂清美はアメリカで肝臓移植手術を受けたのだ。

情報収集の時間が短かった分、使えるスジはなんでも使った。

しかも短すぎる分、黒ではなく白の証明に全力を挙げてもらった。

捜一の斉藤、公安第二課の漆原《うるしばら》、振られた話を戻す形で組対の大河原、要するに組織犯罪対策部の全体。

斉藤と漆原には、二〇〇一年の重守幸太郎のスケジュール。

極秘の移植手術や渡米は隠そうと思えば隠せるが、隠せない情報を繋げることによって不在は証明できる。

一週間以上の長期不在は、休暇期間にもなかった。妻・頼子に関してもそれは同様だった。

組対には、重守と大嶺の関係を当たらせた。辰門会でも大嶺滋でもなく、重守幸太郎と大嶺英一の関係を、しかもやはり二〇〇一年に限定してだ。

こちらも、何も出なかった。

重守幸太郎は臓器移植手術を受けた当人でもなく、大嶺英一の臓器売買に関係した犯罪者でもなかった。

けれどたしかに、

――売った物まで面倒見られるか。こう言うナマモノはよ、クレームもアフターサービスも無しが相場だぜ。

大嶺英一の吐いたその言葉は猿丸が確認済みだった。

何も出なくとも、何かはあるのだ。

(さて、と)

この捩じれの交点にあるものは何か。

推量の元は、先ほど耳にした重守の電話だった。妻・頼子に掛けたものだ。

――とにかく目を離すな。絶対に一人にするんじゃない。頼子、わかったな。

重守のデータは家族構成まで把握していた。

娘が一人いた。今年二十三歳になる、彩乃《あやの》という娘だった。

思えば、野坂清美は二十二歳だった。

二〇〇一年当時、彩乃は八歳で、野坂清美は七歳だ。

小児臓器移植。

純也の脳裏を占めた言葉がそれだった。

そうであれば、符丁は合った。

「いつですか」

前を向いたまま純也は訊ねた。

「二〇〇一年の、六月二十四日だ」

「どこで」

「ニューヨークだ」

マウントサイナイ医科大学、と重守は続けた。

「マウントサイナイ。有名ですね」

純也も知っていた。

マンハッタンのアッパーイーストにあり、キャンパスと医療センターでセントラルパークと五番街に四ブロックを有する私立の医科大学だ。

高度専門医療のための総合病院であるとともに、医学教育病院としてもまず、アメリカでも最大規模の病院の一つだろう。

「おっと。そうか。それで」

純也はステアリングを軽く叩いた。

「もしかして、臓器のコーディネートを大嶺に頼みましたか」

「そう、らしい」

「おや？　曖昧ですね」

「直接ではなかったのだ」

「とは、どういうことでしょう？」

「娘の入院先のな。理事長が紹介してくれたのだ」

「どちらの病院ですか？」

藍誠会《あいせいかい》横浜総合病院、と重守は言った。

「ああ」

パズルのピースは、増々はまって行った。

藍誠会横浜総合病院は横浜港近くにある、大きな病院だった。ブラックチェイン事件の折り、犬塚が潜入したことのある病院だ。

おそらく臓器の紹介は、そのルートで大嶺に行き着いたに違いない。

「それで大嶺を知っていたわけですか」

「いや。直接は知らなかった。会ったこともない」

「――はて」

「彩乃が知っていたのだ。野坂、清美か。向こうは肝臓移植だったようだが、同じ病院の同じ部屋に入っていた。日本人同士でくっつけたようだ。歳も近かった。そんな関係で、日本に帰ってきてからも娘同士の交流はあったようだ。その過程のどこかで、うちが病院の紹介だと言ったら、向こうは、うちはヤクザみたい。新潟の大嶺さんとか言っていたと聞いた。彩乃も代議士三世の娘だからな。反社会勢力には敏感だ。教えてくれた」

「なるほど。それで？」

「それでも何もない。向こうが没落してからも彩乃は交流を続けていたようだが、その娘との音信が途絶えた。彩乃がどうしても気になるということだったので、私が調べた。私にもルートはある。そうしたらあの事件だ。肝臓が、移植臓器が抜かれたのだ。足が震えた。居ても立ってもいられなかった。それで、大嶺に電話を掛けた。あまりに余所余所《よそよそ》しかったので、押し掛けることにした。知らぬ存ぜぬの一点張りだったが、ある程度は聞き出した」

誰かが臓器を、とそこまで言って重守は項垂《うなだ》れた。

雨音が車内にまで入ってきた。

そんな沈黙だった。

「護衛をつけますか」

答えは早かった。

「要らない」

さすがに意表を突かれた。

「要らないんですか？」

「そう言った」

「わかりませんが」

「四代目がいなくなる。ただでさえ嫡男がいないということで、私も妻も、祖父や父にずいぶん詰《なじ》られた。しかも、あろうことかその子は腎不全になった。かろうじて命は救われたが、命だけでは駄目なのだ。それだけでは、いてもいなくても同じだ」

「――はて？　なおわかりませんが」

「わからないか。そうか。鬼っ子だったな。いいか」

重守は政治家の難しさ、三代目の苦悩を訥々と語った。

大半はどうでもいい話だったが、家族を蔑《ないがし》ろにする、あるいは置き去りにする辺りは気になった。

「保険の加入調査ではないが、票は健康にも入るのだ。有権者は偽れない。彩乃が自分で四代目として立つ目はすでに断たれた。健康を偽って万が一にもばれたら、祖父や父の功績まで踏み躙《にじ》るのだ。ふふっ。祖父も父も、彩乃の身体は厭わなかった。四代目はどうするのだ。そんな言葉で私と妻を責めた。――いずれ婿養子をもらって四代目に。彩乃の役割はその一点だ。現に、今進行中の見合い話もいくつかある。わかるか」

腎臓に問題があったなどと知られるのはマズい、らしい。だから、重守夫婦は普段通りの生活を心掛け、心細げなわずか八歳の娘を一人、他人に預けてまで渡米させたという。

その臓器が狙われているなどと知られるのは、もっとマズい。

だからこそ――。

「護衛などは、金輪際要らない。提案すらしてくれるな」

情の欠片《かけら》も見えない話だった。

この場に鳥居がいなくてよかったと思うばかりだ。

いや、猿丸もいなくて、よかったかもしれない。

「では、どう対処するおつもりですか」

「嵐が何事もなく、私達の頭上を通り過ぎるのを願うしかない。今日の台風と同じだ。目を塞ぎ耳を塞いで、事の終結を待つ。それが一番だ。日本の警察は世界一優秀なのだろうが」

それで目を離すな、絶対に一人にするなと、妻・頼子に連絡を取ったのか。

「万が一があったら」

「ないことが前提だ。――だが、そうだな。言うなら、万が一のために我が家の恥部を晒すことはできない。恥部を晒すくらいなら、万が一があった方がまだいい。少なくとも代議士三代の健全は守られる。そうなった場合は仕方ない。潔く諦め、四代目は脇道に逸れるが、妹の所に道を譲ってもいい」

「ならばせめて我々がそれとなく監視、いや、警護を。どうでしょう」

「我々?」

「そう。我々です」

純也はポケットから名刺を取り出し、重守に渡した。

車内灯を点けてやった。

重守は目を凝らし、首を傾げた。

「——なんなのだ。庶務分室。これは？」

「弱小で人員のいない、はぐれ部署です。このことを知るのは、なんと私を入れてまだ三名にして、これからも永遠に三名。いかがでしょう」

重守は、少し考えたようだった。

「そうか。そうだな。君は、最初から知っているんだったな」

決断は、長めの溜息に落とし込まれた。

「何もしないよりはましか。——明後日なら時間が取れる。というか、明後日、妻共々、娘が日本に帰ってくる」

「帰ってくる？」

「そうだ」

重守はうなずいた。

「そんな娘を国内に置いておけるか。娘はな、基本、ハワイのコンドミニアムで暮らしているのだ」

距離も心も離れているのだろうか。

哀しい親子だ。

いや、親子などそんなものか。

「明後日ですね」

新赤坂の議員宿舎に着いたところで念を押した。何も言わず、重守は降りて行った。

純也はすぐにＭ６を発進させた。アクセルを強めに踏む。

やるせなかった。

帰り道、純也はまずミシェルにメールを打った。

移植の日時を、もちろん英語でだ。

〈腎臓移植。二〇〇一年六月二十四日。ニューヨーク・マウントサイナイ医科大学〉

すぐにレスポンスがあった。

〈了解。凄い。すぐに本部に問い合わせる。でも、ニュース・ソースはどこ？〉

返信は、特にしなかった。

激しい雨音の中だったが、ハンズフリーで電話を掛けた。

「ご無沙汰です。——ええ。で、明日はどちらにいらっしゃいますか？　——いえ、そう畏《かしこ》まるほどのことはないですよ。お話を伺いたいだけです。え、今からでも？　そうですね。いえ、土砂降りの夜はやめましょう。本当にお話を伺いたいだけですから。——まあ、たしかに明るい話ではありませんが。だからこそ、夜はやめましょう。明るい、秋の空の下で。——明日、お伺いします」

通話を終えれば、雨音だけがやけに純也の耳に騒がしく聞こえた。

五

翌日は、台風一過の見事な晴れ空だった。未明には風も収まった。

残暑の陽射しと茹《う》だるような湿気はあったが、週明けからは秋が始まると、ウェザー・ニュースは伝えた。

この日、朝から純也は大忙しだった。

台風で荒れた庭の掃除を春子に頼まれたからだ。

厳密に言えば頼まれたと言うか、春子が率先して手を出した。

間借りの孫としては、捨て置きにするわけには当然いかなかった。

仕事ではなかったから気が楽といえば楽だったが、大汗は掻いた。

二十年以上前、祖父ファジル・カマルが亡くなってから春子が建て替え、家は少し小さくしたというが、それでも間取りは5LDKで、かえって広がった庭は二百坪もあった。

芝生の広い庭は、こういうとき後始末が大変だ。

「なんか、考えようかしら」

池とか築山とか、犬小屋とか、あまり現状を打破するとは言い難いアイデアを春子は口にしたが、すべて無視した。

池も築山も、掃除の手間は変わらないどころか増えそうな気がするし、犬小屋ということは、犬を飼うところから始めるのか建てるだけなのか、聞くと巻き込まれそうだった。

この日の約束が午後なのは、まあ幸いだったか。放っておくと春子は一人で作業をしそうだった。危ないところだ。

十一時前ですでに、気温は三十度を超えていた。

ようやく作業を終え、シャワーを浴び、春子の用意したサンドイッチを昼食にして純也がＭ６に乗り込んだのは、十二時に近かった。

純也が向かったのは、横浜方面だった。

横浜港の国際客船ターミナルがある大桟橋と山下埠頭から、それぞれ中華街を挟んでほぼ等距離にある病院だ。横羽線の横浜公園ランプがすぐ近くで、都心からなら渋滞のストレスさえなければ楽な場所だった。

ただし、純也の住む国立からは、府中街道を延々と下ることになる。

藍誠会横浜総合病院。

それがこの日の、純也の目的地だった。

藍誠会はほかに、名古屋と福岡にも総合病院を展開し、中でも横浜総合病院はそれらを統合する、藍誠会の本部という位置づけの、十階建ての大きな病院だった。

規模的には品川にある特定機能病院、S大学付属病院に近かった。猿丸のスジというか女友達の、八木千代子が勤務する病院だ。

純也が広い病院の駐車場にM6を停めたのはチャイムが鳴る、二時ちょうどだった。

アポイントは二時だったから、特に急ぎはしない。

受付までの所要時間、面会までの待機時間などはラグの範囲だ、と、これは純也の行動規範でもあった。

土曜午後の病院ロビーは閑散としていたが、漂う気配はどことなく明るかった。病人より見舞客などの生気が強いからだろう。

純也は真っ直ぐ事務受付に向かった。勝手知ったる場所だった。

前回、犬塚と二人で同じような面会を申し込んだ。手順としてはまったく一緒だった。

話は通っているようで、すぐに通された。

向かったのはエレベータで三階に上がった事務エリアにある第一応接室だった。

案内されてすぐ、廊下に固い靴音がした。周りが静かな分、よく響いた。

「どうも。お待たせしましたかな」

入ってきたのは身長百七十くらいの、中肉の男だった。

前回は口髭があり、フレームレスの度無し眼鏡を掛けていたが、どちらも今はない。

それが藍誠会横浜総合病院理事長・桂木徹《かつらぎとおる》、三十六歳だった。

七年前に父である前理事長が死去し、跡を継いだ本人も医者で、専門は小児科だ。

藍誠会病院はブラックチェイン事件の際、色々な関わりのあった病院だった。

ブラックチェインの連中が業務の大きな柱とする、日本国内への幼児の密輸入にひと役買い、かつ、桂木徹自身も、似たようなルートで子供のいなかった桂木夫婦に売られた黒孩子だった。

サッチョウ・オズの氏家と一緒だが、少し違うのは、黒孩子であることで脅しを掛けられ、ブラックチェインの闇の商売に手を貸さざるを得なかった点だ。

純也とJ分室は、ブラックチェインを壊滅させた。

桂木はそれで、黒い鎖から解放されたのだった。

ブラックチェイン事件後は、桂木は憑《つ》き物が落ちたように穏やかだと遠回しにも聞いた。

アフターフォローという奴だ。

口髭も眼鏡も、それまでは外界に対する〈武装〉だったようだ。

だから今はない。必要がないのだ。

「その節は」

桂木はソファに座り、ゆったりと足を組んだ。

純也は内ポケットから名刺を出した。

「改めまして」

純也の差し出す名刺を受け取り、桂木は一瞬けげんな表情になった。

「おや。たしか」

「ええ。こちらが本物でして」

純也は前回、犬塚の名前と階級を偽った。

当初の関わりがクルーザーの爆破事件だった性質上、所属は捜一第二強行犯捜査第一係主任にした。そのときの犬塚は、純也のスジである同じく第二強行犯捜査第一係の、斉藤誠の名前も本物の名刺も使った。

「……公安、ですか」

純也は鷹揚に笑ってうなずいた。

「警察で小日向とは、もしかして」

「昔の話です。お互い、今と向き合うと言うことで、良しとしませんか?」

桂木は純也をどこか遠く眺め、それだけにとどめて名刺をしまった。

「ご用件は」

「言ったそばからで申し訳ありませんが、ブラックチェインに触れます」

「……どうぞ」

「ああ、ご心配なく。直接に、桂木さんがどうと言うことではありません」

桂木はかすかに笑った。

「どちらでも。同じことですよ。私の場合は絶望の終わりにも希望の始まりにも、その件とあなたの存在がある」

「ありがとうございます。では」

重守彩乃さんの移植手術、と単刀直入に純也は聞いた。

「ああ。あの件ですか」

「あなたの紹介とお聞きしました」

「そう。汚れた手ですがね、それでも目の前で消えようとする命には我慢が出来なかった。これでもね、小児科医なんですよ。今でも彼女とは定期検査で繋がっていますが、元気な彼女を見ると救われるんです」

桂木は自分の胸に手をやった。

「ここのね、ささやかだが、医者の良心ってやつでしょうか」

「では、その良心に賭けてお答え頂きましょうか」

「臓器移植について、ですか？」

「はい。売買も含めて」

「ふむ」

後にも先にも、臓器に関わったのはこの一回限りだったと桂木は言った。

「縋《すが》ったんですよ。消え入りそうな小さな命を前にして、どうしても私は、なんとかしたかった」

桂木は以前、五夫が自慢げに言っていたのを聞いて知っていたらしい。

〈この国はよ、やけに血縁だの見た目だのに拘るから中国国内の餓鬼しか入って来ねえけどな。アメリカ辺りは、人種にさえ拘らねえから売るのが楽なんだってよ。子供そのものも、臓器にしてもよ〉

それで、レシピエントである彩乃の前提条件を五夫に渡したのだという。もちろん、少々の金はつかませて、だ。

その結果は今、重守彩乃が生きているということに直結する。

「他に、何かご存知のことは」

「あまり多くはありません」

「血縁だの見た目だのに拘るから中国国内の餓鬼しか、と五夫は言っていたんですよね。では拘らなければ、どうなんでしょう」

「ああ。それなら、東南アジアからも餓鬼なんざいくらでも手に入る。雲南省の辺りに、ベトナム側から女子供を引っ張るいい娼窟があるんだと自慢げに言っていました。タイ、ベトナム、カンボジア。選り取り見取りだと。河口《フーコウ》とか富寧《フリョン》とか」

「河口？　ああ」

純也も話として聞いたことがあった。

河口&ラオカイに富寧&ライチャウは、現在中国公安部がシンジケート摘発の要衝と位置づける、中国とベトナムの国境地帯だ。

先生も仲間とツアーでもどうだい。格安でコーディネートするぜと何度も誘われ、だから覚えていると桂木は言った。

桂木の話はそこまでだったが、必要な情報は十分だった。

――一体分ってところに愛憎を感じるって、見解はそれで一致しているわ。復讐。取り戻そうとしてるのかも。

ミシェルは九五年から九六年の案件についてそう分析した。

同じ分析をこの二〇〇〇年から二〇〇二年の案件にも当て嵌《は》めるなら――。

「そういうこと、なんだろうな」

病院を辞し、M6を始動させてすぐに、純也はハンズフリーで電話を掛けた。掛けてすぐに切った。

和臣ではないが、こちらもすぐには出ないことは分かっていた。

それどころか、和臣以上に面倒だった。

車内に軽快な着信音が聞こえたのは、一度J分室にも顔を出そうと、首都高に乗り羽田を過ぎた辺りだった。

掛かってきた番号は知らないものだったが出ると切れ、すぐにまた掛かってくるが出ると切れた。

これは、面倒臭いが慎重この上ない男の、符丁のようなものだった。

二度出て三度目に出ることなく、切れて後リダイアルで掛け直す。

ダニエル・ガロアとの、唯一無二の連絡方法だった。

【やあ、ダニエル。まだ諸国漫遊の最中かい。――ああ、そう。それはよかった。あまり羽目を外し過ぎないように。もう若くないってことを、僕でさえときに自虐的に楽しんでるけど、ダニエルはもう、本当に自覚しないと危ないからね。――そう。身も心も、両方にね。――え、そう老け込んだわけでもないって。ああ。わかったわかった。――ふうん。指先の冴えね。テーブルマジック？　ああ。僕はあまり興味がないけど。ところで――】

純也は、ブラックチェインという言葉を口にした。

【雲南省の河口、あるいは富寧辺りの娼窟についてなんだけど。――そう、ブラックチェインに関係のある、悲しい娼窟だ。その辺で調べてもらいたいことがある。リー・ジェインは今どこだい――え、なぜリーかって。だってリーは去年、浙江義烏《せっこうぎう》・マドリードの鉄道シルクロードで何か画策してただろ。一帯一路は今リアルタイムで動き始めたばかりじゃないか。――ああ、昆明ね。まさにその辺で動いてるんじゃないかと思った。昆明からラオスのビエンチャンのどちらかだと。昆明なら、なおちょうどいい。国境に近い。ダニエル、繋いでくれないかい？　リーから連絡が欲しい。——ああ。わかった。わかったから。一人旅の醍醐味については、今度ゆっくり聞こう。——何？　ホヤが抜群だった？　フレッシュチーズが最高に美味いって？　——ダニエル。君は一体、どこにいるんだい？】

言っただろう、諸国漫遊、という言葉を最後に、ダニエルとの通話は終わった。

「うぅん。相変わらずわからないけど」

何を考えてどう行動しているのかは知らず、極限に頭の回転は速く、人の域を超えて人として熱く、そして人の情を無視して悪魔以上に冷厳だとは知るが、まとめれば要するに、ダニエル・ガロアは面倒臭い男だった。

首都高には渋滞はなかった。

やがて警視庁の地下駐車場に到着した純也は、そのままエレベータで十四階に上がった。

土曜日でもあり、もうすぐ五時だったので、特に一階では降りなかった。

「おんや？　分室長。何かありましたかい」

J分室には、鳥居がいた。

いいと言っても犬塚の死以来、鳥居か猿丸のどちらかが必ず休みもなく登庁してきた。

——シノの机の花ぁ、誰かが替えてやらねえと。

純也をして、口を噤《つぐ》ませざるを得ない言葉だった。

横浜の、藍誠会病院の話を少しした。

「メイさん。少し早いが、一杯やっていこうか。残りは呑みながらといこう」

「あれ。いいんですかい。車なんじゃ」

「置いていく。今日は朝から忙しくてね」

「へへっ。了解っす」

そのまま鳥居と二人、有楽町のガード下に出た。

早い時間でも開いている居酒屋といえば、言わなくともそこだった。J分室御用達とも言えた。

昔は狭い小上がりに犬塚も含めた四人で詰め、襖《ふすま》を開け放ったまま熱く話したものだ。

藍誠会の話や、そんな思い出話を呑み食いに混ぜ、九時を回った頃だった。

ちょうど会計を済ませて外に出た。

じゃあ、とほろ酔いの鳥居と別れに手を挙げた瞬間だった。

純也の携帯が振動した。

猿丸からだった。

——あ、分室長っ。お、大嶺が、滋がっ。

「なんだい？　落ち着いて」

この言葉で鳥居が戻ってきた。

酔眼には酔いを強引に抑え込んで、公安マンとしての冴えた光が灯《とも》っていた。

――落ち着いていられませんよっ。すいませんっ。

撃たれちまいましたぁ、と猿丸の声は、おそらく周囲を憚ることなく、叫ぶように聞こえた。

六

翌、日曜日の夕刻だった。

純也は鳥居と二人、羽田空港の国際線ターミナルにいた。

到着ロビーのベンチシートだ。

鳥居は終始腕を組み、難しい顔をしていた。

新潟では事態が大きな動きを見せたようだったが、純也達はまだそちらには動けなかった。

それが鳥居のジレンマにして、仏頂面の理由だ。

この日夕刻の羽田空港国際線ターミナル二階到着ロビーが、重守幸太郎との約束の場所だった。

「まあ、ジタバタしたって始まらねえのはわかってますがね」

鳥居は膝を叩いて背中を丸めた。

この日空港に着いてからすでに四度目の諦めであり、納得だった。

──あ、分室長っ。お、大嶺が、滋がっ。

前夜、猿丸から掛かってきた電話の内容は、さすがに純也をして意外であり、慮外のものだった。

──落ち着いていられませんよっ。すいませんっ。撃たれちまいましたぁっ。

猿丸もいきなりでその場にいたわけでもなく、錯綜する情報の取捨選択にはずいぶん苦労したようだが、要約すれば以下の通りだった。

土曜の夕方、辰門会本部では跡目相続会の打ち合わせと称し、大嶺滋を囲んで幹部連中が市街の繁華街に繰り出したようだ。

八十を超えてもまだまだ盛んとも、屋敷の中に閉じ籠もっているのに飽きたとも、具合がいくぶん悪いのは本当で、ならば屋敷の外も内も一緒だと達観したとも、この辺の情報はどうでもいいが、あちこちから猿丸の耳に入ってきたらしい。

とにかく、滋には昔から馴染みの芸妓がたしかにいたようだ。

向かった場所がその置屋であり茶屋だったのは間違いなく、もちろん英一も一緒だったが、終始苦々しい顔を崩さなかったという。

これも、猿丸が話を仕入れた全員が口をそろえる事実のようだ。

外出は滋の我儘《わがまま》、ということだったのだろう。

それでも英一の判断もあり、屋敷のガードをそのまま市街に持ち出したような物々しい数の警戒だったらしい。

にも拘らず、滋は撃たれた。

撃ったのはどうやら、辰門会本部の若衆頭だという。

若衆頭は本部事務所の雑用を束ね、認められれば若衆から若頭補佐、要するに幹部登用も期待される一番手だ。

滋を撃った若衆頭は、増岸《ますぎし》という男だった。

もう女房子供もいて、通《かよ》いで事務所内をまとめ、猿丸も当然見知っていた。包帯やらを替えてくれたのは波花組の若い衆だが、用意したのはこの増岸だ。

――瀧さん、あんたぁ、新宿からの大事な預かり物だ。馬鹿ぁ、たいがいにして下さいよ。もう若くないっしょ。

そんなことを理路整然という男だった。

それが、あろうことか会長を撃った。

誰もがその場では凍り付いたように動けなかったという。

当たり前だ。

撃ったのはいずれ幹部の座が間違いのない男だった。

土曜日は娘の幼稚園の運動会ということで、休みだったらしい。

だから、増岸がふらりと店前に現れても、誰も不審には思わなかったようだ。

「おう。マス。運動会はどうだったい？」

「若い保育の姉ちゃんたち見て、外で腰使いたくなったわけじゃあるめぇな」

酔ってそんな軽口も叩いたらしい。

だから――。

増岸が青い顔で、なぜ血走った眼をしているのかを考えなかった。

増岸は店から出てきた滋の正面に立った。

「うわぁぁぁぁっ」

銃はその辺でいくらでも買える、黒星だったようだ。

誰もが固まる雑踏の中に、増岸は猛然と駆け込んで行ったという。悲鳴と怒号が渦巻き、辺りは一時騒然となったらしい。

追おうにも夜の繁華街は土曜日ということもあり、相当の人出があったようだ。

「邪魔だっ。ボケェッ」

「それより救急車っ。急げぇ！」

とにかく血止めの処置が施され、救急車が呼ばれた。

近隣で一番大きな、新潟大学医歯学総合第二中央病院のＩＣＵに運び込まれたが、重症であることは最初から間違いなかった。

増岸は手で届くほどの至近距離で、滋の胸を撃ったのだ。

この結果は翌日曜日の午後、空港へ向かおうとしていた純也の携帯に猿丸からの連絡が入った。メールだった。

文面から見ても、猿丸はさすがに前夜の事件直後とは違って冷静だった。

滋は午後一時二十七分に、死亡が確認されたという。

銃弾はかろうじて心臓は避けたようだが、至近距離でもあり老年でもあり、命は戻らなかった。死因は、出血性ショック死だった。

辰門会では警察の取り調べには幹部の主だった者達が矢面に立つ格好でのらりくらりと対応し、その間に若頭以下の全員が、血眼になって増岸の行方を追っているという。

一方警察側では、怨恨、抗争の両面を視野に入れた大掛かりな捜査態勢が、県警本部主導でスピードを持って構築された。

県警が特に恐れるのは、この事件が大規模な抗争への序曲だったときのことだ。

大掛かりな捜査態勢は、報復に次ぐ報復で新潟市街に血の雨が降ることだけは、なんとしても防がなければならないという、県警本部の決意の表れのようだった。

もちろん、警察側には増岸という若衆頭を辰門会の連中より先に確保するという大命題もある。

そうしなければ間違いなく、もう一つの新たな殺人事件が起こることは火を見るよりも明らかで、わかっていて起こさせること、しかも身代わりの出頭でお茶を濁されることは、警察の威信にかけても許すわけにはいかなかった。

大嶺滋の遺体は、そのまま第二中央病院の霊安室に留められた。

これは警察側の要求ではなく、主に辰門会側というか、大嶺英一の問題だった。

遺体引取りに関する諸手続きの煩雑さ云々はもちろんあるが、滋の霊前に滋をハジいた張本人の命を供えなければ葬儀も何も、まずメンツが立たないというのが辰門会の総意だった。

「それまで、腐らねえように預かっとけよ。いいよな。ああ？」

英一は電話口でそれだけ言って切ったらしい。

これは猿丸が、押っ取り刀で鶴岡から飛んできて大嶺屋敷に入った、波花組の水井に直接聞いたことだった。

メールの最後に、

〈このまま潜ってます。以降の連絡はしばらく控えます。一宿一飯の恩義で、何もしないわけにはいかないようで、さっき波花の若いのと一緒に組まされました。分室長自身が来られるなら別ですが、そうでない場合、何かあったらゴードンにでも伝言してください。使える奴で、信用出来る奴で、ああ見えて純情な奴です〉

純也達がいるのは、それからおよそ五時間後の羽田空港だった。

　鳥居に説明、あるいは純也の見解を示す時間は多過ぎるほどあった。

「分室長。新潟は今頃、てんやわんやでしょうね」

「ん？　そうだね」

「ここで黙って人を待ってて、いいんですかね」

「そうね。まあ、動いちゃった事態と動こうとしている事態。どちらがどうという話ではないけれど。まあ、メイさん、向こうにはセリさんがいる。こっちにはメイさんがいる。僕はそれで、結構分室が出来ることの最大限はこの案件に寄与していると、そう思ってるんだけどね」

「はあ。寄与っすか」

「そう。当然、全知全能ではないから限りある寄与だけど。人は神ではないよ。神になってもいけない。なろうとするのはもっといけない」

　鳥居は、分かったようなわからないような顔をした。その顔のまま背中を丸め、膝を叩いた。

「まあ、ジタバタしたって始まらねえのは、本当にわかってますがね」

　この日五度目の諦めであり、納得だった。

　やがて、到着ロビーにアナウンスが流れた。

　ハワイアン航空ＨＡ４５７便は十九時三十分、定刻の到着だった。

そのまま暫時ロビーで待った。外はすっかり夜になっていた。

ロビーの左手から、大型のスーツケースを転がしながら重守がやってきた。

後ろから並ぶようについてくる女性が二人いた。どちらも機内持ち込みのキャリーケースを引いていた。

年輩の女性が妻の頼子なら、なるほどもう一人は重守と頼子の子供で間違いない容姿をしていた。

細面《ほそおもて》は父譲りか。大きな目とえくぼは間違いなく母譲りだったろう。全体として弾むような歩様といい、スポーティで明るい娘のようだった。

代議士四代目として本人が立つ目は断たれたと重守は言ったが、純也には健康そのものに見えた。腎臓移植の影など微塵も感じられない。

影が落ちているのは、重守自身の心だろう。

娘は伸びやかに、勝手に成長している。

「娘の彩乃だ」

言葉少なに重守はそう紹介した。

「初めまして。警視庁の小日向です」

純也は前に出て手を差し伸べた。

「わあ。モデルさんみたいですね。父にはそれとなく聞いてましたけど、なんか、すっごい感激」

彩乃は臆することなく、頬を染めて手を出した。

続けて紹介された頼子にも同様に対する。

「誰を紹介されるのかと思いましたけど。日本にも帰ってみるものですわ」

頼子もコロコロと笑った。

母も娘に似て、いや、母が娘を支えてか、どちらも朗らかだった。

純也は二人にいつもの、はにかんだような笑みを見せた。

二人が咲くような微笑みを返した。

「ああ。それで、これからしばらくは折りにふれ、周囲に姿を見せることになりましょうか。うちの主任です。よろしくお願いします」

「ああっと。鳥居です」

鳥居が純也の脇に立って自己紹介した。

気乗りがしない風だったが、それはもう何度となく経験したことだったからだろう。

「ええ。そうなの」

「あら。どうも」

元気な娘だけでなく、なんとなく母の頼子も落胆した様子。

「ま。妥当な反応ですな」

純也は、そんな呟きごと包むようにして鳥居の肩に手を置いた。

メイさん、と声を掛けて重守一家から少し離れる。

「後のことは任せるよ。限りある寄与で」

「おや。分室長は？」

「新潟」

「あ、これからっすか」

「ちょっと考えるところもあるから。じゃあ」

よろしく、と言って立ち去りかけ、

「ああ。それと」

真顔で純也は振り向いた。

「シグは携帯すること。一人で抱え込まないこと。わかる？　神になろうとしてはいけないよ」

「ああ。そういうことですか」

鳥居はうなずいた。

「わかってます」

純也もうなずく。

「ならいい。漆原さん達にも声は掛けておいたから。上手く連携して。銃の携帯許可は、まあ、後で僕がなんとでもするから」

ゴロゴロと軋むようなキャスターの音がした。

重守がスーツケースを押しながら動き始めていた。

鳥居がそちらに向かった。

頼子と彩乃が、歩く鳥居の両脇から顔を出すようにして純也に頭を下げた。

七

同夜、私はゴードンとともに新潟大学医歯学総合第二中央病院にいた。

昼間はロビー、夕方にはエントランス近辺にいたが、闇が広がってからは合流し、外から病院の裏手に移動した。

三年前に竣工したばかりだという新潟大学のこの新しい病院は、夜八時を過ぎると自動的にセキュリティがかかり、対外的にフリーな部分はすべて閉じるシステムになっていた。

便利なようで不便でもあり、不便と安全はバランスの取り方が難しい。これは万国共通の問題であり、おそらく解決不能の悩ましい命題だ。

第二中央病院も、陽が落ちてからは制限された一部だけが内部と外部を繋ぐようになり、すべては裏手に集約されていた。

ただし、裏手といっても職員・関係者駐車場への通用口や、救急外来もあり、裏手を奥に折れた方向には、地下霊安室への進入スロープもあった。

さらには、新潟大学医歯学部はドクター・ヘリも運用する関係上、裏手にはヘリポートもあり、思ったより全体に照明の数は多かった。

『ミシェル。もう十一時だ』

ゴードンが腕時計で時間を確認しつつ立ち上がった。

救急外来の外にある、独立したプレハブのような建物の中だった。救急外来に付き添いで来た者達の待機場所のような場所だ。

自動販売機が多数置かれ、ベンチもいくつか置かれていたが、今は私とゴードン以外、誰もいなかった。

『何も起こらないな』

『起こらなかったら、何？　いい子はお家に帰って、シャワーを浴びて寝ろとでも言いたいわけ？』

『いや、そういうわけでは』

ゴードンは口籠もった。

私はゴードンと二人になると、多少なりと言葉が辛辣になるのは自覚していた。

ゴードンもわかって、甘んじていた。

ゴードンは、FBIの国家保安部から引き抜かれてNSBの所属になった男だった。たしかに事務処理能力は私以上と認めざるを得なかった。

私は妬《ねた》むより、そんなゴードンと常にチームであることを誇りに思ったものだ。

だが、いつのことだったかは忘れたが、ゴードンを国家保安部から引き抜いた力は、司法長官の関係だということを私は知ってしまった。

すぐに理解した。

――司法長官は昔から知ってるの。よく頼んでおいたわ。私の娘に、絶対危ないことはさせないようにって。

NSBにいきなり現れた母の言葉は、いつまで経っても忘れられなかった。

ゴードンはつまり、私のお目付け役だった。

このことはゴードン本人にも問い質《ただ》した。

悲しげな顔をするだけでゴードンは認めることはなかったが、私達の関係はこのことで、同僚でも上司・部下でもないものに変わった。

『ミシェル。そう突っ掛かるな。今回ばかりはいつもと様子があまりに違う。ここは異国で、まさに殺人の現場なんだ』

私は鼻で笑い、長くもない髪の裾に手をやった。

『当たり前のことを言わないで。だから、朝からここにいるんじゃない』

ゴードンに猿丸発信の情報が入ったのは少し癪だが、事件発生のことは、ほぼリアルタイムで得ていた。

自分達が動ければ動くが、ここは極東の日本だ。

勝手に大っぴらな捜査を展開するには、地の利も、神の加護もおそらくありはしない。

猿丸からの提案もあり、案内人である寺川巡査長には、オズの繋がりを辿って新潟県警の捜査本部に潜り込ませた。

今のところ進展は何もないが、たしかに情報は必要だ。

寺川巡査長の任務の変更は、私から警察庁の氏家に強引に捻じ込んだ。渋々だったのは電話越しにもわかったが、氏家は否《いな》は言わなかった。

そうして私達は本来の目的である、大嶺滋に、いや、大嶺滋の腎臓に張り付いた。張り付くしかなかった。

何も起こらないなと言いながらゴードンは現状を危惧《きぐ》したが、ここにいれば少なくとも任務は全うできる。

何があるか、何もないか、そんな実際のところは当然わからない。私は神ではない。が、私は偶然というものを信じない。

『だから朝からいる、か』

ゴードンが太い眉毛を、街灯の下で寄せた。

『朝から昼間はいい。だが、夜は怖い。俺も怖い。ましてやここは日本だ。新潟だ。クワンティコではないし、あの川もポトマック川では――』

ふと、ゴードンの言葉が途切れた。

見れば眉毛は寄せられたままだったが、先程より深く見えた。

街灯の明かりがつける陰影ではない。

『どうしたの？』

聞いてみた。

『あの車だ』

私も立ち上がって振り返った。

ゴードンが指差す方に、病院の外周道路を正面方向から回り込み、裏手に回ってくる車のライトがあった。

『ゆっくり過ぎる気がする。探っている感じも。まあ、これは俺の勘でしかないが』

その勘に助けられたことは、口にはしないが星の数ほどあった。

ゴードンが外に出た。

私も注意深く、後に続いた。

車は、黒いライトバンだった。

外周路からヘリポートの脇を通り、救急外来に寄ってくることなく行き過ぎ、裏手を奥に折れた方角、つまり地下への進入スロープに向かったようだ。

ライトバンということは、遺体搬送車か。

『おかしい』

ゴードンが唸るように言った。

『何が』

低いエンジン音は、たしかに高くならないように回転数を調整している気はしたが。

『白ナンバーだった』

それで私も理解した。

遺体の搬送は営業行為だ。この国でもたしか、貨物自動車運送事業法に基づいて登録しなければならない。

その結果のナンバーは、緑のはずだった。

『ミシェルはここから動くな。いや、救急外来の向こうまで出て、何か不審を感じたら院内に駆け込め』

言いながらゴードンは背腰に手を差した。

ヒップホルスタから抜き出したのは、グロック22Ｇｅｎ4だった。

サイレンサーを装着し、

『場合によっては使用する』

ゴードンは安全装置を外した。

『でも。──いえ』

私は首を振った。

ゴードンの言うことに間違いはなかった。

これは、猟奇殺人犯を追い詰めるための捜査だ。

机上のバーチャルではなく、異国のリアルだ。

一歩進み、ゴードンは振り返った。

『その、なんだ。ミシェル。帰国したら一度、食事をしないか。昔のように』

『えっ？』

「猿丸にも唆《そそのか》された。あれは、捜査員としてどうかは知らないが、ハートフルな男だ。俺は出会えてよかったと思っている」

ゴードンの瞳に、私が映っていた。

『小日向と君を見て、少し羨ましくなった。俺は別に、君のママに命令されたからずっとチームなんじゃない。むしろ──いや、この先は、昔のようにナッツで』

『そうね。ナッツなら』

ゴードンが小さく口笛を吹いた。

『勘違いしないで。ビッグバーガー、一人じゃ食べられないもの』

『勇気百倍だ』

ゴードンは背を低くし、足音もなく離れて行った。

『ナッツ、か』

ナッツは、ワシントンD.C.にあるナショナルズ・パークのことで、MLBのワシントン・ナショナルズの本拠地だ。

私はナショナルズのファンで、ゴードンもそうだった、はずだ。

このことには嘘はないだろう。

好きなMLBのチームを偽る馬鹿は、アメリカ人にはいない。

だからチームを組んでしばらくは、二人でよくナショナルズの試合を見に行った。ハンバーガーを分けて食べた。

私には多かったからだが、今思えばゴードンには足りなかったかもしれない。

そんなことを考えつつ、救急外来の外壁に沿うようにして暗がりで待った。

時刻は十一時三十分を過ぎていた。ゴードンが闇に消えてから、十分が過ぎようとしていた。

短いようで、長かった。

すると、携帯が振動した。ゴードンからの着信だった。

すぐに出た。

『どうしたの?』

囁くように聞いてみた。返事はなかった。

風が出ていた。

心臓の鼓動が速くなった。

かすかにだが、風に血の匂いが混じっていた。

不審を感じたら院内に駆け込めとゴードンは言っていたが、冗談ではない。私はFBIのエージェントだ。いつまでも母やゴードンに守られる子供ではないのだ。

ショルダーバッグの中のグロックを確認した。

ゴードンの22と違い、コンパクトサイズの23だ。

安全装置を外した。

ゆっくり、ライトバンとゴードンが消えて行った方に向かった。

角を曲がると、エンジンの切れたライトバンが目の前にあった。

〈SLOPE↓〉

そんな壁付けライトパネルがあり、その真下に、胸に血の花を咲かせたゴードンが倒れていた。

泡のような血がまだ流れ出ていた。

それでも、ゴードン自身はもう動かなかった。

咄嗟に確認するが、手に持っていたはずのグロック22は、周囲のどこにも見当たらなかった。

(ゴードン!)

この言葉は、手で口を塞いで強引に飲み込んだ。

スロープの下方に、間違いなく人の気配を感じたからだった。

顔を覗かせてみると、スロープを下った先に常夜灯だろう明かりがついていた。

そのすぐ近くの扉がわずかに開き、中からの明かりも漏れていた。

霊安室へ続く扉で、間違いないだろう。

そのときだった。

「キャァァッ!」

夜の静寂を裂く、緊迫した女性の声が聞こえた。

悲鳴は万国共通だった。

時間的にいけば院内夜勤の看護師の悲鳴か。

反射的に私は地下に走っていた。

たとえ権限はなかったとしても、たとえ恐怖はあったとしても、人の悲鳴を聞けば身体は動く。

私は、守る者なのだ。

無言で走り寄り、扉に手を掛けた。
が、私がノブを握るより先に、扉が中からの力によって大きくスイングした。
『キャッ』
衝撃によって私は背後に転がった。
それでもなんとか頭を防護して体勢を整えると――。
『えっ』
扉の中から、小さく細い誰かが出てきた。
人であるという認識は思うように出来なかった。
なぜなら両手が、人の肌では有り得ないほど赤黒かったのだ。
その片手には、灰色の何かを持っていた。
腎臓、と直感された瞬間、私の身体はどうしようもない緊張で強張った。
同時に、目の前を地下からスロープに沿って風が吹き上がった、と思った。
それほど滑らかに、その誰かが私の横を擦り抜けた。
擦れ違いざま、耳元で何かを囁かれたと感じた瞬間、首筋が異様に冷たくなった。
いや、逆に暖かかったか。
声が出せなかった。
気管から空気も漏れていた。

背筋を這い上がってくる感覚は、紛れもない〈死〉だった。
反射的に首を押さえた。
指先に、今まで感じたことのない大きな裂け目を感じることが不思議だった。
スロープの上で、車のエンジン音がした。すぐにタイヤが悲鳴のように鳴った。
遠ざかる。
犯人が遠ざかる。
遠ざかるのは、私の命も一緒か。
（いや。死ぬの。いやぁっ）
徐々に力が抜け始めた。コンクリートに膝をついた。
視界はゆっくり、ブラックアウトし始めた。
『ミシェルッ』
倒れ込む私を支える腕と、声があった。
純也だった。
腕と胸の温もりが、少しだけ私の力になった。
声は出せなかったが、指先は動かせた。
携帯を取り出し、指紋認証でメールを起動した。
コメント欄に、震える指で文字を打ち込んだ。

純也はその間、私を抱き締めていてくれた。

視線をずっと感じた。

ずっと、私を見たままでいてくれた。

〈娘を取り戻す。邪魔するな。フランス語で、そう言ってた。ゴードン、銃を奪われた。ごめん〉

送信することのないコメント欄に私が打ち込んだのは、去り際に犯人が呟いた言葉と謝罪だった。

フランス語は大して話せないが、そのくらいなら理解できた。

打ち終えた携帯を差し出した。

純也は私の手ごと、包むように受け取ってくれた。

そして、

『了解。いい情報だ。ありがとう』

褒めてくれた。

十分だった。

『携帯、借りておくよ』

(どうぞ。そうね。明日には、移植手術の件で本部から連絡があるかも。ああ、忘れずに指紋認証は解除してね)

言葉にはならなかったが、きっと通じているだろう。
いや、純也ならそのくらいわかって勝手にやるだろう。
私は純也の腕の中で、安心して眠りについた。

間ノ章　エピソード4

それからも私達はサムデクの要請通りに生き、要請通りにゲリラ戦に明け暮れた。

そうしてときにパイリンのジャングルから、アンロンベンの町から、なにがしかの情報を持ってサムデクの元を訪れ、セイロン紅茶をご馳走になった。

幸せなひととき、ではあったろう。

いや、一番心身に均衡がとれていた時期、といった方が正しいか。

適度な戦いがあり、適度に血を流し、また流れ、たまに美味いセイロン紅茶を飲む。

だから笑えたし、人でいられたのかもしれない。

この後、一九九六年にはクメール・ルージュの№3だったイエン・サリを含む多くの同士がパイリンのジャングルから離脱した。

一九九七年には同派内の闘争、いわゆる内ゲバでポル・ポトの監禁がなされ、裁判によって終身刑が宣告された。

こうなるともう、クメール・ルージュという組織の死に体ははっきりしていた。

翌一九九八年四月にはポル・ポトが死去し、同十二月には後継のリーダーであったキュー・サムファンも投降した。

事実上、ここにクメール・ルージュは完全に解体された格好になった。

パイリンもアンロンベンも正しくカンボジアの人民の手に戻ったのだ。私達もジャングルから、プノンペンへと帰還した。

以降、国連を始めとする国際社会の働きかけがある中で、クメール・ルージュ裁判執行に向けて私達は忙しく立ち働いた。

証言や証拠集めと、しなければならないことはゲリラであったときより遥かに多かった。

命の危険は格段に減った。

その分、私達の精神は和平に傾き、だいぶ不安定にもなった。

口にはしないまでも、自分達が〈壊れ〉かけているという自覚は、この頃から生まれていた。

それでも耐えて国務とも言うべき内戦の後処理に働いていられたのはひとえに、サムデク・シハヌークという、私達にとっての象徴の光が健在だったからだ。

二〇〇四年にはノドロム・シハモニ王子に王位を譲り、以降は自身の療養のためにプノンペンと北京を往復する生活になったが、光は光であり続けた。

そしてとうとう、私達にとっての巨星が墜《お》ちたのは、二〇一二年十月のことだった。

サムデクは心不全のため、北京で死去した。八十九歳だった。

翌二〇一三年の二月には、プノンペンで国葬の儀式が執り行われた。

——頑張れ。頑張っていい学校を出て、サムデクの良き手足となるんだ。

カンボジアの独立、若きプリア・シハヌークの華々しいパレードから、もう六十年の月日が過ぎ去っていた。

深い悲しみに包まれた葬列が長々と続いた。

二月一日に始まった国葬は七日間続いた。

カンボジア全人民が喪に服した。

私達も大いなる悲しみに浸り、けれど、思うほど長くは続かなかった。

胸にぽっかりと穴の開いた気分だった。

その穴を常時吹き抜ける風は、冷たかった。凍えるほどだった。

巨星の輝きを失った無明の世界は、恐ろしいものだった。

このとき私の脳裏に浮かんだのは、幼い日に生き別れた娘・サリカの花のような笑顔だった。

スライも光を求める感情は私と同じだったようで、愛する妻、チャンリムに会いたいと呟いた。

三十四年に及ぶ空隙も、私達には関係なかった。

新しい希望は、胸中に暖かな光となって満ち溢れた。

「そうだな。行こうか。もうプノンペンに、私達の出る幕はない」

私達は、すべてを精算し、引き払い、旅に出ることにした。

まず目指したのは、ベトナムの首都、ハノイだった。

彼の日、サリカとチャンリムを託した下級将校、ソク・タムロンが目指したのがハノイだったからだ。

この旅は楽しかった。この旅ほど楽しい旅は今までなかった。

これからはいつでも、いくらでもできると、そんな夢を語った旅でもあった。

しかし、夢の旅はハノイまでだった。

ハノイで、私達の夢は砕け散った。

タムロンはいた。探すのは造作もなかった。

ハノイの夜の巷《ちまた》で、タムロンは堂々とした顔役になっていた。

私達が訪れを告げると、昔の面影は探しようもないほど肉がついた顔を露骨に歪めた。

——ちょっと待っててくれよ。ああ、みんな元気だぜ。今呼んでくらあ。

タムロンは出て行って、帰らなかった。

代わりに無数の銃口が私達を狙った。

けれど、タムロンの歪んだ顔を見たときから、私達はゲリラに戻っていた。

私達に銃口を向けた者達は一人残らず殲滅《せんめつ》した。

怯《おび》えるタムロンの両膝を撃ち抜いて動きを封じたのち、私達は娘達の行方を問い質した。

タムロンが知るすべてを聞き出すまでに、三時間とタムロンの手足の指十四本と、最終的に命そのものが必要だった。

「うぉぉぉぉっ」

スライの慟哭《どうこく》を、私は止めなかった。

私も心の中で、血の涙を流した。

タムロンに託してすぐ、落ち延びる最中でスライの妻・チャンリムの妊娠がわかったという。ハノイに着いてすぐ、チャンリムは無事に女の子を出産したらしい。

ヘム・スライ・マヤ。

それが、チャンリムが子供につけた名前だった。

マヤはすくすくと育ち、タムロンもこの当時は私が持たせた金もあり、真面目に三人の後ろ盾であったようだ。

この翌年に、ベトナムの隣国である中国では一人っ子政策が始まった。

ハノイから中国国境まで、わずか百四十キロほどの近さだった。この当時から影響は少なからずあったらしい。

月日が流れて八三年には、タムロンはチャンリムと良い仲になった。

それはそれで、私には理解できた。

スライも、奥歯を噛み締めながら許せると言った。

娘のことも妻のことも、私達は何年も放り捨てて顧みない格好になってしまっていた。

チャンリムが心の拠り所を近くにいる男性に求めるのは、自然なことだったろう。

サリカは八歳になり、マヤは六歳になっていた。幼い子供達にも、父親というものが必要だったかもしれない。

けれど、許せる話はここまでだった。

タムロンの愛情は四年しか保たなかったようだ。浮気がばれ、口論になり、結果、タムロンはチャンリムを殺し、ソンホン川に捨てたと言った。二人の娘はライチャウの置屋に売ったと叫んだ。

八七年のことだった。サリカは十二歳で、マヤは十歳になっていた。

タムロンから聞き出せたのは、ここまでだった。

私達はそのまま、中国とベトナムの国境地帯にある町、ライチャウに向かった。

置屋はすぐに判明したが、そこにはもうサリカもマヤもいなかった。

そこからさらに、中国国内へと売られていったという。

だが十二歳の子、十歳の子に客を取らせ、以降取らせ続けたと聞いた瞬間、この置屋はこの世から消える定めを負った。

燃え盛る劫火を背に、私達は、今度は国境を越えて中国国内に潜入した。

プノンペンを発してから、実に長い旅になった。

サリカもマヤも、生きていると信じられることだけが最後の希望だった。

だが——。

ブラックチェイン、黒い鎖。

遼寧省瀋陽にある、奴らの醜悪な〈牧場〉に突き当たったのは、一四年の二月だった。

私達はそこで、本当の意味での絶望を知った。

〈牧場〉は呼称の通り牧場で、売るための子供を産み、育てる牧場だった。サリカもマヤも、子供を産み続ける母体として買われたのだった。

九四年に、サリカは子供を産んだようだ。だが、産後の肥立ちが悪くそのまま還らなかったらしい。

十九年の、楽しいことの一つもしてやれなかった人生だった。

この翌年、マヤはアメリカに送られたという。十歳から客を取ったためか、マヤは子供が産めない身体になっていたのだ。

送られた理由は、殺す前の中国人が震える声で言った。

「臓器だ。現地で腑分けされて、売られるんだ」

スライがまた慟哭した。

楽しいことの一つどころか、まだ顔も見たことのない、抱き締めてやったことすらない娘だった。

サリカの産んだ名もない子も、二〇〇〇年にはアメリカに送られたようだが、もう私には涙を流す心はなかった。

〈牧場〉を潰した私達は、アメリカを目指すことにした。

幸い、牧場からアメリカのブラックチェインへの出荷伝票のようなものがあった。どこを目指せばいいかはわかっていた。

「取り返そう。娘の、孫の臓器は、私達のものだ」

私達はもう、復讐に狂ったゲリラだった。

狂ったゲリラでいなければ、心が崩壊して瀋陽の森から一歩も動けなくなりそうだった。

それではあまりに自分達も、死んでいった娘達も可哀そうだった。

「行こうか。これは私達の、最後の戦争だ」

誓いも新たに、ルートを見つけてどうにか私達が海を渡ったのは、二〇一四年の秋のことだった。

翌一五年中に、私達はアメリカ国内での臓器確保を終えた。

移植者の死亡により回収できなかった分はあったが、死亡は天に還ることであり、以て死亡で、娘や孫に無事届いていると信じた。

「さて、スライ。次だ」

「ああ、次だね。もう少しだ」

私達は、日本に向けて出発した。

プノンペンを出て、間もなく三年になろうとしていた。

私達の旅は、最後の旅は、まだまだ終わらない。

第六章　遠い心

一

翌日、純也の姿は新潟大の第二中央病院にあった。

正確に言えば、あり続けた、になる。

前夜の事件にギリギリのタイミングで駆けつけて以来、敷地の外には一歩も出ていなかった。

ギリギリは、間に合ったのか、遅れたか。

すべてに先んじて手を打てるのなら、そもそもギリギリのタイミングなどという言葉すら要らない。

ミシェルとゴードンの傷口、滋の遺体から腎臓を抜き出した手口。

ビクトリノックスのスキナー。

川越の霊園で純也を襲った、スイス陸軍採用のアーミーナイフが想起された。

おそらく、どこかで繋がっているのだ。

慙愧《ざんき》、悔恨。

好むと好まざるとにかかわらず、神であったなら。

純也はＩＣＵの外のベンチに座り、項垂れた顔をゆっくりと上げた。

ガラス張りのＩＣＵの中には、様々な機器に取り囲まれ、チューブに繋がれて眠るミシエルがいた。

襲われたのが最先端に近い総合病院の敷地内であったことは、間違いなく幸いだった。

ミシェルの頸部外科手術は成功し、一命は取り留めたようだった。

あと一時間、あと五ミリ違っていたら、手の施しようはなかったと聞いた。

これが間に合ったことの一つ、不幸中の幸いだ。

ただし出血が思いのほか多かったようで、心身の耗弱は間違いなくあり、しばらくはＩＣＵから出られないという。

これが間に合ったことの二つ、不幸中のギリギリの幸い。

ゴードンは、残念だった。

ミシェルを救急外来のストレッチャに乗せてすぐ、昨夜のうちに氏家には連絡を取った。

――なんだ。

時間など関係なく、すぐに出る男だとはわかっていたが、声は硬かった。

――手に余る緊急か。お前にしては無様《ぶざま》な時間だ。

仲間などではなく、純也はむしろ逆の位相に存在するといってもいい男だ。

そんな男が真夜中に電話を掛けるなら、寝覚めのいい話になるわけもない。

「一度だけ言います」

矢継ぎ早に、アメリカ大使館への連絡と、ゴードンの亡骸《なきがら》の後始末を頼んだ。

氏家の答えの最初に聞こえたのは、大きく吸い込んだ息の音だった。

――馬鹿な。小日向。それはなんの話だっ。誰の話だっ！

電話口の向こうで氏家の声は暴発するようだった。

――お前は一体、どこのなんに関わっているのだっ。答えろ！

嵐が過ぎるのを待つ余裕も必要も、持ち合わせてはいなかった。

「ブラックチェイン」

それだけ言えば、十分だった。氏家は黙った。

「お分かりでしょう。理事官。あなたが触る案件ではない。触っていい案件でもない。だから、私がやります」

氏家は黙ったままだった。

被せるように、新潟県警及び捜査本部との折り合い、マスコミの処理、操作。その辺のことを頼んだ。

病院関係者にも犠牲者が出ていたらまた、煩雑さの度合いは格段に違っただろうが、それはなかった。

地下に響く悲鳴を上げた看護師は、霊安室から出てくる小さな影を目撃しただけだった。臨終の患者があり、地下の段取りを確認しようと降りて来たらしいが、三人組だったことも、すぐに階段を駆け上がったことも賢明だった。

氏家には他にも頼みたいこと、念を押したいことはいくつかあるような気もしたが、まあ、目を瞑《つむ》って任せることにした。

承諾すれば氏家なら、隙間は自動的に埋めるだろう。

どんな事態であってもそのくらいの処理能力を発揮するのがつまり、キャリアという生き物だ。

わかった、とだけ氏家は言った。しかし、すぐには電話を切らなかった。

「どうしました？」

――危険な敵だな。

「そうですね」

少し間があった。

「どうしました?」

と、もう一度会話を促してみた。

――寺川がシグを携帯している。必要なら使え。言っておく。

「おっと」

シグ・ザウエルP239JP。

制式拳銃が使えるなら、それに越したことはない。

――勘違いするな。ブラックチェインの名が出た以上、これは奴らに運命を弄《もてあそ》ばれた、日本在住の黒孩子の代表としてだ。その怨み辛《つら》みの手助けだ。決して、俺の正義ではない。氏家はそんなことを喚《わめ》いたが、理由はどうでもいい。

「有り難うございます」

昨夜は、日付が変わる前にそこまでのことは済ませていた。

日付が変わっても朝が始まっても、捜査本部やマスコミの連中が病院に押し掛けるということはなかった。

オズの寺川だけが、理事官に聞いていますと明け方にやってきた。それだけだった。

氏家はすべてを、実にスムーズに上手く処理したようだった。

それから約六時間が過ぎた。正午近くなっても、ICU内のミシェルにはなんの変化もなかった。

　こういう場合、変化がないというのは少なくとも最悪ではないということの裏返しなのだろうが、もどかしさは積もるものだ。

　午後一時を過ぎる頃になって、携帯がメールの着信を知らせた。

〈今、電話いいですか〉

　猿丸からだった。

〈五分以内にこちらから掛ける〉

　純也は足早にICUの前を離れた。

　FBIの二人のことは鳥居には伝えた。

　昨夜のうちに田之上をつかまえ、その電話を借りて直接、猿丸には鳥居が状況説明をする手筈になっていた。

　口では何を言っても、猿丸は情の強い男だ。言えばきっと気にもするし、憂いもするだろう。

　とはいえ猿丸は、自身で潜ると宣言した公安作業中に、そんなことの情に流されるような男ではない。

　純也は一階に降り、ロビーからエントランスに出た。

　外来の受付だけはすでに始まっているようで、人の出入りがロビーにはずいぶんあった。

エントランスに出て、猿丸に電話を掛けた。すぐに出た。

――昼前に、増岸が警察に逮捕されました。

声には少し、張りが感じられた。

悪い内容ではなかったが、電話、つまり喫緊《きっきん》の連絡手段を選んだ以上、朗報だけでもないに違いない。

「そう。で、通話にした理由は？」

――そこなんすよ。

猿丸が前に出た感じだった。

――増岸には妻と娘がいましてね。どうやら犯人、例のシャドウ・ドクターでしたっけ、の、人質になってたみてえです。その二人が解放されたらしく、増岸は逮捕ってえか、出頭ですかね。

「ほう」

思わず感嘆の声が出た。

「そういうことか」

繁華街に出るか出ないか、ガードの緩む隙を狙って。

そんなことは、まるで問題ではなかったようだ。

身近な者に狙いを定め、殺させる。単純に狙いはそれだけだった。

いつどこで、ということも問題ではない。

思えば、死んでいるか生きているかもシャドウ・ドクターにはどうでもいいのだ。

奴らの目的は腎臓だ。

間違いなく娘の腎臓、それが取り出せればいいのだ。

死ねばどうとでも隙ができると踏んだのだろう。

たしかに、すべては殺させないための備えであって、死んだ後のガードは緩い、というか、ほぼなかった。

せめて残されていたのが、緩い病院のセキュリティとＦＢＩの二人だった。

見事にやられた。

シャドウ・ドクターの狙い通りに、事は進んでしまった。

（だけど）

純也は携帯を強く握った。

ここまでだ。

これ以上は、好きにはさせない。

「セリさん、それで？　人質のことかい？」

朝陽に向かって純也は聞いた。

そうっす、と猿丸は即答した。

——そこまでの命ぁ取らねえってことで無事解放されたみてえですけどね。けど、そっちが無事でも、こっちの中にゃあ、だからって増岸を生かしちゃおかねえって息巻いてんのが少なくねえんです。本人も女房子供もなんて、物騒なこと言っててんのもいて。なんとかなりませんかと、猿丸はそんなことを言ってきた。

「そうだねえ。情かい?」

増岸は女房子供の命を守るため、組織のトップに銃口を向けた。

命と命を秤に掛け、実働に移すことの是非はあるが、それにしても簡単なことではない。強い意思と、家族に向ける揺るぎない愛が必要だ。

猿丸は、情の強い男だと思ったばかりだった。

——仕事っす。未然に防ぐ。事件そのものも、人の悲しみも。それが公安の本分、じゃねえや。J分室の本分っしょ。

「当たりだ」

それでいい。猿丸は、それでいい。

猿丸だけではない。

人は、覗かなくていい闇を覗く必要はない。

考えよう、と言って電話を切った。

ＩＣＵ前のベンチに戻り、思考を沈めた。

親と子。
親は親、子は子。
家族と他人。
家族は家族、他人はしょせん他人。
愛情の反対を無関心と言ったのは、マザー・テレサか。
やがて、純也は身近に携帯の振動を感じた。
といって、振動のリズムは自分の物ではなかった。
「お。来た」
振動していたのは、ミシェルの携帯だった。受信があった。
昨日、ミシェル本人の手から託されてすぐ、指紋認証は解除しておいた。
メールのタイトルが〈疑問への回答〉になっていた。
送信者は誰でもよかったが、ＦＢＩクワンティコ本部の誰かだ。
添付の資料があった。
その場で開いて目を通した。
資料はさすがにＦＢＩ本部の報告書と思わせる、非の打ちどころのないものだった。
やがて、純也の目に病院の廊下らしからぬ光が灯った。
冴えた光だった。

理知に富み、誰しもに任せて足ることを思わせる、強い光だ。

純也はそのまま顔を上げた。

「そうか。二〇〇一年のマンハッタンね。そうだった。迂闊だった」

ここに、大方のすべてが繋がった。

川越の霊園で麦わら帽子の男が言った、

――甘美なデザートに取っておくことにしようか。うん。そうしよう。今はここまで。

あのフランス語の意味の理解も進んだ。

襲撃者があの霊園にいたのには、間違いなく意味があったのだ。

立ち上がり、真っ直ぐＩＣＵの中にミシェルを見た。

『君は君の戦いに勝て。僕は、僕のしなければならないことを完遂する』

純也なりのエール、だったろう。

それきり、もう後ろは見なかった。

純也は、また足早に病院から出た。

外にはいつの間にか、夕景が広がっていた。

エントランスからさらに外に出て電話を掛けた。

相手は、矢崎だった。

「ああ。師団長。お願いがあります。まあ、向こうのスケジュールにもよりますが。いや、そんなことは言っていられないか」

説明と快諾は、もしかしたら快諾の方が早かったかもしれない。

——すぐに手配をする。首に縄を付けてでもな。

「助かります」

電話を切り、大きく肩を回した。

「そろそろ、巻いていこうか」

純也は新潟の、茜《あかね》に染まる高い空に目を細めた。

口元には知らず、いつものはにかんだような笑みがあった。

〈ずいぶん、楽しそうっすね〉

鳥居がいたら、間違いなくそう言ったはずだった。

二

火曜日、猿丸は朝から大嶺屋敷に詰めていた。

滋が増岸の手でハジかれた土曜の夜以降、少なくとも辰門会のお膝元である北陸の系列組織からは陸続と人が集まってきた。

日曜日の朝には、それこそ増岸の捜索態勢は四百人どころではきかなかった。

その午後、一時半近くに滋の死亡が確認されてからは、集まってくる数も当然増えたが、辰門会本部周辺に漂う気配というか雰囲気が、明らかに冷え冷えとした剣呑さ、危うさを増した。

県警側も図ったように、辰門会本部及び大嶺屋敷周辺にあからさまな警戒検問を実施し、組関係者の暴発に目を光らせた。

その甲斐あってというか、増岸は出頭し、警察の手によって逮捕された。

そんな一報が辰門会本部にもたらされた。

猿丸は、交代の本部番として波花組の若い衆と事務所に詰めていた。

「おう。増岸の野郎、今さっき、佐野で栃木県警にパクられやがったってよ。その辺の全員よ、引き上げだぜぇ」

屋敷方から、本部事務所に飛び込んできた波花の若頭が苦々しげに吐き捨てた。

早過ぎる情報の出所は、間違いなく県警本部、おそらく組対辺りだろう。

持ちつ持たれつは、警視庁もどこも一緒だ。

一瞬空気が落胆に流れた中、引き上げの連絡を各所に飛ばし終えた頃、猿丸の携帯にも個人的な情報が入った。

捜査本部に潜り込んだ寺川からだった。時間の経過もあり、情報は格段に精度を上げていた。

佐野のアウトレットで人質の解放があったようだ。妻子の無事を確認し、増岸はそのまま佐野警察署に出頭したということだった。

もちろん、同時に妻子の保護も兼ねての行動だろう。

増岸も妻子も、全員が誘拐及び脅迫の犯人については、顔も見ていなかった。

鍔の広い麦わら帽子をかぶった、身長は百六十センチ前後、痩せた男ということしかわからないという。

ただ、会話が一切なく身振り手振りも多かったということで、日本人ではなさそうだというのは人質として監禁されていた母娘の感想だった。

では必要な指示はどう、と思えば、すべて翻訳機のデジタル音声でなんの問題もなかったという。

特に増岸に犯人は、翻訳機の音声で〈大嶺滋を殺せ〉と繰り返したらしい。

と、以上が寺川からの情報だった。

付記として、増岸の出頭で辰門会本部及び大嶺屋敷周辺の検問は、二十四時間以内に解除されるということだった。

オズの氏家に拠る情報操作や圧力もあり、今のところ捜査本部内では大嶺滋の殺しと、臓器強奪は切り離されている。今後もこれは公安案件として、セットになることも表になることもないだろう。

ただし、殺された方の滋の関係者、大嶺英一と辰門会の主だった者達は知っている。

病院側からの計画された〈内通〉により、遺体から臓器が抜かれたという話は、〈秘かに〉辰門会側に伝えられた。

猿丸は、水井からそのことを直接聞いて知っていた。

「早く引き取ってください。そうでないと、警察が介入することになります」

そんな文言を病院長の言葉として、事務方を名乗る氏家のところの誰かが大嶺英一に直接告げたようだった。

それにしても、

〈手前ぇら。会長の腹ん中からよ、腎臓抜きやがった東南アジア人、とっとと捕まえてこいやぁ〉

などという与太めいた檄《げき》は、どの組長も自分の組のチンピラにさえ飛ばせなかった。

だから――。

増岸の逮捕により、一旦の去就は各組長判断に任された。

近々の葬儀のこともある。

納得してそれぞれの拠点に戻っていった連中も多かったが、中には増岸の命ぁ殺《と》るまで、と息巻く組長以下の若い衆もいた。

理事長の川瀬勝規が率いる、直系最大の新和会などは末端の若い衆に至るまで、全員がまだ獰悪に猛っていた。

――増岸ぁ、死ぬまで追い詰めるぜ。

――その前に、ムショにヒットマン送るって手もある。

猿丸は主だった幹部連中に混じり、大嶺屋敷の中にいた。

「どさくさに紛れてよ、至道会の手にあんたまで殺られちゃ目も当てられねぇ」

水井がそんなことを言い、水井の目の届く範囲ということで屋敷に入れてもらった格好だ。

まだ二百人を超える外部の連中がうろつき、全員が本部事務所の中に入れるわけもなく、外に溢れさせるわけにもいかず、必然的にガレージと離れは開放された。

五十人は流れ込んだ。

――妻も娘も、喰っちまおうぜ。

――そうだな。喰って売るか。

――そんでよ、ヤられてる写真、ムショに送り付けてやるか。

聞くに耐えない話は、身動きの取れない時間の中でさらに腐っていった。

辰門会本部及び大嶺屋敷周辺の警戒検問が解除されたのは、そんなときだった。

そうして、腐った話が腐り切る前、一陣の秋風が大嶺屋敷に吹き込んだのは、それからおよそ一時間後だった。

幹部連中はほぼ全員が居間にいて、酒を呑むなり博打に興じるなり、思い思いに過ごしていた。

二十人はいただろうか。

――なんだ。手前ぇ。

――コラッ。舐めんじゃねえぞ。

居間にいた全員が顔を向けたほど、外の庭が騒がしかった。

猿丸も庭に目を向け、思わず声を上げそうになった。

庭のど真ん中に、純也が立っていた。

その奥、入口ゲート付近までの間に、何人かの男達が悶《もだ》えるように転がっていた。

(うわっ)

強行突破ということか。

手段としては有りだが、猿丸には出来ない。

すぐに三十人ほどが取り囲んで、今にも飛び掛からんばかりになった。

殺気は猿丸にも分かるほど十分だ。

だが、

「ああっと。静かに静かに。警視庁」

純也は内ポケットから証票を取り出し、掲げて見せた。

飄々《ひょうひょう》として堂々とした、中東の匂いのする警視庁の男。

風貌も振る舞いも、イケイケの若い衆を戸惑わせるに効果は絶大だったようだ。

殺気が一瞬にして霧散した。

――ああ？　げっ。

覗き込んだどこかの組の若い衆が、潰れガエルのような声を出して後退り、こちらに駆け寄ってきた。

居間の全面ガラスを引き開け、組長と叫んだ。

「ああ？」

前に出たのは川瀬だった。

初手は胡散臭げだったが、耳打ちされると表情は一変した。

「け、警視だと。それにお前ぇ、小日向って」

それだけで居間の全員がざわついた。

お天道様の下を歩けない連中ほど、深い闇を知る、とでもいったものか。

見ればガラス越しに、大嶺英一が純也に手招きをしていた。

それだけで、三十人からのチンピラの中に道が出来た。

「どうも」

臆することなく、気負いも衒《てら》いもなく、一陣の秋風が居間に吹き込んできた。

英一はソファで、足を組んでいた。

純也は真っ直ぐその前に進み、直前に至って見下ろした。

英一も動じることなく、座ったまま見上げた。

「この国の嫌われ者が、一体全体、辰門会本部になんのご用かな」

なるほど、こうして外部の人間に向かうとさすがに英一も貫禄だった。

相続の対抗馬だったと聞く川瀬の方が露骨な嫌悪を剝き出しにして、時代遅れに感じられた。

老害、と言うやつだ。

「へえ。私のこと、よくお分かりのようですね」

「まあ、全部とは言わないがね。ヴェールの奥は覗く気も起きない、ってとこかね」

「上々です。その方が身のためだ」

憤りが起こった。

英一ではない。

川瀬とその周辺だった。

水井がそれとなく川瀬の後ろに回った。

阿吽《あうん》の呼吸と言うやつだろう。

おそらく英一の許可なく暴発しそうになったら、身体を張ってでも止めるのだ。

猿丸も遅れて動いた。

一宿一飯は、面倒臭いほどに重い。

「会長から腎臓、抜かれましたか」

全体を見回し、純也が言った。

英一がさすがに眉根を寄せた。

「なんだって？」

「わかってます？　この事件の全体像。この一連の事件は、肉親の愛情が始まりにしてすべてでした。親が子を思う気持ちが、事件を起こした」

「――なんだ、そりゃ」

【Je《ジュ》 vais《ベ》 Ramener《ラムネ》 ma《マ》 fille《フィーユ》（娘を取り戻す）】

純也のフランス語は流暢すぎて、猿丸にはわからなかった。

純也は英一に笑い掛けた。冷ややかな笑みだった。

「犯人は娘を取り戻すと、そう言ったそうです。腑分けされ、売られていった娘の臓器を取り戻すと。この事件は、そういった事件です。つまり」

純也は英一に顔を近付けた。

「あなたが引き起こした事件、と言っても過言ではない」

色めき立つことさえ許さない氷の声色、眼光。

触れれば切れる、いや、死をさえ想像させる気配。

死神の出来。

猿丸でさえ、一瞬だけだが身体が震えた。

英一はただ、こめかみから汗を落として呻《うめ》いた。

わずかにも動いたのは川瀬だった。

「だ、だったら、なんだってんだ。脅しに来たのか。目的は、なんでえっ」

少しだけ、猿丸は川瀬勝規という理事長を認めた。

絞るようだったが、声が出せるだけでさすがだ。

純也が英一から離れた。

それだけで居間全体が緩むようだった。

「命一つ。いや、三つ。バーターといきませんか」

「なんだぁ」

英一が顔を上げた。

純也はまた笑い掛けたが、今度は猿丸も知る、いつものはにかんだような笑みだった。

「こちらも、親が子を思う気持ちを狙われた事件です。まあ、とある議員のように、子を道具としか思わないのもいますが」

「なんなんだ。わかるように言え」

「いや、失礼。つまり、増岸一家の命、もらい受けようかと」

「──ああ？」

ふざけるなっ、と先に声を荒らげたのは川瀬だったが、純也は受けもしなかった。

「臓器売買、してましたよね。不問に付すってことでどうでしょう。司法取引ですかね」

英一が目を細めた。

いや、笑ったか。

「ふん。どこにそんな証拠がある。タダ取りするつもりか？　さすがにそれは、組のメンツにかけても」

「メンツなどどうでもいい」

純也は最後まで言わせなかった。

「それとも、メンツのために戦いますか。僕と。本物の戦争を。それこそ、海から山から空から、眠る暇はないでしょう」

英一は──笑わなかった。

川瀬も──それ以上声を荒げなかった。

わかっているのだ。

冗談でも法螺《ほら》でもないことを。

英一はソファに深く沈み、天井を見上げた。

勝手にしろ、とそれだけを言った。

純也は一礼し、背を返した。

どうするのかと思っていると、直角に曲がるようにして猿丸に寄ってきた。

「お前、ついて来い」

「へっ？」

意表を突かれた反応は、本物だった。

「お前のことは知ってる。新宿の田之上の所に出入りしてた瀧だろう。ＶＧファンドの。出資法違反、金融商品取引法違反で生安の生経から逮捕状が出てる。置いていくわけにはいかないね」

「へっ？　えっ？」

すぐには飲み込めなかった。

一宿一飯の関係で、思わず水井を探してしまった。

腕を組んで水井がうなずいていた。

「ま、留置場なら至道会も追っちゃこめえ。こっちもまだガタガタすらあ。しっかりな」

どうもしっくりこないが、取り敢えず純也の後につく。

「ありゃ」

声になった。

ゲートの向こうには、長岡ナンバーのＰＣが停まっていた。

「これで来たんすか」

助手席に乗り込んだ。すぐに発進した。

「うん。そうだよ。ああいう手合いを端から黙らせるには便利かなと思って借りてきた。まあ、目論見は外れて何人かはちょっとした怪我をしたけれど」

「なんか分室長らしくなく、強引っすね」

「言わないで欲しいね。頼んできたのはセリさんだよ」

「そうでした。助かりました」

頭を下げた。

ただ、純也を見れば表情がかすかに硬かった。

長い付き合いになる。

辰門会の幹部連中を直前にしても動じない男の心が、猿丸にはわかった。

純也には間違いなく、深い憂慮があった。

「で、なんでですね？」

声を掛ければ、

「敵わないね。セリさんには。ああ、メイさんにもだけど」

表情がかすかに半分だけ緩んだ。

「まあ、多少強引に仕掛けたのは、セリさんに言われたからだけじゃなくてね。さすがにちょっと、人手が足りない感じになってきたんだ」

「ええっと。すいません。波花組呆けでよく理解できないんすけど」

ケイタ・イヌヅカ。

前を向いたまま純也はそう言った。

「この名前がね、ＦＢＩからのリストにあったんだ」

「へ？　ケイタ・イヌヅカ。啓太君っすか」

純也はうなずいた。

「彼の心臓もまた、ターゲットだったんだ」

「――はあっ？」

それきり絶句しているうちに、借りてきたＰＣはおそらく押畑署長の柏崎警察署を目指し、新潟西ＩＣに走り込んだ。

三

水曜日の夕刻だった。

朝からの霧雨がいつになっても止まず、鬱々として視界が悪い一日となった。

鳥居の運転するレンタカーが、藍誠会横浜総合病院のエントランスに滑り込んだのは、四時を大きく回った頃だった。

都内から走ってきたが、雨のせいか、途中渋滞が二カ所あって予定より十五分ほど遅れた。

鳥居は腰を伸ばすようにして、ゆっくり運転席から降りた。

大きく張り出したファサードのお陰で、雨に濡れることはなかった。

「じゃ、連れてくっか」

鳥居は腰を叩きながら呟き、人気《ひとけ》の少なくなった病院の外来ロビーに入った。

すると、最後列の椅子から立ち上がった二人がいた。

重守幸太郎・彩乃の父娘だった。

鳥居を見て彩乃が小さく手を振った。そもそも朗らかな娘だが、日曜の初見よりさらに慣れた感があった。

比べて、父親の方は最初から表情が暗かった。

この場だけ見れば、間違いなく政治家向きなのは娘の方だった。

「お待たせしました」

鳥居は二人をレンタカーに誘った。

後部座席に父娘を乗せ、鳥居はレンタカーを発進させた。

――メイさん。今、どこだい？

月曜の夕方に、そんな連絡が純也から入った。

漆原や鳥居の神奈川県警にあるスジと交代だが、このときはちょうど自身が重守家の警戒をしている最中だった。

「ええっと。横浜ですが。重守家の斜向かいで」

――じゃあ、ちょうどいい。そっちの準備が整い次第、重守彩乃を連れて保土ヶ谷の駐屯地だ。

保土ヶ谷の駐屯地とは通称で、陸上自衛隊横浜駐屯地が正式な名称だ。

ああ、たしか啓太がミックス・マーシャル・アーツを習っているところかと漠然と思っていると、

――通用の許可は師団長に頼んだ。啓太君もすぐに行くと言ってくれた。彼はもう入っているころかもしれない。メイさんも、出来るだけ早いうちに入ってほしい。

「えっ。啓太もですか？　いや、分室長。いくら人手不足だからって、まだ学生を巻き込むってなぁいくらなんでも」

さすがに少し無茶な気がして、声が尖ったかもしれない。

――メイさん。手伝いじゃない。当事者なんだ。

「えっ」

——犯人が狙う残りは、腎臓一つと心臓だ。わかるかい。心臓なんだ。

「えっ。——あっ」

ようやく理解出来た。

出来たが、なんという——。

——そう。啓太君の心臓だ。重守彩乃の腎臓と圭太君の心臓は同じドナーから提供され、
いや、摘出されたものなんだ。

鳥居は一瞬、眩暈《めまい》を感じた。

啓太は、懸命に生きているだけなのだ。

その命、その生活を守ろうとして働き、親父は死んだ。

なぜまた天は、そんな命に死の大鎌を振り上げようとするのか。

いや——。

この世に神は、いないのか。

——メイさん。大丈夫？

純也の声が、降るように聞こえた。

啓太の心臓は滑川の野坂清美、横浜の重守彩乃と同じ、二〇〇一年六月二十四日にマン
ハッタン周辺の病院で摘出された、小さな命のものだと純也は説明した。

野坂と重守はマウントサイナイ医科大学で、そして啓太は、コロンビア大学で移植手術

を受けた。

犬塚がどこから移植手術の情報を入手したのかは、本人が死んでしまった今となっては曖昧だ。

ただし、辰門会の大嶺英一に辿り着いていたことだけは間違いない。

純也が犬塚に用立てた八千万は、大嶺の懐からUSブラックチェインに分配されたのだろう。

小さな命の臓器は、

心臓　犬塚啓太
角膜　アメリカ（一五年八月・殺人・シャドウ・ドクターだと推定される）
肺一　アメリカ　移植後死亡
肺二　アメリカ（一五年十月・殺人・シャドウ・ドクターだと推定される）
腎臓一　アメリカ　移植後死亡
腎臓二　重守彩乃
肝臓　野坂清美（一六年五月・殺人・シャドウ・ドクターだと推定される）

そして、ミシェル達が追っていた九五年から九六年に掛けての移植臓器は、

肺一　アメリカ（一五年一月・殺人・シャドウ・ドクターだと推定される）
心臓　アメリカ（一五年三月・殺人・シャドウ・ドクターだと推定される）
肺二　アメリカ（一五年五月・殺人・シャドウ・ドクターだと推定される）
腎臓一　大嶺滋（一六年九月・代理殺人・シャドウ・ドクターだと推定される）
腎臓二　アメリカ　移植後死亡
肝臓　伊奈丸甚五（一六年六月・殺人・シャドウ・ドクターだと推定される）
角膜　金獅子会組長の妻（一六年二月・殺人・シャドウ・ドクターだと推定される）
小腸　伊予松山・名家当主（一六年四月・殺人・シャドウ・ドクターだと推定される）

　という配分らしい。

——日本人の氏名は別として、ベースはFBI本部調べだから、取り敢えず信じていいと思うよ。うちより確実に人数も多いし。確度はまあ、悔しいけど高いよね。

　と純也は言った。

　残るは、啓太の心臓と重守彩乃の腎臓だけだった。

だからまず啓太を保土ヶ谷駐屯地に押し込んだという。

「分室長。それってその、啓太にはなんて言ってですかね」

鳥居がモゴつくと、純也は優しいね、と笑った。

――そのままズバリを話したよ。メイさん、彼はもう大人だ。僕は彼を、話すに足る人物だと判断した。

啓太は聞き返しもせず、即答で了解したという。

「分室長。啓太ぁ、強いっすね」

――今さら何を言ってるんだい。当たり前じゃないか。あのシノさんの、犬塚健二の息子だよ。

「そうっすね。そうだわ。迂闊でした。抜けてました」

それから、重守彩乃の話になった。

鳥居はそのまま重守家周辺に待機し、重守議員の帰宅を待った。

日曜からは連日、重守は新赤坂の宿舎ではなく、横浜の自宅に帰ってくるようになっていた。

この日の帰宅は十時過ぎだった。

「議員。お疲れのところ申し訳ありませんがね」

「なんだ」

家に入る前の重守を捕まえ、取り敢えず掻い摘んだ話をした。

重守は顔色一つ変えなかった。

「明後日だ」

それだけ言って家に入ろうとした。

「いや。議員、聞けねえ。この緊急時に明後日って、娘さんの命以上に、なんの大事があるってんですかっ」

さすがに鳥居の語気が荒くなった。

するといきなり振り返り、

「大事はな、藍誠会横浜総合病院だ」

と、重守が半笑いで言った。

「は？」

「鳥居さんと言ったか。皮肉だな。明日から明後日に掛けて、彩乃はその狙われた腎臓に関する検査入院なのだ。そのためにハワイから帰ってきた。わかるかな。彩乃はね、二カ月に一度、必ず命のメンテナンスに帰ってくるんだ」

鳥居には、ああ、としか言いようはなかった。

啓太だけが先に入ることになり、彩乃の保土ヶ谷駐屯地入りはこのような理由で、どうしようもなく水曜日になった。

四

藍誠会横浜総合病院前からレンタカーに重守親子を乗せ、鳥居は保土ヶ谷駐屯地へと向かった。

駐屯地には先に入った啓太がいて、猿丸も待機しているはずだった。

病院から駐屯地は直線で見れば六キロ弱だが、横浜は一方通行も多く道延べになると十キロを超える。

霧雨と夕暮れにより、視界はさらに悪くなった。

鳥居は背後に注意したが、不審な車両どころか、ライトの点灯がなければ後続車がいるのかどうかさえ定かではなかった。

「ちっ。よく見えねえや」

平戸桜木道路を過ぎ、中央図書館の辺りで渋滞にはまった。

こういうときは、立ち止まることが一番怖い。

「迂回します」

重守に断り、鳥居は大通りから左折で丘陵地帯に入った。

野毛山公園の辺りだった。一方通行の進入路もあったが、出来るだけ大きな道を通るべく直進した。

公園交番前を通り、野毛山動物園と公園の間を過ぎてから鋭角に右折で曲がって下りに入り、藤棚町の交差点を目指すつもりだった。

と――。

いつの間にか背後についていたオフロードバイクが、猛スピードで追い越しを掛けてきた。

「なんだぁっ」

鳥居の驚愕はしかし、起ころうとする事態に行動として間に合わなかった。

バイクは鳥居が曲がろうとする方向から、この日が晴れなら間違いなくタイヤから煙が上がるようなブレーキターンで急転回し、そのままのスピードで吹っ飛んできた。

文字通り、吹っ飛んできたのだ。

「うおっ」

ハーフメットの男はウイリーの状態になったバイクを、あっさり手放した。バイクだけが飛んできた。

避けることは不可能だった。

鳥居に出来るのは目一杯ブレーキを踏むことと、フロントガラスを突き破って突っ込んでくるバイクの直撃を避けることだけだった。

「キャアッ」

「ぐほぉっ」

後部座席の悲鳴も苦鳴も聞きはしたがどうにもならなかった。

エアバッグが開いてバイクの直撃は避けられたが、そのせいで鳥居はまるで身動きが取れなかった。

運転席側から、ヘルメットを捨てた襲撃者がゆっくりと寄ってきた。

身長は百六十前後か。

雨に煙るようではあったが、肌の色、目の色、男は明らかに東南アジア人の特徴を備えていた。

「そ、そっちから、に、逃げろっ」

鳥居は叫ぶように助手席側を指示した。

彩乃がまず飛び出し、父の手を引いた。

「パパっ！」

逆だろと言いたいが、鳥居はエアバッグと格闘するのが先だった。

ちょうど助手席側の向こうが、野毛山公園への階段とスロープだった。

父娘が駆けて行った。

鳥居の脇にいたバイクの襲撃者は、暫時考えるように車内の鳥居に目を据えた。

一瞬、燃え上がる殺気を見た気がした。

恐ろしいと思えるほど濃く、寒気がするほど青白い殺気だった。

後続車が一台走り来て、単純な事故だとでも思ったものか、クラクションを鳴らしながら通り過ぎて行った。

すると襲撃者は、時間の無駄とばかりに殺気を消した。

鳥居には興味を失ったようで、特に何をすることもなく公園の中に駆けて行った。

渾身の力で藻掻き、助手席側に身体を振ってようやく鳥居はエアバッグの圧迫から脱した。

そのまま車外に転がり出ると、首のすわりが異様に悪かった。

腕も痺《しび》れた感じで、むち打ちの症状は明らかだった。

「ん、なろっ」

それでも、追うしかなかった。

ちょうど、光電管が働いて街灯に明かりが灯り始めた。

雨の粒がはっきり見えた。襲撃者の背中もだ。

懸命に追って、鳥居も三人に続いて公園内に入った。

スロープの先に、まだ父の手を引く娘の姿も見えた。

「パパっ。早く！」

その後ろに、追い掛ける襲撃者がもう十メートルに迫っていた。
放して、捨てて逃げろ、と言ってやりたかったが、声にならなかった。
純也に言われた通り、鳥居はシグを携帯していた。
けれど、右手が痺れたようで上手く機能しなかった。
撃てば撃てるが、命中させる自信は、逸れて奥の父娘に当たる可能性より低かった。
「ホホウ」
襲撃者が引き抜いた何かが、街灯に撥ねてオレンジ色に光った。
大型のナイフだった。
「キャッ」
彩乃が足を縺《もつ》れさせた。転んだ。
あと十メートルで向こう側への階段という辺りだった。
重守の方も膝をついた。肩で息をしていた。
万事休す、だった。
（南無っ）
思わず目を瞑ってしまった。
しかし――。
「うぉぉぉっ」

雄叫《おたけ》びが上がった。

間違いなく襲撃者のものではなかった。

「娘に、何をする気だぁぁっ」

目を開ければ、重守が襲撃者に向かって走っていた。

オレンジの光がその背中に振り下ろされた。

「ぐっ」

間違いなく重守は傷を負った。

それでも重守は、いや、父というものは怯《ひる》まなかった。

「彩乃、逃げろぉぉっ」

タックルで組み付き、濡れたスロープを滑るように転がってきた。

鳥居のすぐ近くで止まった。

「議員っ！」

重守を引き剝がし、鳥居は引きずるようにしてスロープを上がった。

彩乃までは行きつけなかった。

重守が苦しそうだったからだ。

見れば重守の背中には、アーミーナイフが突き立っていた。

「クックックッ」

坂に転がった襲撃者が、明らかに笑った。

「クックックッ」

笑いながら、ゆらりと立ち上がった。

危機はまったく、去ったわけではなかった。

襲撃者が一歩を踏み出した。

そのときだった。

――フォンッ。

深い駆動音が鳥居の真後ろから聞こえた。

鳥居だけでなく彩乃も振り返った。

次の瞬間、下りの階段からバイクのライトが天へ伸び上がった。

それだけにとどまらず彩乃を越え、宙に飛び上がった黒い塊は、まるで宙から降ってくるようだった。

雄姿を現したのは、ドゥカティだった。

ドゥカティ・ディアベルチタニウム。

純也の愛車だ。

霧雨に濡れた黒のライダースーツ、黒のフルフェイス、そして艶めく漆黒のバイク。

純也はまるで、夜の鴉《からす》だった。

鳥居の脇でドゥカティを停め、ヘルメットを脱いだ純也は、穏やかな眼差しを重守に向け、鳥居に向けた。

「父は父か。何を言っても親は親。そんなことを長島部長に言われたっけ。傷はどう？　メイさん。深い？」

「いえ。大丈夫でしょう。深いっすけど、大事なとこは逸れてるみてぇですから」

「そう。それはよかった」

街灯のオレンジを映した目が、鳥居には泣いているようにも見えた。

バイクから降り、純也は前に出た。

「さすがに陸自の駐屯地内には手が出せなかったかな。二日遅れが、誘いとなって僕らのアドバンテージになったようだね」

「ええっと。分室長。もしかして、狙ってました」

純也は答えず、フランス語で襲撃者に何かを話し始めた。

カンボジア、それだけは鳥居にもわかった。

襲撃者も何かを答えた。

フランス語の会話が何ターンか続いた。

やがて驚くことに、実に穏やかな顔で襲撃者が笑った。

達観、そんなふうに鳥居には見えた。

穏やかな顔で笑ってもう一本、新しいナイフを取り出した。

純也が肩越しに鳥居を見た。

憂いを含んだ、けれど強い光の目だった。

「メイさん。行っていいよ。彼はもう、彼女に手出しはしない。向こう側から降りてタクシーでも拾えばいい」

「え、あ。でも、レンタカーが」

純也は、ふっと笑った。

「相変わらず、メイさんは心配性だね。でも、事故は事故だから、もうすぐ公園前交番から地域課が来るだろう。だから車は、一旦は任せればいいさ」

「はあ。――あの、で、分室長は」

僕はね、と言って純也はもう一歩前に出た。

それだけで、世界が転変したような感じがした。

鳥居の目には純也がどこかへ、足を踏み入れたように見えた。

「大丈夫。彼の悲しみ、当《あ》て所《ど》ない彷徨は、僕が終わらせる。それが、この場を収める条件だった」

有無を言わせぬ冷たさがあった。

いや、非情は有情を超えたところにあるのかもしれない。

「了解です。――あの」

「ん？」

「気をつけて」

それで鳥居は動き出した。

もう後ろは見なかった。

重守に肩を貸し、彩乃に近付いて階段に向かった。

「あの」

彩乃が心配そうに背後を振り返った。

「いいんですか。分室長さん、一人にして」

「なあに。本人が大丈夫だってんだから、大丈夫でしょう」

「でも」

「あんたは親父さんの心配だけしてればいい。親父さんだって、放っといたら出血多量でどうにかなっちまう」

「えっ。――あっ」

彩乃はここで、ようやく重守の背中に突き立った大型ナイフに気付いたようだった。

「何これ？　パパぁ！」

いきなり彩乃の目に涙が溢れた。

いい父だ。

いい娘だ。

(ねえ、分室長)

だから——。

任せましたよ、と心だけでエールを送る。

(なぁに。心配はしてませんぜ。分室長が大丈夫って言ったんだ。大丈夫なんですよね)

分室長も。

犯人の魂も。


【やあ、久し振りだね、Jボーイ。待たせたかな。ダニエルから話は聞いていたが、こっちはまだまだ粛清の嵐が止まないのでね。色々と、手当てしなければいけないことも多くて。困ったものだ。ラオスまでの鉄道も目途は立たないし。中国の一帯一路は一体、どこへ向かっていくんだろう。

ん? おお、これは別に駄洒落《だじゃれ》ではないよ。そんな考えてもいない。本当だよ。

ええと、さて、依頼の件だがね。

そう、わかったよ。なかなか悲しい話にはなる。ただ、東南アジアにはゴロゴロ転がっている類ではある。これまでも、まあ、もしかしたら、これからもね。

情報はまず、ブラックチェインを作った彼、例の張源《ちょうげん》という野心家に追い落とされた徐才明の資料にヒントがあった。黒孩子の海外運用組のことも、どこにどういう組織で何人が、そんないくつかの資料も、前回の君からの依頼の時に出ていたしね。

結論から言えば、今回の首謀者は、ソンナム・ヘム・ハインというカンボジア人だ。

この男にまで遡る過程で、最初は遼寧省瀋陽のあの、焼き払われて今は無き、黒孩子の〈牧場〉を当たったんだ。

不審は見つけられたよ。よくよく調べてみればね、徐才明の失脚より牧場の消滅の方がわずかに早いようだった。

これは想像の域を出ないが、牧場を壊滅させたのはね、このハイン達かもしれない。肉親の情は執念と燃え、だね。

改めて思う。人は心で生きるのだね。反対に、心で死ぬことも往々にしてよくあるけれど。

ああ、横道に逸れた。

いいかい、Ｊボーイ。このハインは、一時はサムデク・シハヌーク近くにも仕えていたことがあるようだ。クメール・ルージュのポル・ポトとも近かったらしい。

それで最後はおそらく、ＰＴＳＤゲリラだったんだろう。アメリカ兵のベトコン症候群生まれたばかりで死んだ娘が、サムデクのようにね。

サムデクが死んで、解き放たれた彼は目的を失ったようだ。それで、生き別れた娘を探そうとしたようなんだが。

え、もう一人？　俺の分は済んだって言ってたって？　十分だと。もういいと。ふうん。

Jボーイ。今、生き残っている移植者達の手術は、二〇〇一年で間違いなかったね？

ああ、そうかい。なるほど。

ならばそれはね、ハインの弟の、ソンナム・ヘム・スライだろう。ハイン夫妻とスライは、三人でサムデク近くに仕えていたらしい。

間の細々とした話はね、ただ悲しいだけだから省くが、娼窟に売られ、そこから黒孩子の〈牧場〉に売られた娘らがいる。ハインの娘とスライの娘だ。

ただし、ハインの娘はそこで子供を産み、死んだ。そうして後に、スライの娘は子供が産めなかったということで臓器として売られたんだ。

つまり、臓器にされたのは正確には、ハインの孫とスライの娘ということになる。

満足だと言ったのなら、スライの娘は戻せるものすべてを取り戻したということだろうね。仏教的に言うと、これで成仏できる、といったところだろうか。

ただ裏を返せば、その分、兄貴の方はまだ彷徨《さまよ》っている。気を付けることだ。

さて――。

Jボーイ。私の話はここまでだ。費用は前回同様、私が運用しているサイトをKOBIXか日盛貿易が、そうだね、二時間くらい借り切りで広告を打ってくれればいいよ。え、いやだな。そんな疑心暗鬼になることもない。前回のときも言ったが、私はそんなに強欲なつもりはさらさらないからね。

今回は、前回の資料をもとに遡っただけだし、賄賂も時間も特にビックリするほど掛かったわけでもないしね。

まあ、昆明・ビエンチャン鉄道の六十億ドルを、KOBIXか日盛貿易が出してくれるなら嬉しいけど。

え？　ああ、日盛貿易ではさすがに無理だね。わかってるわかってる。でも、夢物語にはしたくないね。

Jボーイ。その辺の話で、今度一度、久し振りに酒でも呑まないかい？　都合をつけてくれるなら、私がそっちに行ってもいい。

ああ、そのときは久し振りにお嬢も呼ぼうか。

え、お嬢は誰だって？

決まってるじゃないか。

小田垣観月。

Jボーイ。君のかわいい後輩だよ】

五

九月十六日金曜日の、午前十時半過ぎだった。

純也はこの日、黒のスーツに身を包んで青山墓地にいた。正確には、青山墓地の西側に位置する立山墓地だ。

そこは、小日向家累代の墓がある場所だった。

青みを帯びた庵治石《あじいし》の堂々たる碑が立つ墓所には、無数の花束が飾られていた。

霧めくほどの線香の煙と和尚の重々しい読経は、まったくの無風の中、まるで天に立ち上るかのようだった。

この日は、小日向良一の四十九日法要と決められた日だった。

猛暑の一日だ。

蟬の鳴き声もゆく夏の最期を知らせるように、朝から激しく、喧《かまびす》しかった。

墓前には正面に和尚で、その背を空けるようにして右手に、喪主である良一の妻・静子を先頭に、老母を支えるように長男の良隆が立った。

良隆は八年前に不妊を理由に離婚していたから、次に並ぶのは長女の恵美子《えみこ》だ。

その後には塊のように、和臣の次兄である、現ＫＯＢＩＸ建設会長の憲次《けんじ》とその家族がいた。

縁戚としてその中には、憲次の妻・美登里の兄、三田聡《みたさとし》もいた。年齢もあって政界からすでに引退はしたが、聡は前内閣総理大臣で、今も政界に隠然たる力を持つ男だった。

墓前の左手にはまず、現内閣総理大臣の和臣が立ち、和也とその家族が並び、和臣の長姉栄子《えいこ》と夫の加賀浩《かがひろし》、息子でＷ大准教授の大樹《だいき》が立った。

見ようによってはまあ、錚々たるメンバーといえる。

純也は一団から線を引くように一歩下がり、墓所と通り道の境にいた。

内なるようで外でもあり、近いようで隔絶の位置取りだった。

純也の後ろというか、墓石から純也までの距離より離れてはもう、まったく他人の墓参者か、総理大臣担当のＳＰ連中くらいしかいない。ＳＰに配慮してか、この日はオズもいなかった。

本来から言えば純也は招かれざる〈客〉であり、本人として列席する予定のない法要だった。

好むと好まざるとにかかわらず並ぶのは、ひとえにこの日の、茹《う》だるような残暑のせいだ。

――純ちゃん。よろしくね。

春子に気軽にそう頼まれた。

ＫＯＢＩＸの社葬の借りもあって断れなかった。

純也は華麗な一族の最後尾に佇み、立ち上る線香の煙をただ蒼天に見上げていた。

【満足できた。もういい。俺の分は済んだし、さて、最後の始末は、自分でするとしよう】

野毛山公園でソンナム・ヘム・スライと戦った。

得物はやはり、ビクトリノックスのスキナーだった。

純也は特殊警棒で対した。

【死にたいわけではない。が、特別生きたいわけでもない】

スライはそう言った。

ＰＴＳＤゲリラ、とリー・ジェインからは説明された。

その通りの目をしていた。

心根はわからないでもなかった。

純也も闇中に生きていた。

相手をしようかと言ったら、実にいい顔で笑った。

【頼めるのか】

いいよと答えた。

それからは遊びのような、〈死闘〉だった。
霧雨の闇に沈む野毛山公園を死地に変えれば、命を言葉として多くを語り合えた。
やがて、公園の外にサイレンも赤色灯も賑やかになった。
そのときスライが、ナイフを下ろして言ったのが、満足という言葉だった。
スロープの下から警官が上がってくるのが見えた。
【そろそろ、妻と娘の所に行こうか】
言いながら背を向けて下り始め、一つ目の外灯の下でナイフを高く掲げた。
ひるむ警官の方に無造作に進み、二つ目の外灯の下で首筋にナイフを当てた。
そして――。
三つ目の外灯の下に、霧雨を弾くように血飛沫が散った。
スライは膝からスロープに崩れ、そのままもう動かなかった。
壮絶にして、少し羨ましい死だった。
純也がそんな回想をしていると、読経がいったん止んで坊主が脇に退いた。
静子が線香を手に取り、墓前に進んだ。
(やれやれ)
法要はまだまだ、時間が掛かるようだった。
墓前にあって思うのは、なにも死ばかりではない。

新潟のミシェルはまだ意識を取り戻してはいなかったが、快方に向かっているようだった。これは案内役として最後まで付き添う、オズの寺川から猿丸が仕入れた情報だ。

重守幸太郎はそのまま彩乃と鳥居に付き添われ、藍誠会横浜中央病院に逆戻りだった。

背中を七針は縫ったようだが、命に別状はなかった。かえって鳥居のむち打ちの方が症状としては重かったか。

彩乃は急遽《きゅうきょ》、保土ヶ谷から出てきた猿丸に付き添われ、無事に駐屯地の中に入った。

もうこれで、ソンナム・ヘム・ハインが目指すべき場所は一カ所に確定した。目指すモノもだ。

陸上自衛隊横浜駐屯地にある、孫娘の腎臓と心臓を取り戻す。

そのためにだけ、ハインというカンボジアの勇士にしてPTSDゲリラとなった男は今を生きている。

坊主が鈴を鳴らした。

軽やかな音が辺りに響いた。

伸びてゆく音の終いに、純也はかすかな不穏を感じた。

本当にかすかな不穏だった。説明出来るものでもない。

だが、焼香を終えた和臣が、そのまま元の位置に立つことなく、表情を険しくして寄ってきた。

純也の何を見咎めたのかは知らないが、半分流れる血のシンパシーなら、これも親の所行か。

苦笑するしかなかった。

「どうした」

他を慮《おもんぱか》ってか、低く囁くような声だった。

「少々、この辺りを騒がすことになるかもしれません」

和臣が眉根を寄せた。

「お前が口にすると、重いか軽いかの区別が曖昧になるが」

顔を動かすことなく向ける視線が、視線だけで厳しかった。

「また、テロか」

このまた、は間違いなく、前年のオリエンタル・ゲリラの自爆テロを指す。

「まあ、似て非なると言いますか。同じテロなどありませんが。ご安心ください。今回のターゲットは、間違いなくあなたではありませんから」

「誰なのだ」

「おそらく、私ですか」

和臣は今度は顔ごと向けた。

なるほど国の元首の圧力だが、純也は真っ直ぐに見て怯まなかった。

「理由はわかりません。私が最終目的でないことわかってますが。——ああ、と言って最終目的もここにはいません。ここはあくまで私の場ですから、ご心配なく」

「だから、お前が対処すると」

「はい」

「なぜお前自身なのだ。何もするなと厳命したはずだ」

「何もしないと死んでしまいますので。いや、殺される、かな」

暫時燃えるような目で純也を睨み、和臣は庵治石の碑を高く見上げた。

「——私のSPが周辺に六人はいる。それを動かせば済む話だ」

「SP？　ご冗談を」

純也は努めて冷ややかに笑った。

「犠牲者が増えるだけです。死を、命じられるおつもりですか」

和臣がふん、と鼻を鳴らした。

「お前なら一人で止められると、そう言いたいのだな」

「まあ、そう言うしかない状況ではありますので」

「不遜極まりないな。それではまるで、神の言葉だ」

「いえ、当然、神ではないので百パーセントの自信があるわけではありませんが」

「——なら、お前が止められなかったらどうなるのだ」

「いずれ最大で三人。とにかく、犠牲がそれ以上増えることはありません。ただし、とある若者達の未来は絶たれます」

「とある若者達？」

「重守幸太郎議員の娘、の腎臓。私の部下だった犬塚健二の息子、の心臓。敵の狙いは移植され、健全に動いている臓器です」

和臣が唸った。

唸りはしかし、すぐに止まった。

国の舵を取る男の決断は、言いたくはないが、鮮やかに速い。

「任せる」

「では二つ、お願いが」

「なんだ」

「一つは、何があってもここのＳＰを動かさないこと」

「わかった」

「もう一つはあとの処置を、そうですね。うちの公安部長だと後腐れが面倒そうなので、あなたもお馴染みの現首席監察官に」

「現主席、長島か？」

「はい」

「何を言えばいい」

「昔取った杵柄《きねづか》でなんとかしろと。ただそれだけ」

「——言っておこう」

「すぐにお願いします」

それだけ念を押し、純也は小日向家の墓所を離れた。

少し吹き始めた風が背を押し、いくばくかの線香の煙がついて来た。

六

純也は青山墓地の奥深く、出来るだけ人気のない方へ歩いた。

一団を離れると、不穏はあからさまに人の気配を形作って湧くように現れた。

墓石の二列向こうだった。

位置取りと言い、気配の感触といい、間違いなく〈雁見グリーンパーク〉で純也を襲撃した男のものだった。

いや、今はもう断言できる。

気配はソンナム・ヘム・ハインという、見ぬ孫の臓器を取り返しに来たカンボジア人のものだった。

【面白い。やはり実に面白い男だったな。お前は】

　訛りの強いフランス語が聞こえた。

　やはり前回、グリーンパークで聞いたかすかな声は、人に聞かせるためのものではなかったようだ。

　ハインの声は、今回はよく聞こえた。大きくはないが強く、押し込むような声だった。

　純也もその昔、ＯＪＴとしてダニエルに教わった。

　カンボジアのジャングルの中の、ベースキャンプでだ。

――いいか、Ｊボーイ。密林ってのは、十歩離れたらもうどこに誰がいるんだかわからない。頼りになるのは自分の声だけだ。けど、それだって、森の中ってのは色々な音が混じってる。負けないように主張して声を遠くに運ぶには、コツも気合も必要なんだぞ。なんたって、ただ叫べばいいってもんじゃないからな。いや、ただ叫べば確実に死ぬしな。気を付けることだ。

　ハインの声は、よく鍛えられて目の前まで運ばれるような声だった。

【残して正解だった。スライのことは礼を言おう。きっと満足して死んだんだろうな。羨ましい限りだ】

【もう、止めませんか】

　純也も歩みを止めることなく、声だけを運んでみた。

久し振りに発したが、おそらくハインにも負けない声だったろう。

ほう、とハインから感嘆が聞こえた。

【時の流れは残酷でもあり、有意義でもある。私から子供を奪い、孫を切り刻みもするが、幼気《いたいけ》な少年兵を立派な戦士にも、警察官にもする。もっとも、あの上級将校はほとんど変わらなかったが】

【おや？】

純也は聞き咎めた。

【もしかして、私はどこかであなたと会ったことが】

【ある】

【さて？】

【あれは九三年の、クラチエからストゥントレンに向かう街道だった。お前は日本から来た、霊園にもいたあの上級将校を守り、私の仲間のチャム・ロンを撃った】

【へえ。あの場所に】

聞けばたしかに、なんとも数奇だ。そうとしか言えなかった。

【お前は、ジュンヤクンと言ったか。彼の日も霊園でも、上級将校はお前をそう呼んでいたが】

犬塚健二の二日遅れの命日、〈雁見グリーンパーク〉の日、ハインは間違いなく、啓太の中の孫の心臓を取り戻しに来たのだ。

そこで、昔カンボジアの地で見たことのある矢崎か純也を認めたのだろう。

話からすれば、最初に理解したのはおそらく矢崎か。

たしかに矢崎はＰＫＯ隊を率いる陸自の上級将校で、純也はダニエル・ガロアと共にあった。

【ああ。それで】

純也は合点した。

合点できてしまった。

きっとハインの中でそのとき、彼の日と現在が繫がったのだ。

孫の臓器を取り戻すという目的の外に、ハインは間違いなく小日向純也という青年に戦場を見た。

戦場を欲してしまったのだ。

そうしてちょっかいを出し、味見をし、結果、ハインは〈雁見グリーンパーク〉で呟いたのだ。

――甘い甘い、甘美なデザートに取っておくことにしようか。うん。そうしよう。今はここまで。

ハインにとって純也との戦いは、甘美なデザートなのだ。

スライ同様、ＰＴＳＤゲリラのハインを止めることは不可能だと、どうしようもなく純也には理解された。

気が付けば、辺りには人影も気配も皆無だった。

残暑の陽と、蟬の鳴き声だけが降るようだった。

【じゃあ】

始めましょうかと言おうとしたタイミングで、いきなり残暑にも負けない熱気が渦を巻いた。

右手の墓石の上から、風を巻くようにハインが飛び出してきた。

白い半袖シャツに麻の短パン、編んだようなサンダルに麦わら帽子。

純也の脳裏にも一瞬、昔が蘇った。

ハインの姿はまさしく、土を耕す手にそのままアサルトライフルを抱えた、カンボジアの兵士の姿、いや、正装だった。

空中にあるハインの手にはサイレンサー銃が握られていた。

グロック22Ｇｅｎ4だった。ゴードンから奪った銃だ。

その銃口は躊躇いもなく、真っ直ぐ純也に向けられていた。

【お前は、若い農民兵だったチャム・ロンの敵でもある】

ドウッ！

考える前に純也は動いていた。

足元の石畳に火花が上がった。

ハインは追っては来なかった。

前方に転がると、墓所間の狭い十字路だった。

そのまま純也は右手の、今までハインがいた側の墓石の裏に回り込んだ。

回避しながらも、視界の端でハインの姿は捉えていた、はずだった。

が、留まることなくハインは、左手の墓石に手をつくと身軽に向こう側に飛び込んだ。

ハインの体技は、見事だった。まるで軽業師だ。

ただし、ただの軽業師ではない証拠に、墓石の向こうに消えると気配までが鮮やかに立ち消えた。

一カ所一撃に拘泥せず、いつでもどこからでも湧くようにして狙う。

ハインはやはり、一流のゲリラだった。

純也も一カ所に留まることなく移動した。

黒のスーツが張り付くようで邪魔だった。上着を脱ぎ捨てた。

それでもまだ、ハインの自由度には届かなかったろう。

身を低くして大きな墓所の外柵に寄り添った。

音はなかったが、本当にかすかな、微細な気配を感じた。

墓石の並びの上を、ハインが飛ぶように走っていた。

「くっ」

ドウッ！

咄嗟の動きと銃声はほぼ同時だったか。

背中を擦るようにして純也は柵の内側に飛び込んだ。

背中の痛みより強い灼熱が右腕の肩口にあった。

ギリギリだった。

【どうした。ジュンヤクン。それで終わりではないだろう】

運ばれてくる声があった。

「それで終わりなら、スライは満足しなかったはずだ。自分で終わりになど出来なかったはずだ」

おそらく右方。

だが、距離はまったく分からなかった。

蟬の鳴き声が、数を集めて重たかった。

(ああ)

純也は思うところに従い、石畳を蹴って走った。

闇雲だが、それでよかった。まずはハインと距離を置きたかった。

純也は両側に古い墳墓の並びがある区画のど真ん中で立ち止まった。
石畳に片膝を突き、項垂れるように蹲《うずくま》る。
目を閉じれば、蟬の鳴き声がやはり重かった。
(ああ。やっぱりね。どこへ行っても同じだ)
ねっとりとした夏の残気。
草いきれ。
重く圧し掛かるようなセミの鳴き声。
かすかだが、グロックが撒き散らした硝煙の匂い。
どこからどこまでも、カンボジアのジャングルだった。
UNTAC隊がいて、クメール・ルージュの武装ゲリラがいた、あの街道だった。
純也は、フランス外人部隊の傭兵だった。
純也は呼吸を整え、背腰のホルスタからシグ・ザウエルP239JPを抜き取った。
オズの寺川から渡されたまま、携帯は継続中だった。
(どこだ)
純也は意識を集中した。
近在の墓石の列、向かい合わせの二列までなら風の流れまで感じられた。
ただ、それでは足りなかった。

(もっとだ)

シグを持つ手に力を籠めれば、右肩に激痛が走った。

左手の指で傷口をなぞり、流れる血をすくって唇に引いた。

鉄錆の味がした。

それで戦場としては、完璧だった。

――Jボーイ、戦いになったら、すべてにおいて躊躇うな。情の非情、非情の情。相生相克。結果は糧にすればいい。それがお前を育てる。人として。矛盾でもなんでもない。人生なんて、たかだかそんなものさ。

そんな声も聞こえてくるようだった。

(OK。ダニエル)

いつものはにかんだような笑みが浮かんだのを、純也は自覚したか。

墓石の列は、向かい合わせの三列目まで拡大された。

純也はおもむろに、目を開けた。

青白い炎が灯ったような目だった。

ゆっくりと右手のシグを上げた。

肩の痛みは感じなかった。

右斜め前方に狙いをつけるようにし、タイミングを計るようにゆっくりと純也は引き金を引いた。

轟ッ！

サイレンサーなしのシグが火を噴いた。

響く銃声に、木々の小鳥達が一斉に飛び立った。

純也が撃ったシグの弾丸は墓石と墓碑の間を抜け、裏の墓の脇から走って二列目の墳墓の花を散らし、さらに裏の卒塔婆を掠《かす》めて、抜けた。

ちょうど音もなく密やかに、三列目を走っていたハインが墓石の上に飛び上がろうとするときだった。

迫りくる銃弾の把握は不可能であり、つまり、不可避だったろう。

墓石群に一点、有るか無いかの隙間の向こうで、小柄なハインが着弾の衝撃で仰け反るのが見えた。

純也はひと息つき、シグをホルスタに収めた。

通路から回ってハインに向かった。急がなかった。

三列向こうで、墓石にすがってハインが立ち上がるところだった。

白シャツの脇腹辺りに、血の花が咲いていた。

【いい腕だ。凄いな。さすがに、昔よりはるかに成長している。私は衰えた】

そんなことをハインは言った。

【孫のために来たはずだが、孫のことは忘れていた。私の欲だな。戦いを渇望してやまない、私の欲が前に出てしまった。未だ見ぬ孫の臓器は残念だが、仕方がない。私はここまでだ。だが、本当に不思議だな。きっとスライもこうだったのだろうな。私の心はお前と戦えて、今はこの上もないほどに満足している。お前は、素晴らしい戦士だった】

ハインはそう言って、手のグロックを純也に放った。

「もっとも私はお前より、さらに優秀な戦士を知っているがね」

【へえ。興味深いですね。それは誰です？】

ハインはすぐには答えず、笑って背腰からナイフを引き抜いた。

あのアーミーナイフだった。

【お前と戦って思った。わかった。お前は、私やスライと同じだ。今も戦いの中にいる。戦いの中を、彷徨っている。気をつけることだ。それは、弱さだよ】

言うなりハインはナイフを逆手に持ち、飲み込むように口中から喉を目掛けて刺し通した。

ナイフの刃は、首の後ろにまで突き抜けた。

細かい痙攣《けいれん》で、ソンナム・ヘム・ハインだったモノは地べたに崩れた。

純也はただ、静かに見下ろした。

子を思う親心。

子を思い、見ぬ孫へとまで思いを馳せる心。

その心を踏み躙る悪意、どうしようもない狂気。

世界に悲しみはまだまだ振り撒かれて、留まるところを知らない。

純也はゆっくり顔を上げた。

青山霊園を渡る風が、啼《な》いているように聞こえた。

七

二日後の日曜日だった。

秋空が高く晴れ渡り、気持ちのいい一日になった。

運動会・体育祭の開催や、文化祭・学園祭も始まったようで、そんなニュースが災禍ばかりの多いニュースの間を潤いで埋めた。

この日、純也は本庁舎地下の駐車場にM6を入れ、昼十二時半を目標に、徒歩で銀座通りに向かった。

少し雲も風も流れ、銀座をぶらつくにはいい日和《ひよ》りだった。

シャドウ・ドクターの事件自体は、ひとまずの終結を見たということで落ち着いていた。

後始末には純也も、月曜からそれなりに動かなければならないこともある。

と思えば、たしかに頭の痛いことではある。

事実の後始末としてより、感情の問題としてだ。

野毛山公園から青山霊園に至る一連の行動は、さすがに皆川公安部長の怒りを沸点に押し上げるに足るものだった。

たとえ総理の指示を得た警察庁の長島首席監察官や、関わった重守幸太郎衆議院議員の口添えがあったとしても、冷やすには骨が折れそうだ。

(ま、開き直るしかないけどね。一つ二つのバーターで部長の機嫌を取る情報を動かしてやるか)

と、その程度は考えながら、純也は晴海通りを漫《そぞ》ろ歩いた。

ミシェルは前回聞いた情報より、さらに快方に向かっているようだった。医師の話を総合すれば、いつ意識を取り戻してもおかしくないというほどだった。

それで純也は、このところJ分室番に徹していた鳥居を昨日から新潟に送った。

基本的にミシェルの容態も、それ以上に辰門会の大嶺英一に念を押した増岸親子に対する約束の履行も気になるところだったが、それにしてもなにより、

――新潟。いいっすねぇ。私はまだ、行ったことがなくてねぇ。

鳥居の愚痴のような言葉を決め手にし、真に受けて了承するような大団円の気が、もうこの一件には流れていた。

──うえっ。汚ったねぇなあ。メイさん、良いとこ取りかよ。

鳥居の新潟行きに猿丸は口を尖らせたが、逮捕という力業の口実で〈瀧〉という偽名の男を引き上げた以上、そう簡単に行かせるわけにはいかないという事情もあった。

代わりに猿丸には、別の作業を与えた。

重守彩乃は今朝、猿丸の運転する車で横浜の自宅まで無事に帰り着いた。

そんな連絡がつい一時間ほど前にあった。

啓太も同じ時間に保土ヶ谷の駐屯地を出たと聞いたが、こちらは自力で、かつ交通手段は電車だった。

ただし、向かう先は立会川の自宅ではなく、銀座だ。

この日曜日、銀座に用事があるのは純也ではなく、啓太だった。

自宅に戻った重守彩乃は、次の日曜にはまたハワイに戻るらしい。

横浜は自宅というか生家ではあるが、彩乃の生活基盤は気候の温暖なハワイだ。

これも思えば、身体の負担を減らすための、父・幸太郎の口にしない配慮だったのかもしれない。

その前に──。

これが、この日の啓太の目的に直結し、純也の足を銀座へと向ける要因だった。

保土ヶ谷駐屯地での共同生活で意気投合したらしく、啓太は彩乃と次の土曜日にデートの約束をしたようだ。

正確には、させられたようだが、断らなかったというところに若い答えは見える。

そもそも、カンボジアの一人の少女から分け与えられた臓器で生かされている二人だ。

啓太と彩乃には、言葉にしなくともシンパシーがあったのかもしれない。

——そんな話になりました。

前日の夕方、分室にいるときに掛かってきた本人からの電話で聞いた。

スピーカで聞いていた猿丸が、なんでぇ、姉さんかよ、とからかったが、

——いけませんか。

ムキになるでもなく、啓太は飄々としたものだった。

その声はどこか父、犬塚健二を彷彿《ほうふつ》させた。

ただ、まだまだ息子は父の域には達しないというか、若かった。

——着ていく服がありません。

というSOSが掛かってこの日、純也の出番となった。

保土ヶ谷駐屯地から出た足で真っ直ぐ、啓太は銀座に出てくることになっていた。

この日、銀座通りは昼の十二時から午後六時まで、歩行者天国だった。区間は銀座通り口交差点から八丁目交差点までの約千百メートルだ。

啓太は保土ヶ谷からだから、JR新橋駅方面からくる。

待ち合わせは資生堂パーラーの前にした。
純也としてはその近くにあるバーバリーやポール・スチュアートを薦めたいが、
「若いしなあ。着ていく服ったって、たいがいユニクロ辺りでいいのかな」
そんなことを呟けば、もう銀座四丁目の交差点が目の前だった。
開放されたばかりの銀座通りは、人また人でごった返していた。
陽光の下、賑やかさも人々の表情も花開いた感じだ。
純也も和光ビルを左手に見ながらホコ天の流れに入った。
と——。
携帯が振動した。
見ればナンバーは、鳥居のものだった。
「おっ」
ミシェルの意識が戻ったか。
なんにしても、プラス方向のことしか想像しなかった。
すべては、終わったのだ。
だが、
——ぶ、分室長っ。
鳥居の声はどうにも、慌てているようにしか聞こえなかった。

純也は眉根を寄せた。

訝しいことだった。

「どうかしたかい」

――あっと、あ、どうかしたんですわ。いや、どうかしたみてぇです。ええっと、そう、たぶん。いや、でもですね、興奮して話されると、俺ぁよくわかんなくて。

「メイさん。よくわからないね」

――ああ、そうっすよね。

代わります、と鳥居が言い、電話の向こうにたどたどしい鳥居の英語が少し聞こえた。

やがて、

――純也。

少し苦しそうだったが、聞こえてきたのは間違いなく、ミシェル・フォスターの声だった。

意識を取り戻したようだ。

『やあ、ミシェル。ようやくお目覚めかい』

まだいるの、とミシェルは言った。

――純也。まだいるの。

『え。なんだって?』

ないけど、違うっ。


声が小さくホコ天の雑踏に消され気味だった。

意味も、今となってはすぐには思い至らなかった。

——純也。ミスター鳥居に聞いた。シャドウ・ドクターは兄弟だって。違う。いえ、違わないけど、違うっ。

ミシェルの声が、緊迫の気を帯びた。

——小さい人間だったの。防犯カメラで見たよりも、もっともっと小さい人間。純也、私を襲ったのはたぶん女性。犯人は、きっと三人いるの。だから。

事件は終わっていない、と、最後までを純也は聞いていなかった。

雑踏の中に、風を巻いた。

女性ならおそらく、どちらかの妻、いや、ハインの妻だ。

そう言えばリー・ジェインは報告の中で、ハイン夫妻とスライという言葉を使っていた。

瞬間的に、ハインの今際《いまわ》の言葉も思い返された。

〈未だ見ぬ孫の臓器は残念だが、仕方がない。私はここまでだ〉

とも、

〈お前は素晴らしい戦士だった。もっとも私はお前より、さらに優秀な戦士を知っているがね〉

とも言っていた。

これらは諦めの言葉ではなく、過去の経験や異国での話ではなかったのだ。

ハインは間違いなく、三人目の戦士、妻のことを言っていたに違いない。

(迂闊だった。もう一人か)

純也は唇を嚙んだ。

女性だからと言って、その戦闘力を侮ることはない。

ハインもそう言っていた。

そのハインの言葉を疑うこともない。

サーティ・サタンにも、ヴェロニカ・リファールやクラウディア・ノーノといった女性がいる。

彼女らを侮った者達は、全員死んだ。

(くそっ)

純也は森を流れる狭霧《さぎり》のごとく、人混みの中を擦り抜けた。

もどかしいほどだった。

彩乃はひとまず自宅に戻った。戻れた。それは証明されている。

喫緊《きっきん》の危険は、啓太にあった。

胸騒ぎは、啓太の名をピースとしてはめると覚悟となって胆に落ちるほどだった。

やがて資生堂パーラーが往来する人々の間に垣間見えてきた。

待ち合わせのエントランス周辺に、啓太の姿は見えなかった。

広く周囲に目を凝らしてみた。

いた。

新橋寄りの、銀座通りの車道と歩道の境目の辺りだった。

縁石に腰を下ろした老人の前に屈みこみ、道を教えているようだった。

老人は白いワンピースに紺のパーカを羽織って丸いサングラスを掛けた、小さな小さな、猿のように皺深い老婆だった。

純也は渾身の力で地を蹴った。

真っ直ぐ走った。

そのとき、啓太が老婆に背中を向け、銀座四丁目の方向を指差した。

パーカの内に入った老婆の手に、大型のスキナーが光った。

ハインもスライも持っていた、ビクトリノックスのあのアーミーナイフだった。

老婆には恐ろしいほどに、殺気も闘気もなかった。

それだけで純也にはわかった。

殺すこと、戦うことに意味を見出さず、呼吸と同じだとする狂気こそ、戦場では最悪にして最強だった。

すなわち、たしかに老婆は最強のゲリラだった。

そんな戦士に啓太は今、背を向けていた。

当然、周囲に気付いた者は一人もいない。いや、気付いたところで何が出来るわけでもない。

待ったなしだった。

さすがにもうシグは寺川に返したが、バックアップガンであるセマーリンLM4をヒップ・ホルスタに携帯していた。

が——。

さすがにそんな自前の銃を、撃てる場所でも場面ではなかった。

距離にしてあと十メートルもなかったが、遠かった。

人波が切れたように空いた分、いきなり中腰になってナイフを振り上げようとする老婆の、歪《いびつ》な口元がよく見えた。

「間に、合えっ」

純也は咄嗟に、手の携帯をアンダースローで、地を滑らせるように老婆に向けて思いっきり投げた。

どこに当たってもよかった。

ほんの一瞬、いや、一刹那、老婆の気を乱せれば、それだけでもよかった。

それだけでもまず、三年以上も陸自の猛者《もさ》に混じって格闘技の鍛錬をしている啓太が気付く。

気付いて初撃さえかわしてくれれば、間違いなく純也が追い付くのだ。

回転しながら地を這うような純也の携帯は、老婆の右足の脛《すね》を直撃した。

グフゥッ。

苦鳴が上がった。

意表は突けたようだった。

――キャァァッ。

――うわっ。

近くにいた者達が騒ぎ始めた。

群衆の動きは速かった。

ナイフの始動は止められなかったが、啓太が振り向いた。

老婆の狙いは首筋のようだった。

啓太は身体を縮めて腕を上げた。

防御というよりは恐怖が先に立った形だったが、それでもいい。それも鍛錬がなければ取れない形ではあった。

肩に食い込んで、ナイフが止まった。

「ぐあっ」

すぐにナイフを引き抜き、老婆が二撃目を構えようとした。

啓太は左肩を押さえて下がろうとした。

激しく血が流れていた。

【逃がさないっ】

見た目に相応しい嗄《しわが》れた声でそう言い、老婆が迫った。

だが——。

初撃をかわせば、すべてに純也が追い付くのだ。

純也の目に、青白い炎が燃えた。

「啓太くん！」

必殺の気を込めた声を老婆に刺せば、間一髪の瞬間だけは純也が支配出来た。間に合った。

今や群衆が、アトラクションだとでも思ったものか、遠巻きにして十五メートルほどのサークルが出来ていた。

大きく飛んだ純也は二人の間に割り込み、老婆のナイフを持った右手の肩口を渾身の力で蹴り飛ばした。

反動を利用し、啓太を抱き込んで遠巻く群衆の中に飛び込んだ。

啓太を〈森の中に隠す〉つもりだったが、これは結果として最悪だった。

群衆の中には壁にも〈森の木の葉〉にもならず、折り重なるように純也と啓太の上に倒れ込んできた者があった。

「くっ」

当然、純也はすぐには身動きが出来なかった。

絶対の優位はここに、失われたも同然だった。

老婆の手を離れたナイフが、ちょうど老婆と純也のど真ん中辺りに落ちていた。

その向こう五メートルほどで、老婆が起き上がるところだった。

百四十五センチ、あるだろうか。

起き上がった老婆は、サングラスを取って純也を見た。

純也を見て、大きく笑った。

真っ黒い、まるで洞のような目であり、口だった。

真っ黒い笑顔だった。

いや、そういうイメージだっただけだろうか。

それにしても強烈なイメージだ。

殺すこと、戦うことに意味を見出さず、呼吸と同じだとする狂気の顕現か。

だが――。

（ああ）

純也の中の、何かが呼応した。

イメージからすれば純也の目に燃えた青白い炎は消え去り、代わって黒い炎が燃えた感じか。

「ぶ、分室長」

何かを感じた啓太が呼んでいる気はしたが、反応は出来なかった。

老婆が真っ黒に笑ったまま、路上のナイフに向けて走り出した。

純也の手は、知らずヒップ・ホルスタに伸びていた。

銀座から東京から関東から日本から、浮上してゆく感覚があった。

根が切れた感じだった。

別に、特に悪くないと感じた。

これはこれでありだ。

たかが猿のような老婆など、なにほどのことでもない。

と——。

次の瞬間だった。

【諦めは悪徳、昔、そんなことも教えたけどね。Jボーイ】

懐かしい声が、なぜか耳元にあった。

それだけで、純也の中に純也が戻った。

【まったく。残念だ。君に話したいこと、伝えたいことは膨大にあったのに】

肩に温かく大きな手が置かれた。

と思ったら、これも懐かしきパヒュームが、旋風となって純也の頭上を吹いた。

風は路上のナイフに先行し、巻き込んで老婆に走り、走り抜けた。

老婆の動きが止まり、固まった。

老婆はただの、小さな老婆に戻った。

霧雨のようにその首筋から血が吹き上がったのは、次の瞬間だった。

吹き抜けた風は留まることなく、向こう側の群衆の中に溶け込んだ。

空からアーミーナイフが群衆のど真ん中に降ってきたのは、風がどこかに消え去った後のことだった。

――なんだぁっ。

――ヒィイッ。

辺りは騒然となった。

歩行者天国どころではなかった。

逃げ惑う人々を他所に、純也は大きく息をついた。

「ふふっ。ははは」

呼気に笑いが混じった。

止まらなかった。

「ふっふっ。どこで何をしているのかと思ったら。参ったね。降参だ」

「――ぶ、分室長。あの人は一体。いえ、分室長もさっきのは、あれは」

腕を押さえたまま、啓太が苦しそうに言った。

「まあ、風だね。あっちが風なら、僕は風の眷属《けんぞく》か。それもいいけど」

答えながら、取り出したハンカチで啓太の血止めをした。

服はまた今度だねと言えば、啓太はうなずいた。

苦しそうなのか悔しそうなのかは、判断の難しい表情だった。

純也は喧騒の中に立ち、風の去った方を見遣った。

風の残り香すら、もうなかった。

「ボン・ボヤージュ」

純也はいつもの、はにかんだような笑みを送った。

遠くに、ＰＣのサイレンが聞こえ始めた。

この作品は徳間文庫のために書下されました。
なお本作品はフィクションであり実在の個人・団体などとは一切関係がありません。

徳間文庫

警視庁公安J

シャドウ・ドクター

2018年11月15日 初刷
2018年12月20日 2刷

著者 鈴《すず》峯《みね》紅《こう》也《や》
発行者 平野健一
発行所 株式会社徳間書店
東京都品川区上大崎三―一―一
目黒セントラルスクエア 〒141―8202
電話 編集〇三(五四〇三)四三四九
販売〇四八(四五一)五九六〇
振替 〇〇一四〇―〇―四四三九二
印刷
製本 大日本印刷株式会社

ISBN978-4-19-894409-4